19th Century
London
Male Prostitutes

十九世紀
倫敦男侍

上

徐醉舟——著
ZIYO——繪

本故事情節純屬虛構，涉及某些道德爭議行爲，僅爲情節所需並不代表作者或出版方的價值觀及立場。讀者應自主判斷，並遵循社會道德規範。

Contents

19th Century
London Male Prostitutes

楔子

19th Century
London
Male Prostitutes

「我覺得你應該寫一本書。」他的愛人如是說，「把你早年的經歷寫成一本書，我敢打賭，一定能賣得比這個叫傑克．紹爾的小伙子寫的小冊子還要好。你的冒險可精彩多了。」

「嗯，我可不敢說那是冒險。」他邊說，邊把愛人攬進懷裡，順便瞄了幾眼愛人正在專注閱讀的書頁，又很快別開眼。這些直白的字眼，一口氣將那些荒唐歲月從記憶的水底打撈出來，喚起他的恐懼，以及欲念。

「我比較會將之稱為『劫後餘生』。」

「那就更應該記錄下來了。」愛人放下書，轉身回抱住他，向他獻上一個又一個吻：下巴、喉結、鎖骨，同時握住他已然硬挺的欲根。

他們擁抱著彼此，沉入欲望之海中，暫且將寫書的事情擱置到一旁。

後來他的愛人又提過好多次，懇求他寫書。他一向不擅長拒絕伴侶，便答應了，不過，他該從哪裡開始寫呢？

坐在書桌前，他反覆翻著傑克．紹爾所撰寫的那本小冊子，思考著該如何另闢蹊徑。欲望一次次被那赤裸的文字撩撥，然後冷卻，反反覆覆。

他所經歷的事情，不比這年輕小伙子少，只不過，該從哪裡開始描述？他的第一次春夢？還是他對同鄉青年的隱祕欲望？又或者，是他還在軍隊服役時所見識到的、以及他自己參與過的各種淫行？

左思右想，最適合的故事開頭，還是他剛退伍，到倫敦想要闖出一片天的時候。那是一切的開端。在紳士俱樂部擔任男侍的那幾年，他見識了這個國家輝煌豪奢的一面，也目睹過人性墮落沉淪的深淵。他曾經在高級床單上與高官肉體糾纏，事後飲上一杯百年珍釀；也曾經被綑綁、鞭打、辱罵，像狗一樣承受輕賤。在一個人能有的最好的年華歲月裡，他將大部分的時間都消耗在同樣的循環往復之中：他靠著觸犯國家與宗教的雙重禁忌——雞姦之罪——賺錢，然後將錢花在華服、美酒、美食上（這又觸犯了虛榮與貪食之罪），直到千金散盡後，再次出賣肉體。

他開始動筆，在那嶄新、雪白的稿紙上寫下第一個字。

第一章

面試

19th Century
London
Male Prostitutes

倫敦，霧都，帝國的中心。日不落的一切榮光都匯集於此，是女王寶冠上最璀璨最重要的寶石。但在那無遠弗屆的威光之下，其實深埋著黑暗。即使稱呼它為罪惡之城，想來也沒人會反對。畢竟有太多人蟄伏在這座城市的陰影之中，表面上行走在正直公民之間，實際上卻以非法勾當維生。

……就比如他本人。

前陸軍中士約翰·懷特走下出租馬車。看著人來人往的繁華景象，還有在人群之間遊蕩的乞兒、扒手、賣花女，強行壓下伸手去摸外套口袋的衝動。那裡放著曾經的長官替他寫的推薦信，如今他能不能有口飯吃，全靠這幾張薄紙了，他可不想讓哪個不長眼睛的小偷誤以為那是貴重物品，把信偷走。

他身上剩下的錢財不多了，照理來說他最好直接去長官替他介紹的俱樂部拜訪，但約翰還是先挑了一家正經旅社住下。乾淨、溫暖，床單潔白，供應熱食，不是那種廉價黑店。費用不便宜，但這是不能節省的支出。

「維洛納俱樂部 布朗經理親啟」——奶油白信封上的深藍色字跡圓潤美麗，讓人能輕而易舉聯想到寫字之人的高貴出身。能讓那位家世良好的前長官推薦他前往工作的俱樂部，不是一群遊手好閒的無賴聚集在一起喝一杯，賭博、吹牛、打架的地方——能夠進門的，是那些貴族、老爺、紳士，「值得尊敬的人」，他們講究的規矩可多了。襯衫必須筆挺，經過精心漿洗和熨燙；皮鞋應當發亮，光可鑑人到幾乎能夠當鏡子來用。在到那種高級地方應徵工作的前一晚，睡在充滿臭蟲、扒手和騙子的廉價旅館顯然不是一個明智的決定。

要拿到這份新工作，他必須足夠光鮮，足夠體面，足夠……讓男人願意在他身上花錢與他共度一夜。

所以他需要休息，用熱水沐浴，好好吃上一頓美食，在乾淨的床上酣眠。旅館的餐廳並不只對住客開放，同樣也歡迎其他客人。約翰在喝餐前酒的時候就和一個男人對上眼。

其實更應該稱呼他為男孩才對。他大概才剛成年，臉蛋依然帶著青春期特有的稚氣與柔軟線條。歲月還沒有在他臉上雕刻出鋒利的稜角。

只是一眼，男孩就朝他走來，面帶微笑，自然而然在他桌邊坐下。

「晚安，先生。這真是個美好的夜晚，不是嗎？」

「確實。」約翰說，目光向下，滑過男孩的下半身。他看見一雙光滑、柔軟的手輕輕搭在大約胯骨的地方，引導人們的眼神望向主人的腿間。那裡緊繃著，隱約鼓起，足以許諾接下來的一夜歡愉。

他明白男孩的暗示，但今晚，約翰不打算上鉤。他要保留體力，而且，旅店主人已經朝這裡投來猜疑的目光。

這個男孩雖然好看，但還沒有好看到值得為了睡他而失去生命。

約翰隨便敷衍了幾句打發走男孩，店主人也端上了晚餐。

「先生，不管您是不是第一次拜訪倫敦，我都必須提出一個忠告──離那些漂亮男孩遠一點，他們雖然好看，但一不小心就會偷走您的錢包、衣服，還會順便把您害到絞刑架上。」

眼角及嘴角都已經長出深刻皺紋的老人比了個不怎麼禮貌的手勢，語氣和眼神裡滿是輕蔑。「這些年輕人！好手好腳的，卻不去找個正經工作，偏偏要去做這種違反上帝旨意的事情！」

約翰臉上一點尷尬的表情都沒有。老人這種反應他早就習慣了。在他第一次由另一名年長男性引領而發現自己有違常人的欲望時，他也學到了一課：永遠、永遠要偽裝好自己──除非，你能確定對方是同道中人。

晚飯後他仔細洗了個澡，然後早早上床睡覺。這一夜他難得地好眠。房間裡的空氣不能說是清新宜人，但至少沒有過多雄性聚集時會有的汗臭味；睡夢中沒有隔壁床同袍的鼾聲、磨牙聲、夢話聲，也沒有另一雙不安分的手鑽到他的被單下、伸到他的內衣裡面。雖然多數時候他並不討厭這樣的騷擾，但偶爾，也會有想安靜休息的時候。

明天，約翰想，明天，他一定要得到在維洛納俱樂部的工作。

＊＊＊

上午，再次用海綿擦澡後，約翰在喉嚨、鎖骨滴上了幾滴貴重的法國香水——他只剩下這一點存貨了——穿上熨燙筆挺的襯衫，在脖子處圍上領片，用鍍銀的別針固定住領巾。去年訂做的外套雖然已經有點退流行，但畢竟細節考究，所以約翰還是穿上了。今天要穿去面試的皮鞋，他昨天就交給旅館裡打雜的小童處理，如今正擺在他的床邊，也確實亮得能當鏡子。約翰決定，等他成功錄取，回來退房時要給那孩子加倍的小費。

維洛納俱樂部位在倫敦城的精華地帶，距離約翰落腳的地方有段距離。想了想眼下的天氣，還有路程中可能遭遇的扒手以及街道上的氣味，約翰咬了咬牙，從所剩不多的現金裡摳出了幾枚硬幣僱了出租馬車。

他本來以為，聚集了一堆貴族老爺的高級俱樂部，應該會有高聳的拱門、裝飾浮誇的門柱、還有身穿絲綢制服的門房。但維洛納俱樂部卻出乎意料地低調，比約翰想像的樸素許多。標準的城中大宅，石造外觀，地上四層樓，第一眼看過去，只會以為是哪家殷實富商的住處。光潔的黑漆大門上沒有一絲多餘裝飾，也沒有招牌，只有一旁的石牆上鑲了一塊金屬門牌，用圓手寫體標註著「維洛納(Verona)」。還有一個小小的黃銅拉鈴，看上去保養得很好。

約翰．懷特一向對自己的長相、身材充滿自信，雖然因為出身關係，他的品味先天比不上那些貴族富少，但在部隊裡面也不算差了，總是能把自己收拾得體面。可現在，站在維洛納俱樂部門前的階梯上，他竟然開始擔心起自己的儀容外表。根據法律，只有長子才能夠繼承地產和貴族頭銜，次子以下的男嗣必須想辦法自己拚出一番事業；部隊裡從來不缺因此從軍的少爺。約翰看過那些少爺，他們談吐高貴，氣質出眾，長相端正。雖然他的確跟其中幾個人睡過，但那畢竟是部隊裡面，與進入帝國首都的俱樂部服務、服務這個國家最菁英的那些人，還是大不相同。他真的能成功取悅他們並以此為生嗎？那群含著金湯匙出生，一輩子都生活在雲端上的人，想來也已經看過無數美男子了，他們會願意花錢買他一晚上嗎？

他的鬍子有刮乾淨嗎？外套會不會有他沒注意到的摺痕？他是不是已經汗流浹背了？糟糕，這樣他的體味會不會蓋過香水味？約翰覺得口乾舌燥，心跳加快，包裹在手套裡的雙手似乎開始冒出熱汗。

但是他沒有其他選擇了。如今的他債務纏身，甚至因此不得不退伍——這只是比較體面的說法，實際上就是開除——而他的債主一定會糾纏他到天涯海角，他們的追蹤技巧比頂級獵犬還要高明，甚至，也許，還會追到他的老家去。

他絕對不能讓這群人找到他的老家。

唯一阻止這種事情發生的方法，就是還錢。而且要快。

約翰整理了一下外套，然後拉了一下黃銅鈴鐺。

前來開門的僕役一樣穿著低調的服飾：除了襯衫是白色的，其他從領結到鞋子，全都是樸素的黑，材質是精細毛料，而不是會泛著華麗光澤的絲綢。檢查過他遞上的信封後，便安靜迅速地領著他走進大宅，左彎右拐，直到來到一間大房間。

堆著高高燭淚的銀燭臺、天鵝絨材質的窗簾，做工細緻的木頭裝飾板和壁爐。

舉目所見，都是他從出生以來沒見過的華麗裝潢。約翰更不安了，即使僕役語氣柔和地表示布朗經理等等就到，請他稍坐，他也沒能安下心來，只好靠著來回踱步來發洩自己的焦躁。

布朗經理很快就進來了，他是個頭髮開始稀疏的中年人，端著「專業人士」的微笑，就是會在高級餐廳的資深領班臉上看見的那種。他和替約翰帶路的僕役一樣，穿著白襯衫、黑外套，只不過他的背心是藍色絲綢，上面還掛著一個亮晶晶的懷錶。他掃了約翰一眼，然後走到壁爐旁的小桌，斟了杯酒遞給約翰，彷彿他們不是在工作面試，而是在閒話家常。

「放輕鬆，懷特先生，我剛剛看完韋克倫先生的推薦信了，我們先聊聊，再來決定您適不適合這份工作。畢竟您也知道，我們是專門招待高貴紳士們的俱樂部，而他們當中有些人……我這麼說吧，見多識廣，並不是那麼容易取悅。」

看著約翰接過杯子，布朗又給自己倒了一杯酒，他的那杯顏色淺得多。

「挑張椅子，坐下吧。」

約翰照著布朗經理的話坐下了，心裡有些茫然。這和他想像中的面試有點不一樣。看著手裡的酒杯，他的喉嚨有些乾渴。他好一陣子沒有喝過好酒了。

「您的名字是約翰．懷特。我想請教一下，這是真名，還是您因應我們俱樂部業務而取的化名呢？」

「是真名。」

「嗯……約翰．懷特。」布朗經理又喃喃念了一次他的名字，「算了，我大概也想不出比這更好的化名了。簡潔、明白又好記。」他抬眼，向約翰舉杯。

「喝吧，懷特先生，不必拘謹。這也是面試的一環，我們的男侍必須具備好酒量，畢竟工作時，偶爾會需要陪客人喝上一杯——恕我直言，我們的老闆不希望請到沾一滴酒就無法工作的廢物。」

約翰隔著空氣和布朗經理碰杯，將酒一飲而盡。濃烈芳醇的酒液順著喉管流下，是上好的蘇格蘭威士忌。接著布朗經理開始詢問一連串的問題，約翰一一作答，但隨著對話進行，他覺得身體裡逐漸升起了一股熱潮。

現在還沒到用壁爐生火的季節。怎麼會這麼熱？他想要脫光衣服，好好涼快一下，但現在正在面試，哪怕是扯開一顆袖扣都是失禮的，可能會搞砸一切。這時候布朗經理笑著把酒瓶推了過來，「懷特先生，再喝一杯吧。」

這是面試的一部分，他沒有拒絕的理由。約翰替自己倒了一大杯酒，再次一飲而盡，希望能夠讓身體的溫度稍微降下來一些。

但事情似乎往更糟糕的方向發展。約翰覺得身體似乎更熱了，而且……他可以清楚感覺到，自己勃起了。最糟糕的是，他根本來不及遮掩。經理也注意到了這點，目光落向約翰的胯下。約翰屏住氣息，等待著布朗經理的下一步。

布朗經理依然端著職業微笑，說：「懷特先生，到目前為止，我很滿意我們商談的結果，不過，如您所知，本俱樂部男侍的工作內容，和一般俱樂部比起來更為特別……因此，我們需要一些更進一步的測驗才能夠判斷是否僱用。」

「好的。是什麼樣的測驗？」約翰問，其實心裡有數。

就算前面加了「高級」這個形容詞，又以「男侍」來代稱，但男妓(rent boy)就是男妓，要做的事情也就是那樣——睡人和被睡。約翰內心快速盤算著，布朗經理有些年紀了，但外表還算體面，不是他遇過最糟的做愛對象，只是他在這裡到底要扮演怎麼樣的角色——

「啊，懷特先生，別誤會。我只負責管理，在實際操作層面上我可是一竅不通。負責測驗的是本俱樂部的其他同仁。」布朗經理嗓音柔和，同時輕輕搖動了一直放在他手邊的一個小銀鈴。

另外兩名與約翰年紀差不多的青年走了進來。看著他們，約翰覺得喉嚨有些發乾，體內的熱潮翻湧得更洶湧。

右邊的青年一頭黑髮，橄欖色的皮膚，似乎混了些南歐血統，全身從指尖到髮絲都散發著蓬勃生機和肉欲；他穿著薄襯衫與長褲，從褲檔的線條可以看出，他已經勃起。左邊的青年金髮白膚，輪廓細緻，像是從壁畫裡走出來的天使；他眼神朦朧，彷彿才剛睡醒，偏向纖細的身體裹在白色的晨袍之中，讓人忍不住幻想布料底下的風光。

約翰的心底陡然浮現了一個聲音，他想要脫光這兩個人的衣服，幹他們、被他們幹，在床上盡情翻滾著，而且是現在就要。

「什麼樣的測驗內容？」約翰聽見自己這樣問。

「什麼測驗內容？噢，您拿著介紹信，敲響了本俱樂部的大門，就該知道是怎樣的測驗內容，懷特先生。」經理的語氣跟之前一樣穩重、柔和，卻莫名有股煽動力：「我們是綠洲，是庇護所，讓擁有難以啟齒愛好的紳士們可以在這裡交流、尋覓他們的同類、互相撫慰。在這裡，他們的身心可以得到滋潤，而像您一樣仍然對未來感到迷茫的優秀年輕人，可以找到金主，同時得到正確的教導。」

「啊，簡而言之，就是瑪利安（Mary Ann）。」約翰喃喃道。他知道自己不應該輕易說出這街頭俗語，大概是酒精和加在裡面的不明藥物，讓他開始鬆懈。

「這個用語並不精確，懷特先生，瑪莉安這種叫法，有些——這麼說吧，並不符合我們俱樂部對男侍的期待。抱歉，請容我用上比較粗俗的言詞——瑪莉安這個詞，只會讓人想到街道上那些到處遊蕩、為了幾先令就賣屁股的小公狗，我們是專注於為高貴紳士們提供優質服務的俱樂部，而且必須前後兼顧，兩者完全不能相比！而我們接下來要進行的測驗，就是要看看你的床上功夫。費恩先生，維斯先生，麻煩兩位開始。」

布朗經理放下酒杯，以一種輕鬆的姿勢往後靠在椅背上，彷彿即將發生在他眼前的事情只是一場戲劇。

約翰轉動眼珠，看著兩位青年將厚重的天鵝絨簾幕拉開。他原本以為的「窗簾」其實是用來分隔空間的。房間的另一端是張大床，還有輛推車，上面放著各種小道具。有些他是第一次看到，有些則是他曾親身體驗過用處。

「測驗要怎麼進行？」他問，同時伸手去解扣子。

「用最直接的說法，這個測驗就是要你操我們，還有被我們操。我們要看看你的技術、體力和叫聲如何，第二營隊的約翰．懷特中士。久聞大名，我早就聽過你在第二營隊裡到處睡人的豐功偉業，只可惜一直沒有機會體驗！」黑髮的男人說，他朝約翰伸出手，「我是第一營隊的羅伯特．費恩，軍階曾經是下士。這位是米歇爾．維斯。」

約翰舔了舔嘴唇，他可以感覺到自己的體內熱度逐漸攀升。

「操人和被操？是同時做兩件事還是分開做？」

「我們有些同事的確能同時做到這兩件事情，不過我們還是先從基礎開始。嗯，我想，也許從我先開始？如你所見，米歇爾才剛睡醒。」羅伯特拍了拍米歇爾的肩膀，「我們的叫床聲也許有助於他清醒。」

看著羅伯特熱情的笑容，約翰很快判斷：這位前軍人和他是同類，因為某些難以啟齒的原因而離開部隊。很好，這表示他並不孤單。他轉頭看向金髮青年，「那這位維斯先生原本又是幹什麼的？」

「我以前待過藝術學院。只不過，那些年輕的男模特兒太喜歡我了，這讓學院裡的幾位老人家不太高興。」米歇爾微微一笑，坐到旁邊一張椅子上，翹起腿。潔白光裸的長腿從晨袍中露了出來，同時也暗示著，他在晨袍底下什麼都沒有穿。約翰想，米歇爾的身體就像畫像中的天使，修長、勻稱，他已經迫不及待想要扯開那件晨袍，好好飽覽春光，把他拉進情欲的深淵。與之相對，一旁的羅伯特精實、健壯，渾身散發著強烈的肉欲。但不論是哪一方，都讓約翰移不開眼睛。

對羅伯特這類型的男人，約翰並不陌生。他還在服役時就睡過很多回。甚至不誇張地說，他自己就是這類人。

即使已經退役，雙手上軍事訓練造成的老繭也沒有完全消褪。略帶粗糙的手撫摸上了約翰的身體，開啟了一道宣洩欲望的閘口。

擁抱、親吻、唇舌交纏。強力的催情藥酒讓約翰徹底進入了狀態。

「才這樣摸一下就溼了？這可不行啊，中士。要是去參加客人的派對，這樣很快就會被踢出去的。」羅伯特貼著約翰的耳朵低語，「還是說，你就是因為不行了才被部隊長官踢出來的？」

約翰不甘示弱，他握著自己的欲根，去摩擦對方的。羅伯特很快也開始喘息連連，看著他的反應，約翰輕笑一聲。

「下士，我希望你射的速度不會和你現在溼的速度一樣快。」

「這句話我同樣送給你，中士。」羅伯特說，「準備好挨操了嗎？」

與過去在軍營中進行過無數次的祕密歡愛一樣，約翰仰躺到床上，自己掰開了後穴，邀請男人進來玩弄。羅伯特伏到約翰的股間，開始以舌頭進行前戲。

約翰看不到羅伯特此時的神情，但可以清楚感覺到他的舌頭是如何進行挑逗。羅伯特的動作非常仔細，顯然是頗有經驗。他先是緩慢舔過穴口，然後將舌頭伸進去，戳弄、擺動、退出，不斷重複。與此同時，羅伯特也用手撫摸著約翰的囊袋。約翰聽見自己爆出一陣陣呻吟和喘息。為了今天的面試，他特別禁欲了好一段時間，現在看起來頗有成效。許久沒有被同性愛撫過的身體比往常更加敏感，只是這樣的前戲，就興奮到幾乎快高潮。

但這樣還不夠，舌頭的刺激固然美妙，但他還需要其他東西來填滿後穴的空虛。而且，這是面試，他必須有些叫床以外的表現。

約翰還沒開始下一輪的勾引，羅伯特就停下舔穴的動作，然後，直接將陰莖塞進了約翰的體內，開始抽插。

配合著那節奏，約翰開始呻吟，請求羅伯特再用力一點。

「費恩下士，感覺怎麼樣？我跟你以前在第一營隊幹過的同袍們相比如何？」

「放你離營的那個長官是白痴。」羅伯特邊喘息邊說，他的囊袋拍擊著約翰的臀部，肉體碰撞的聲音有幾回幾乎蓋過他的說話聲：「有幹起來這麼爽的穴，要是我一定想辦法把人留在身邊。」

約翰咧嘴笑了。哼哼，可不就是幹起來太爽了嗎？他到現在還記得，那位長官紅著眼、顫抖著，要求他自願退伍的場面。那時他們才剛纏綿完，性器上還掛著精液，褲子都還沒穿上。「我不能繼續墮落下去了，」那位長官說，「請你遠離我、不要出現在我眼前，以免害我繼續背離上帝的意旨！」

他當然沒有遠離，至少不是長官希望的那種遠離，他還是繼續待在長官的視線範圍內，但也只是待著，沒有其他越界的交流。沒有調情、勾引、上床，就只是單純的軍官與士兵、上級與下級。申請職位調動？他該以什麼理由提出申請？再者，人在激情過後，難免會說些傻話，特別是嬌生慣養、首次體會到這等狂野性愛的小少爺，因為震驚一時亂說話也是有可能的。約翰以前就有遇過類似的例子，後來那個小少爺還是愛上了與同性交歡的感覺，直到因為縱欲過度身體虧損，才不得不調職休養。

所以最初，他沒有把那位長官的話當成一回事，但不久之後，長官就來勸說他自願退伍，理由是他的債務已經累積到了「有損軍隊顏面」的程度，同時，作為補償，長官向他介紹了另外一個工作機會。他就這樣拿到了長官寫給維洛納俱樂部的推薦信。「這是個適合你的工作。」長官說。

是怎樣恪守上帝意旨的好信徒會熟知提供高級男妓應召服務的俱樂部，還推薦人去那裡工作呢？

「你想要更爽嗎？」約翰問，不等羅伯特回答，就迎合著他動作的頻率，開始扭動身體。他感受著含在後穴裡的男性生殖器，憑著經驗，找出最能刺激對方的角度。羅伯特也沒有讓他失望，喘息和浪叫一聲高過一聲，進出的方式也越發橫衝直撞。

「用力，再用力。」約翰配合著呻吟，「就是那裡！快，讓我用後面就射出來！」

就在此時，一直靜靜觀看他們上演活春宮的布朗經理突然大喊一聲：「羅伯特！轉過來，老樣子，我要觀察新人射精的狀態！」

羅伯特陡然抽身，約翰只覺得後面一陣空虛——然後視野中一陣晃動，瞬間變成了他大開雙腿坐在羅伯特身前的姿勢。而從布朗經理的位置，正好能觀察到他腿間挺立的陰莖，和正在被羅伯特操幹的後穴。

「現在這是什麼……啊！」

性事重新開始。布朗經理始終冷靜的眼神與疏離有禮的微笑，再次提醒約翰眼前的事實——這不僅是他們這群喜愛同性的男人的隱祕偷歡而已，這是對他能力的測試，不只要讓幹他的人舒服，等等還要讓被他幹的人舒服。

約翰看向米歇爾，雖然因為晨袍的遮擋而不明顯，但他很確定，米歇爾一定也開始興奮了。與方才還有朦朧睡意的眼神不同，現在這金髮美男子的眼睛整個都亮了起來。

上帝恕罪，他知道雞姦是罪過，但他該怎麼拒絕這些俊美男子渴望他的眼神？

「哈啊、嗯，別急，等一下你也可以……」約翰一邊承受著來自後面的衝擊，一邊向米歇爾拋出誘惑。他握住自己的欲根，緩慢撫弄著，力求凸顯出它的粗細、尺寸，和那飽滿的頂端，這是他一向引以為豪的特徵之一。「不管是用嘴、用手，還是用你的後庭…嗯！」

感受到乳頭被用力一捏，約翰忍不住發出低呼。

「我撤回前言，中士，放你離營的那個長官不是白痴。不過他可能是個弱雞。」羅伯特發出曖昧的笑聲：「中士，也許他是怕被你榨到精盡人亡呢？」

「羅伯特。」布朗經理再次出聲，同時敲了敲懷錶錶面。

「啊，我們的大忙人布朗經理時間寶貴，急著想要看到你射精。」羅伯特發出一串愉快的笑聲，「中士，我想你應該不介意被前後夾攻吧？」

大掌再次摸上生殖器，一陣套弄與頂弄的雙重夾擊之下，約翰終於射精了。他已經數不清楚自己究竟看過多少次男人射精：有別人的，也有他自己的。不過這無疑是最讓他緊張的一次。布朗經理想看他射精，是要做什麼？他會滿意自己的表現嗎？懷著惴惴不安的心情，約翰緊盯著布朗經理靠近床鋪、觀察起沾染到床單上的那灘精液。

「分量、顏色都行，從剛才的噴發狀態來看，黏稠度也可以。熱愛口爆的客人們會喜歡。」布朗經理說，邊從外套口袋裡摸出一本小筆記本，開始奮筆疾書。「身材……叫床聲……淫語……嗯嗯。」他邊寫邊點頭。「好了，我們已經看過你如何用後穴取悅人。現在，該請你展現你用前面讓人歡愉的能力了，懷特先生。維斯先生，有勞你上場。」

「和你做愛真的挺舒服的，中士。之後有空再一起玩啊。」羅伯特說，邊拍了一下約翰的臀部，然後將開始疲軟的性器撤出。約翰此時才意識到羅伯特方才高潮時，居然在他體內射精了。帶著些許稠度的液體從後穴一點點滲出，不知道還有多少留在他身體裡面，不過這些都不是約翰此刻要關心的事情。他全部的目光都給了從座位上起身、緩緩向他走來、邊走邊把晨袍脫掉的米歇爾．維斯。

與渾身散發著明顯肉欲的羅伯特不同，米歇爾白皙、纖細，讓人忍不住想到那些美男子大理石雕像：阿多尼斯、安提諾烏斯、阿爾西比亞德斯。當然，約翰是在進入軍營後才知道這幾個名字，對他們的理解也僅止於他們那讓同性也不禁心動的容貌。

藝術家的肉體自然沒有軍人那般精壯結實，卻別有美感。青春讓他的皮膚帶著一種美麗的光澤，那是約翰、羅伯特他們這種軍人不會有的。日常的操練是為了磨去他們個性中的稜角，但同時也會磨去年輕人的光彩。約翰欣賞著米歇爾的裸體，直到他貼了上來。

先是一個吻，又深又溼的吻，舌頭伸進他的口腔，滑動、糾纏。米歇爾的吻技非常好，比約翰之前睡過的男人都好。不管是舌頭滑過牙齒的方式、舔過口腔內壁的力道，還是與他舌頭相貼的時機點，全部都掌握得完美。要是這世界上有一門課程是專門教人接吻，米歇爾絕對能夠成為教授。如果再早個幾年，在他初識男人滋味的時候就遇見米歇爾，光憑這個吻就能讓他高潮。

「叫床、配合度、射精狀況，剛才羅伯特已經測試了這些。剩下的項目，就由我來測驗了。」

米歐爾躺到了床上，向約翰張開雙腿。就如同方才約翰對羅伯特的邀請——他也自己掰開了後穴。約翰注意到米歐爾的手指很美，修長、白皙、柔軟，姿勢優雅，這是一雙創造藝術的手，更是雙適合褻玩肉體、將人拉進情欲深淵的手。玫瑰粉的後庭，在那雙手的映襯下，顯得越發誘人。

「來吧，玩我。看你能用你的手和嘴讓我歡愉到怎樣的地步。」

方才的測驗是要測試他如何取悅插入方，那麼，現在就是要來取悅承受方了。約翰在這兩方面都稱得上經驗豐富。但他不確定米歐爾能接受到哪種程度的褻玩，於是決定採取最穩扎穩打的策略。

推車上面除了道具，也放了潤滑用的冷霜。約翰用手指沾了些冷霜，然後探向米歐爾的後穴。手上因操練而生出的繭更替他增加了優勢，只是用生繭的部分摩擦過柔軟的穴口，約翰就看到米歐爾的身軀微微顫抖。

「你喜歡這樣嗎？」他邊問，邊反覆磨蹭著，得到了喘息與呻吟作為回答。

得到肯定之後，約翰俯身壓了上去，但並不急著插入。他親吻著米歐爾的軀體，脖子、鎖骨、乳頭，邊吻邊舔，一手撫摸他的側腰，一手則離開後穴，握住那挺翹可愛的男根。

「上我、快點進入我！」米歐爾喘息著，主動抬高了腰臀朝向約翰的下體處。「快，讓我的後穴嘗嘗你的屌！」

學藝術的學生也會像基層軍人一樣說粗口嗎？約翰有一瞬間感到好笑，但很快又回到專心致志的狀態。

他從米歐爾的乳頭一路向下舔，經過小腹，然後含住那已經開始滲出清液的肉棒。他在軍營裡吃過的肉棒多少帶點腥臭味，但米歐爾的味道很乾淨。看來俱樂部的待遇應該不錯，能讓男侍經常洗澡，約翰想。

「不要吸了……」在約翰的一陣努力下，米歐爾一邊叫著，一邊抓住約翰的頭髮。「布朗經理，如果錄取了，幫他安排口交課程。」

「我的口技在軍營裡面可是非常受歡迎的。」約翰有點不滿，他幫人口交的次數比真槍實彈上床還多好嗎？

「速戰速決很爽。」米歐爾哼了哼，「但我們這裡的客人不見得喜歡速戰速決。繼續。」

口技被嫌棄了，那就只好在床技上彌補回來。約翰繼續著前戲，直到米歐爾再次懇求他進入，他才將勃起到幾乎發疼的性器狠狠貫穿進那已經被他玩弄到不停收縮的穴口裡。

因為充分潤滑與擴張過，約翰沒有費太大力氣就進到深處。他沒有立刻開始動作，而是先停了一會兒，感受淫潤、溫暖、緊緻的窄道是怎樣包裹著他的陰莖。當米歐爾悶哼著要他快點動時，約翰才開始大力抽插。

作為方才評論的回報，約翰每一次都頂到最裡面，整根沒入，囊袋正好摩娑著穴口。與此同時，他也沒忘記用雙手好好服務米歐爾的肉莖。前後夾攻，俊美如天使與希臘神明的青年在他的身下發出陣陣浪叫與挑釁。

「喔、啊！你這賤貨，是想要幹死我嗎？」

「有何不可？」

「哈啊、嗯、嗯嗯……」

就像約翰方才扭腰想要刺激羅伯特一樣，米歐爾也做出了相近的動作。約翰也曾經被同樣的招數對付過，但米歐爾的技巧顯然比他經歷過的更加熟稔精湛，約翰有那麼一瞬間差點直接抵達高峰，但他硬是忍住了。他不但忍住了，同時還以更猛烈的攻勢來扳回一城——並且，當米歐爾高潮射精時，他還硬挺著。

當米歐爾終於從高潮的空白緩過來的那瞬間，約翰再度扣住他的腰一陣猛操，在淫靡哭叫聲之中將今天的第二發灌在了米歐爾體內。

「如何？」約翰喘著氣，抬眼看向正在奮筆疾書的布朗經理。「您這次也要檢驗我的射精狀況嗎，先生？」

布朗經理抬了抬眼皮，只往米歐爾正在淌出精水的後庭瞄了一眼，又寫了幾筆，這才闔上記事冊站起身來。

「非常好，懷特先生。到目前為止我非常滿意您的表現。」他說，然後瞧了瞧懷錶。「不過我們還有一項考核必須進行，就是體力。費恩先生，維斯先生，請兩位繼續考核，直到榨無可榨。現在我得去面試另外一位新人，就先行離開了。等等考核完畢清理乾淨之後，請兩位再帶懷特先生到辦公室來，我們來說說俱樂部的詳細規章。」

布朗經理離開了，邁著與進房間時同樣精準平穩的步伐。

「……他是怪物嗎？」好半晌，約翰才有感而發。「剛剛我們可是在他面前打炮耶？他居然從頭到尾都是一樣的表情，還沒有勃起？還是說他陽痿？」

「嗯，我想他應該不是陽痿。畢竟據說布朗經理是有老婆小孩的。」米歐爾懶洋洋地說。

「他就是個怪物。我們這一行，有些老闆經理最後都會和手下的人搞在一起，但老布朗？喔，想都別想。」羅伯特搖了搖頭，「我聽說以前有個男侍想要靠勾引老布朗來拿到比較好的分成，結果咻！直接被掃地出門！」

「反過來說就是他絕對公平公正，你別想多拿，但該給你的也不會少。維洛納的待遇可比我待過的另一家俱樂部好。」米歐爾說完，就起身撲到了約翰身上。

「好了，該繼續了。還有體力這一關要考核。約翰．懷特中士，你到底要被榨多少次才會乾掉呢？我們來試試吧。」

後面有白皙纖細的美男，前面有精壯結實的軍人，約翰想，如果天堂有名字，那應該是維洛納。

啊，不，同性結合是教會所不允許的罪孽，他們是罪人，所以這等景象只會出現在地獄裡面。

那麼，就讓他們墮落吧。若天堂無法享受這等無上喜悅，那也不值得嚮往。

♦ 章節之間 ♦

（一）

19th Century
London
Male Prostitutes

他花了很多時間與力氣，書寫、修改，總算寫好了第一章。越過重重障礙才完成的第一章，他在自己的書桌前反覆閱讀著，琢磨著到底還有哪些段落需要調整、雕琢，才能以最好的姿態獻給鼓勵他寫作的愛人。

但他其實又有那麼一點不敢讓愛人讀到他的文字。

為了隱藏身分，他在約翰．懷特的身世背景裡添加了些許虛構的成分，但有一點是絕對真實的：在最適合讀書學習的年紀裡，約翰．懷特並沒有受到良好的教育。他識字，能讀懂聖經，也知道一點莎士比亞，但其他更多的知識，完全是在離開故鄉投身軍旅後，才靠著一半自學、一半向人請教累積而來……再來就是在「維洛納俱樂部」時所接受的訓練了。

他知道這是自己所能寫出的最好的文字了，但依然覺得似乎不夠完美，至少沒有完美到能讓自己以外的其他人花時間閱讀。

另外一點隱祕的憂慮，則來自於他擔心愛人會在閱讀之後產生好奇心，向他詢問這些虛構人物在現實裡的原型，甚至去找出他們本人。

他倒不至於擔心愛人會對那些原型人物心生嫉妒，畢竟在最初熱戀時，他就已經將自己過去的職業坦誠相告。但在故事裡，他更詳實描述了自己過去的執業過程，細節比他曾經向愛人吐露的多得多。

他擔心自己招架不住愛人的詢問，吐露真實，反而將愛人引領到一個危險的世界。那個他曾經耽溺，最後努力逃脫的世界。美酒華服，性愛狂歡，金錢與權力的交易。繽紛奪目、燦爛耀眼，但總是會閃過一抹深沉黑暗的底色。他的愛人與他一樣，都已經不年輕了，但誰說中年人不能來一場刺激的獵豔探險呢？

羅伯特、米歇爾、布朗經理，還有其他後續會出場的男侍們，這些都是真實存在的人，至今他都能記得他們在俱樂部所使用的名字。這些虛構的人物與他們的名字，他花了好大的力氣才一一擬定，為的就是在真實之上覆蓋一層面紗，讓讀者認不出原型，也猜不到作者。

但如果他的愛人出於好奇去打探角色的原型人物，曝露了他的真實身分呢？

並不是只有男侍才是真實存在的。那些權貴客戶，以及主掌了這隱祕情色交易的幕後大老闆，也全是真的。他和他們談話過，上床過，也從他們的指縫間死裡逃生過。他不確定如果自己再次進入那群人的視線範圍，還有沒有第二次求生機會。

他是想要滿足愛人的願望，但並不想因此招致毀滅。

捏著稿紙，他想，要不，還是燒了這第一章？就當一切關於寫作的承諾都沒有發生過？

思考了許久，他到底還是不捨得毀掉自己花費心力寫下的文字。

寫作大概就是這麼一回事：剛開始坐下來動筆時，總是會不斷嘗試各種寫法，但無論是哪一種方案，讀起來總感覺不流暢，書寫過程痛苦得讓人開始懷疑寫作這行為的意義完全只有自討苦吃。可就像做愛一樣，第一次時總是不順利，但當累積了經驗、發現某個敏感點時，接下來的一切就水到渠成；文字從筆尖流瀉而出——用個虔誠教徒可能會覺得有些冒犯的比喻，就像是天使指引著門徒寫下福音書——最終使人沉浸在其中，不能停筆、不願停筆，只恨自己的筆趕不上靈感泉水湧出的速度。

這是他為了愛侶寫下的故事，虛實交雜的人生回憶錄，警告著縱情狂歡所隱藏的危險的小冊子。他的告解書。他的懺悔記。

凝視著回憶的深淵，他提筆沾墨，繼續書寫。第二章、第三章、第四章……

第二章

訓練

19th Century
London
Male Prostitutes

在進入維洛納俱樂部以前，約翰．懷特從來沒想過男妓這一行還有「職業訓練」這回事。

上人這種本能還需要訓練嗎？這並不像是裁縫、烹飪、會計或法律一樣的技能，不需要成為學徒經過多年磨礪直到出師，更不需要任何學歷。

但在接受男侍訓練之後，他才發現自己以前錯得離譜。

對於這「職業訓練」，維洛納俱樂部甚至還有自己一套長篇大論的理論。

「如果客人只是想要操男人，他們只要去街上晃一晃，花個幾先令找瑪莉安就行了，那些人很樂意脫下褲子，甚至不等客人問就自動加碼用嘴服務。」布朗經理如是說：「維洛納俱樂部不是這樣的。各位男侍們，在這裡，你們是專業人士。俱樂部的目標不只是滿足紳士們的性欲，還有他們的夢想。這裡是他們可以放鬆的地方，他們在這裡可以無所顧忌地遵循本性，與同性交歡，實現他們一直以來妄想的性愛。為此，他們願意花上幾十甚至幾百英鎊，一而再、再而三回頭上門。」

「如果用你們的女性同行來比喻——那些瑪莉安，就是街上的流鶯，他們的客人素質參差不齊，只能在暗巷裡面草草了事，偶爾才能進到宅邸，不時還會遇到賴帳的。而在維洛納的各位，你們是交際花，某程度上來說，甚至比交際花更為珍稀

——」布朗經理挑了挑眉，「能睡到各位的紳士比能睡到交際花的還少。」

「好的專業人士，就要能應付各種情況。誠如我面試時曾提及的，我必須觀察你們的精液狀態——因為，我們有些客人熱愛讓男侍們在他嘴裡射精射到滿出來，而這，只是各位所要實現的其中一項妄想。我在維洛納俱樂部擔任經理多年，我們的貴客們有著五花八門的性癖：鞭打、女裝、得在第三人注視下才能產生欲望……滿足他們，就是各位的任務。我明白，你們每個人的天賦與愛好不盡相同，有人的舌頭靈活，有人比起插人更喜歡被插，有人特別適合穿女裝，有人則在性虐待上特別有天分。維洛納不會要求各位樣樣精通，但你們的各項技巧都必須至少達到一定水準，讓客人心甘情願花錢。」

「說了這麼多，最後，我希望你們能記住一句話，這是本俱樂部的終極目標，是我們老闆親自定下的口號——榨乾客人的精液和錢包！」

「榨乾客人的精液和錢包！」約翰跟著其他男侍們一起高呼，心中升起隱祕的期待。根據布朗經理的解說，這「職業訓練」並不只會教導床上的那檔子事：愛撫、親吻、調情、性交，同時還有教養與品味課。音樂、打扮、歷史，那些他因為出身和金錢而錯過或半途而廢的課程，如今卻因為他要和達官貴人上床而重拾……這

「職業訓練」的內容未免也太豪華了！

有那麼一瞬間，約翰本能地對俱樂部如此優厚的待遇產生了懷疑：為什麼要在他們身上進行這麼昂貴的投資？他也確實私下偷偷問了，而布朗經理的回答是：維洛納俱樂部要端給客人的是法式料理，不是水煮肉配馬鈴薯。

法式料理之所以昂貴，並不全然因為食材，而是經過了廚師的精心調理與搭配。

他的第一堂實踐課程是學習如何打扮。授課的地點不在俱樂部，而是在俱樂部第一紅牌路易斯的私人住所。是地下一層地上三層的石牆住宅，光可鑑人的木質大門，看上去就像那些體面商人、醫生、律師的居所一樣，甚至還有穿著荷葉邊圍裙的女僕帶領他到會客室去。

約翰以為在那裡等他的會是一個穿著時髦的俊美男子，就像那些在攝政街上遊蕩的有錢人家少爺一樣。但他錯了，在那裡等他的人確實打扮入時，但穿的是女裝。綢緞連身裙裝飾著緞帶、蕾絲、荷葉邊，豐滿胸脯前點綴著珍珠鈕扣，一縷金色鬈髮垂在額前，玫瑰色的嘴唇彎出微笑的曲線，高貴美麗宛如貴族女性，但一開口發出男中音的聲線：「早安，懷特先生。我是你今天的老師，叫我路易斯就行了。」

「……我今天是要學習怎麼穿女裝？」

「是的。」

「噢……嗯，我以為，我們的打扮課程，會先從打領巾和挑袖扣這種事情開始。」

「如果只是那種事情，隨便抓一個花花公子來教你就行了。」路易斯的神情像是在說「那種小事不值得花費我的時間」。他招手示意約翰跟著他，「走吧，我們先去替你挑衣服。」

底褲、束腰、襯衣、襯裙、吊帶襪、臀墊、胸墊、裙撐、連身裙、帽子……約翰一向知道女裝很複雜，初入伍時他也有被帶到妓院、睡過女人，但當這些衣裳配件全都擺在同一個房間裡讓他挑選時，他還是不由得驚呆了。

「別傻站在那裡，過來挑衣服！這就和穿男裝一樣，你得建立自己的品味。」路易斯說：「喬治．布朗在向新人發表演說時應該已經說過，我們有些客人喜歡穿女裝的男人，而且根據我以往的經驗，數量還不少！」

「我就喜歡穿著男人衣服的男人。」約翰忍不住喃喃道。

「啊，一聽就知道你沒有嘗過這滋味。」路易斯低笑，「你看好了。」

他撩起層層裙襬，露出包覆在絲襪與底褲中的一雙長腿。那線條，讓約翰忍不住嘖了一口口水。他看著路易斯繼續動手，慢條斯理地解開底褲，布料滑落，露出男人的生殖器。

「端莊的髮型，豐滿的胸部，纖細的腰身，看上去就像是有著良好教養的淑女。」路易斯語氣平穩，但每個字都像是帶著誘惑的鉤子，「但是當把她的裙子撩到大腿以上，撕開她的底褲，才發現那底下不是肉縫而是巨根。懷特先生，您說，這時我們的客人會感覺如何呢？」

他碰了碰自己的生殖器，然後又慢慢把衣服穿回去。裙襬落下，掩蓋住方才讓人驚鴻一瞥的雄性象徵。

「想操。」

「那就對了。現在，換你來穿了。」

在路易斯手把手指導下，他穿上了女人的貼身衣物。當那白皙修長的手指拂過他的皮膚時，約翰感覺到尾椎處傳來一陣顫慄，他偷偷觀察路易斯，只見他依然繼續解說如何著裝，連眉毛都沒有挑一下。

那股顫慄不是因為路易斯試圖調情，那麼，是他自己？

「重頭戲，束腰。來，吸氣，收小腹，撐住。」

「……需要這麼拚嗎？」

「演戲就要演全套。而且我們有些客人就愛這樣，聽說，拆束腰的時候他們感覺就像在拆禮物。」

約翰盯著眼前有著深金色柔軟鬈髮和玫瑰色嘴唇的俱樂部頭牌，想像了一下他穿著束腰時的風景。路易斯的容貌很像教堂壁畫上的天使，他適合白色，手工訂製的白色綢緞束腰，邊緣鑲著手工蕾絲和粉紅玫瑰刺繡，搭配染成深紅色的綁繩。

好的，約翰覺得自己現在可以理解那些貴族老爺了。

著裝完畢，路易斯說要讓他習慣穿著女裝行動，於是拉他出門散步。而幾乎剛踏進公園，一位衣著考究的紳士就上前向他們行禮問候。

「露易莎小姐，今天真是個適合散步的好天氣，對不對？希望您的身體好多了，我和我的朋友都很懷念那些有您參與的宴會。」

「喔，我已經好上許多了！」路易斯掐著嗓子回答，「我也非常想念那些快樂的時光，我相信不久之後我就能重新參加你們愉快的小聚會了。」注意到紳士疑問的目光，他拉著約翰靠近自己，「這位是新來的喬安娜，她還不習慣倫敦的作風，霍普先生，您可別嚇到她！」

「您身邊總是能聚集各式各樣的美女，露易莎。」霍普先生微笑，「我很期待之後在聚會上也能看到這位喬安娜。」

看著霍普先生離去的身影，約翰挑了挑眉頭，「露易莎？喬安娜？愉快的小聚會？他是我們的客人？」如果那位紳士沒有提到「聚會」，又或者沒有露出那種太過熱切的眼神，約翰還以為他就只是住在這附近的富人，上前問候則是對鄰里基本的禮儀。

但那眼神，啊，是他們的同類。

「是的。」路易斯微笑，陽光之下，看起來就像個親切可人的名門閨秀，「霍普先生經常舉辦宴會，並且邀請我們參加。他一向出手大方，並且……喜歡大家一起慶祝生之喜悅。」

約翰點了點頭。懂了，喜歡女裝男性和群交派對的重要客戶。

他們在公園裡走了幾圈，其中也有幾位紳士向他們致意問候，在路易斯的悄聲提示下，約翰知道了哪些是他們的客戶、哪些不是，還有客戶們都有哪些癖好。他暗中咋了咋舌，看來這錢也不好賺啊。

散步之後回到住所，這次是脫下女裝的教學。當路易斯的手再次拂過他的皮膚，約翰可以感受到他的欲望甦醒了。他抓住路易斯的手，輕輕吻了上去。「我想我記住要怎麼脫衣服了，不如，我現在幫你脫，你看看有沒有什麼要改進的地方？」

「你想上我還有點早了，新人。」路易斯抽出一隻手，輕輕拍了拍他的臉頰。見狀，約翰反而笑了，路易斯沒有直接給他一拳或一巴掌，就代表有希望。

「那你想上我嗎？路易斯先生。」

「不行，我今天晚上有個總是玩得很瘋的客人，得保留體力。雖然我們的老闆不介意男侍們互搞——但前提是不影響我們在客人床上的表現。相信我，新人，你不會想看到老闆發飆的。」

「那就用其他方式吧。」約翰啞聲說，向路易斯拋出一個誘惑的眼神，「我下面已經硬得跟擀麵棍一樣了。」

路易斯深深凝視了他一陣子，然後說：「好，你跪下，我幫你。」

接下來，約翰第一次知道，原來光是用腳，也能讓人釋放。

「這也是維洛納俱樂部的訓練內容？」看著那雙美足從他身上移開，約翰忍不住發問，「我也能學？」

「能啊，只要沙羅姆先生允許，你就能學。」

「沙羅姆先生？」

「沒錯，我們的調教高手。他啊——可不一般。」

「哪裡不一般？」

「等你有機會親自見到他就知道了。」

說是這樣說，但在長達數週的「員工訓練」期間，約翰從頭到尾都沒有見過這位沙羅姆先生一面。路易斯的話勾起了他的好奇心，因此在其他課堂上，他也試著從其他男侍那裡打探消息。

大多數都是含糊其辭，如果是在實作課，甚至會直接用更激烈的對待讓他無暇分神。這讓約翰更加好奇了，這位沙羅姆先生，到底是什麼來頭？

只可惜他沒能從教授「音樂暨叫床課」的安傑爾那裡得到情報。安傑爾每次上課時手裡都會拎著一條馬鞭，他和其他新進男侍如果彈琴、歌唱或叫床錯拍就會得到一鞭——這在約翰看來，非常像得到沙羅姆先生真傳之後的結果。結果他不但沒得到情報，後來還因為「分心」、「不務正業」，被留下來課後惡補如何叫床：補課方法是被比他瘦小纖細不少的安傑爾反綁雙手，後面塞假陽具練發聲。最後是路易斯來說情解救了他。

直到淫語課實作的時候他才稍微得到了一些訊息。這堂課的授課老師是曾替約翰面試的米歐爾，聽到約翰的問題時，他先挑了挑眉，然後道：「記得在前面理論課的時候提到過什麼？語言的功能在於——」

「創造虛幻、改寫現實、撩動人心最底層的欲望。」

「啊，沒錯，看來你有認真上課嘛。」

「但這和沙羅姆先生的關聯是——」

「淫語課的理論就是他提出的。沙羅姆先生的功力嘛……大概就是，在搭配催眠的情況下，他可以用講的就讓人高潮，連一根手指都不用動。」

「啊？」

「很像在騙人對不對？不過我是真的觀摩過一次，我只能說，就算這是騙術也好，憑這手本事，也難怪他的地位能和布朗經理平起平坐，甚至可以完全憑他的心情決定要不要接客。」

約翰沉思了一下，說：「淫語課的理論是沙羅姆先生訂下來的。」

「呃，對？」

「路易斯跟我說過，只要沙羅姆先生允許，就能學習進一步的調教技巧。」

「沒錯。」米歐爾抽了一口氣，像是回憶起什麼痛苦的事情。

「也就是說，如果我能向沙羅姆先生學習調教技巧，然後像他一樣技巧嫻熟，甚至超過他，我就能全憑心情接客人還有錢領了？」

「……你可真敢想啊！」米歐爾沉默了半晌，然後笑出聲來，「人有夢想是件好事，不過，首先先撐過我們的淫語課吧！」

淫語，也就是行淫時兩人之間——又或者更多人之間的挑逗。過往在尋歡之時，約翰也沒少說過，大多是讚美他的床伴是如何雄偉、凶猛、飢渴，軍人就是這樣，直來直往，沒有過多矯飾。

因此約翰真的從來沒想過，還有描述性幻想這一招。

米歐爾在他耳邊吐著氣，低語著淫穢的妄想內容，雙手還沒有開始任何愛撫，就已經讓他的欲望甦醒。

「先生，不要這麼急著撲倒我。先想像一下，我被您操到肉棒噴精，然後又重新勃起，直到再也射不出任何東西時的樣子。而與此同時，您雄偉的陽根依然堅挺，在我的後庭進出，反覆蹂躪。在我要被您操昏過去的前一刻，您才終於釋放那最濃稠最精華的甘露，充盈我的身體，讓我腹部鼓脹……」

「我以後在床上就得這樣說話？」

「看情形。有些客戶喜歡文雅詞句，有些客戶反而喜歡粗話。有人偏好緩慢溫存，也有人熱愛互相挑釁。」米歇爾低笑著，解開了兩人的襯衫扣子，「現在換你來試看看，能讓我興奮到什麼地步。」

「另外補充一點，我們有不少客人喜歡玩角色扮演，還特別講究叫床時的口吻修辭。這也是我們要練習淫語的原因之一。」

約翰沉吟了一下。雖然他現在已經開始讀文學作品提升素養了，但距離習慣使用文雅修辭還有一段路要走；如果今天繼續用他在軍營裡那套直白、粗魯的淫詞穢語，那也喪失了「上課」的目的。雖然這幾天在實作課裡與男人們的白日行淫十分愉快，但約翰始終沒忘記那筆對他而言幾乎是天文數字的債務。那筆債務因為這些日子他在維洛納俱樂部的吃喝用度，又增加了一些數字。

他踏進這行是想開開心心賺錢，但並不打算只顧著自己開心。

約翰想了一下，就挑起米歇爾的下巴，「年輕人，掛著大天使的名字來搞雞姦，你也是夠褻瀆的啊！」他壓低聲音，模仿起老家牧師那沉重的語調：「你可知道該如何才能洗淨你的罪？」

「角色扮演牧師和教徒？你還真敢玩。」米歐爾先是一愣，然後笑出聲來，雙臂繞上了約翰的脖子，「是的，我知道，只有聖水才能洗淨我的罪……由您親自賜予的聖水，濃稠如蜜，白皙如乳漿……」

言語上的一來一往，很快變成床笫間的角力。面試時他們就已經品嘗過彼此的肉體，此刻上手，已有幾分熟悉。只是在大床上的翻滾並不能滿足一介新人想要盡快獲得認可、獨當一面的野心，看著面色潮紅的米歐爾，約翰先試了試自己的力氣，然後一口氣將人抱起，以維持交合的姿態在房間裡走來走去。破碎的喘息，細微的顫抖，每一個細節都讓約翰得到前所未有的滿足。以前他待過的地方，都是地方狹小、耳目眾多，多數時間只能追求速戰速決，只有極為珍稀的時刻才能像現在這樣緩慢折騰。

他來到房間中的全身鏡前面。這也是俱樂部刻意擺設的道具。看著鏡子中糾纏的肉色身影，約翰用氣音在米歐爾耳畔慢慢吐出一字一句，以他目前所能使用最優雅的用語，描述著米歐爾的媚態、他們交合處的景象、以及他接下來要如何蹂躪征伐。

「不錯嘛，很有天賦。」米歐爾抵達高潮之後給出了評語，以癱軟在床上、渾身吻痕、腿根處還有汙漬的淫蕩姿態：「多練習幾回，等練到能因應做愛對象要求隨時切換用語，我想沙羅姆先生也許會願意收你當學生。」

「那樣就太好了。那麼，我們現在再來一回？」

音樂、文學、政治、叫床、淫語、口交……隨著訓練逐漸進入尾聲，約翰豐富了學識，也拓展了關於床上花樣的視野。

是的，上人是本能，不是像裁縫、烹飪、會計或法律一樣的技能，不需要成為學徒經過多年磨礪直到出師，更不需要任何學歷才能上人。但要以此為業，依然需要訓練。而且……收錢讓男人可以脫你褲子，和男人捧著錢求你讓他脫褲子，這兩者之間差別可大了。

換成他自己，主動貼上來任他開價的青春肉體，和經過鍛鍊、沒有門路還無法接觸的高級男侍，他也更樂意在後者身上花錢。

不過另一件值得高興的事情是，現在他即將是讓別人在他身上花錢的那一方，而不是掏錢的。

第三章

首秀之前

19th Century
London
Male Prostitutes

經過一連串的訓練、考核與觀摩後，布朗經理總算點了頭，認為這批新進男侍可以開始接客了。作為要登場亮相的「貴重商品」，自然得好好妝點一番，因此接下來又是一陣忙碌：理髮、訂購服飾、搭配造型……在這個還沒開始接客的空檔，新男侍們也各自上街閒逛，呼吸新鮮空氣。

約翰剛從販售菸絲的店鋪裡出來，就聽見有人喊他：「懷特先生！」

他轉頭，是那個在旅店裡面向他搭訕的男孩。他抵達倫敦後所遇見的第一個同類。今天的男孩還是一樣帶著年輕人才有的稚氣與柔軟，不過經過那密集的員工訓練，約翰現在知道這也可以是裝出來的。俱樂部裡的安傑爾就很會裝，如果不說，約翰會以為他還是個雛兒。

「午安，有一段時間沒見到您了。我想您一切都好？」男孩笑著鞠躬，「自我介紹，我的名字是艾倫。」

沒有姓氏，名字九成九是假名。知道他的姓氏是懷特先生，估計是後來跑去跟旅店老闆打聽過。這是特別盯上他了，還是只是好奇心與巧合的結合呢？約翰一邊思考著，一邊欣賞男孩的美貌。

「如果您願意，那麼，我們不妨找個地方好好聊聊……」

這就是在邀請共赴歡愉了。過去的經驗讓約翰輕而易舉就明白了男孩所說的暗語。他捏了一下口袋裡的錢包，還沒開始正式接客的男侍沒有真正的收入，不過俱樂部允許他們預支零用金。他預支了一些，應該足以應付這個男孩的索求。

距離正式開始接客還有一段時間，俱樂部也沒有禁止他們在私人時間尋歡作樂。原本為了保留體力，他自從結訓以來一直忍耐著，最多靠自己紓解；可當看到艾倫時，約翰才發現自己還真有點想念和人上床的滋味。他正準備開口應下，就感覺到有人拍了拍他肩膀。回頭看，是俱樂部的前輩，湯瑪斯。

深金色的頭髮，翡翠色的眼睛，眼角微微往上挑。因為他的外表特徵，加上手段圓滑、狡詐精明，是男侍，也是布朗經理的助理，同時因為他能說多國語言，負責接待不少外國客人，同僚們送他外號「狐狸」、「外交官」。又因為他負責教授文學課，也有些人叫他「學者」。

「嗨懷特，要不要一起喝一杯？我最近拿到了一瓶好酒。」他說著，目光飛快掃向那主動搭訕的男孩，眼神銳利如刀。「這位是？」

「艾倫。」

「好，你要一起來嗎？」湯瑪斯露出溫和的微笑，但不知為何，約翰卻覺得一陣寒意竄過後背。

艾倫那雙靈活的大眼睛先看了看約翰，然後又轉到了湯瑪斯身上。接著，還在男孩與男人過渡期的少年露出一抹微笑：「兩位想要一起？可以啊，但是得加錢。」

「行。」約翰還沒開口，湯瑪斯就爽快應下。「走吧。」

他們來到湯瑪斯的住處，與路易斯不同，湯瑪斯並不是買下整棟住宅，而是租住在一間店鋪的二樓。屋內的家具陳舊，卻擺了不少書，英文外文的都有。

「果然不愧是外交官。」約翰說。「要我讀這麼多書，還是外國書，那是不可能的。」

「每個人都有自己擅長的事情。要是叫我像你一樣鍛鍊身體，那就等著叫醫生吧。那麼，年輕人，你的專長又是什麼呢？」湯瑪斯陡然向艾倫發問。

「唉，這位外交官先生，您這不是明知故問嗎？」

燈火搖曳，在少年臉上投下晃動不定的陰影，越發凸顯出他細緻的輪廓線條。光滑、柔軟，還沒有被過多勞動摧殘的年輕雙手滑過身軀，解開鈕扣，讓包裹著那青春肉體的布料落下。

一切的發生都是如此水到渠成。湯瑪斯那張雙人床要讓三個人躺上去，稍微有些狹窄，但眼下也沒有其他選擇了；反正他們也不需要讓每個人都能舒適地平躺。這雙人床正符合現在他們想要互相交疊在一起的渴望。肌膚相貼，肢體糾纏，灼熱的吐息拍打在彼此的臉頰上。汗水，與其他體液滑落、混合，浸溼床單。外頭的大街車水馬龍，裡頭的寢室則響起陣陣春聲。肉體碰撞，細碎低語，偶爾壓抑不住的呻吟。瀰漫的欲望讓空氣開始黏稠，彷彿只要攪動就能拉出絲來。

「渴……」艾倫呢喃著抱怨，接著就有男人的唇壓上來，以口舌渡來甘美醇酒。

「啊，我們俱樂部訓練出來的技術，對這年輕的瑪莉安來說似乎太激烈了。」湯瑪斯低笑著，摩娑著艾倫的下巴。「如果是俱樂部裡的其他人，至少還能進入第四輪，而且還是在不需要補充藥酒的前提下。」

約翰沒有回答，只是重新將自己的欲望埋進艾倫體內，開始新一輪性事。他可太想念這種讓軟熱後庭包裹肉柱的感覺了。已經讓兩位成年男性輪流造訪過的細嫩密穴輕而易舉就向約翰敞開，迎接又一次蹂躪進犯。新餵進去的催情酒很快發揮效用，原本已經疲軟的年輕男根重新挺立，頂端可憐地吐出透明清液。約翰也是在與男孩差不多的年紀失去童貞，他知道自己應該溫柔一些；儘管艾倫試圖表現得經驗老道，但身體還跟不上。不過維洛納的訓練改變了他，不只是在床技方面，還有內在。客戶在他身上花錢，他就得盡力滿足客戶，反之亦然；而現在，他是負責花錢，負責索討歡愉的一方。這個少年在暗示、勾引他時，就理當明白自己作出了怎樣的允諾。

「撐住，不准失神。」約翰低語：「你說過的，會讓我和我的同伴得到前所未有的滿足。」

艾倫的眼角泛紅，淚水滑落而下，但他也只能顫抖著配合，努力從喉嚨中擠出呻吟與討好的淫語。「先生，你們好猛」；「先生，你們真是我見過技術最厲害的男人」；「先生，經過這一夜，我恐怕以後都無法和其他人上床了」。

他們也是這行的專業人士，知道這話無法當真。湯瑪斯笑著用他的陽根堵住了男孩的嘴，截斷了那些在他聽來還稍顯稚嫩的話語。

「你的語氣還不夠淫蕩，有欠誠意，年輕人。」他說：「與其說那種容易被拆穿的謊話，還不如用另一種方式讓你那天生靈活的舌頭發揮用處。」

他們抵達湯瑪斯的住處時，還是陽光燦爛的下午；而這漫長的取樂終於暫歇時，路上的煤氣燈已經亮起來了。

欲望的氣息還沒有完全散去。艾倫掙扎著起身，觀察著四周。湯瑪斯正在閉目休息，約翰則在隔壁的小房間裡清理身體。他悄悄溜下床鋪，找到自己的衣服穿上，然後伸手去翻開其他兩件高級外套的口袋，上好小羊羔皮製成的錢包立刻落入他的手中。

就在艾倫想要溜出房間時，湯瑪斯突然睜開眼然後撲了上去，不等少年反應就輕而易舉將他雙手反剪，直接將被偷走的錢包搜了出來。

「你最好放開我！」艾倫尖叫起來：「不然我就立刻尖叫到讓這棟樓裡全部的人都聽到，你們兩個老玻璃！」

「這是怎麼一回事？」約翰還來不及重新穿好上衣就跑出來，看到湯瑪斯壓制著艾倫時，整個人都傻了。「怎麼突然就這樣？」

「叫你的同伴放開我！不然我就毀了他的外交官事業！」

「叫吧，喊吧。年輕人，但我可以保證，如果你真的叫到所有人都來圍觀，最後也只有你會上絞刑架。約翰，把我的懷錶拿過來。」

懷錶的銀殼光澤美麗，顯然它的主人細心維護。這是俱樂部發給開始接客的男侍的懷錶，是紀念，也是一種身分證明。

「轉過來，讓這小子看看後面。誰跟你說我是外交官的？」

懷錶背面雕刻著一隻飛翔中的渡鴉，周圍裝飾著玫瑰。艾倫看到這圖案，立刻臉色發白，整個人跪倒在地。

「小子，現在知道自己做了什麼嗎？」

「是的，對不起，我不應該冒犯兩位維洛納的先生。真的非常抱歉，我不該偷兩位的錢包，更不應該威脅兩位。真的是非常非常抱歉，請原諒我……」

「你真的只做錯了這兩件事嗎？」湯瑪斯的語調輕柔，約翰聽了卻只覺得頭皮發麻，他在文學課上犯錯時，湯瑪斯就是用這種語調問他知不知道該改正哪裡。

艾倫的懺悔停頓了一下，然後少年發抖得更厲害了，他開始哭，邊哭邊開始說出他到底偷過哪些紳士，又勒索過哪些。湯瑪斯表情平靜地聽著，邊聽邊整理起他的衣著：撫平皺褶，拉好領子和袖口，最後從錢包裡面掏出幾枚硬幣，丟在艾倫面前的地板上。

「一個人十先令，因為我們有兩個人上你，所以總共給你一英鎊。現在你可以滾了。」

看著艾倫狼狽撿起硬幣，抓了外套就想逃出門去，湯瑪斯勾出一抹冷笑。

「這次算你運氣好，我心情不錯，放過你了。往後做生意時眼睛放亮一點，不要什麼人都招惹；這種靠勒索做起來的生意，早晚會完蛋的。」

目送艾倫離開，湯瑪斯立刻轉向約翰：「看到了？那些流浪小公狗，雖然漂亮，但其中幾隻特別麻煩。如果今天不是遇到我，你可能還沒開始賺錢就要在那種貨色身上花個五六英鎊。」

「……謝謝了。等我收到第一筆錢就請你喝酒。不過我們的懷錶威力這麼大啊？居然能把人嚇到直接跪下。」

「我們有個好老闆。」湯瑪斯閉上眼，開始指揮起約翰替他端水擦身體。「他認識很多重要朋友，如果我們俱樂部的人不小心被警察抓到了，也能把我們撈出來。當然，如果有人要妨礙他的生意……」湯瑪斯比了個用手劃過喉嚨的動作。

「我之前的長官給我推薦了個什麼工作啊……」約翰忍不住喃喃道。

「躺著就能賺錢的工作。對了，你那天有空閒嗎？」湯瑪斯報了一個日期，約翰點點頭：「有空，怎麼了？」

「新男侍開始接客之前，我們會把所有人都聚集在一起，在俱樂部的大餐廳一起享用大餐。算是祝你們……嗯，開張大吉。」

「這麼好？」

「畢竟得餵飽你們，你們才有體力去上人或給人上啊。」

享用「開張大餐」的那一天很快就到來了。這是約翰第一次見到這麼多位男侍。不得不說，俱樂部那神祕的大老闆與布朗經理很有眼光，挑選的男侍囊括了各種類型的風情，而且還都是最頂尖的。

光是和約翰一樣有軍人背景的就有好幾位，襯衫與外套也遮掩不住他們精實的身形；斯文氣質的類型則是以湯瑪斯為首，人數和軍人們不相上下。其中比例最少的則是米歇爾和安傑爾為代表的美青年、美少年類型，纖細美麗、雌雄莫辨，但又不至於完全落入嬌弱無力的境地。

「大家都到了嗎？」

「沒，路易斯還沒來。」

「那就派人去找他。」

「不，似乎是昨晚有個客人臨時點他，推不掉。我們再等等他？」

當所有人手上都有一杯酒時，頭牌路易斯這才姍姍來遲。他襯衫最頂端的兩顆釦子沒扣，領結也是散著的，臉上猶泛潮紅。「你們說完祝酒辭了嗎？我趕上了嗎？」

「來的正好。」羅伯特說，同時示意米歐爾遞酒給路易斯，「我們正要開宴。作為我們之中生意最興隆的，你來說祝酒辭吧？」

「我恐怕不適合。」路易斯的嗓音帶著一絲沙啞，「安傑爾，你來？」

纖瘦好似少年的棕髮青年看了路易斯幾眼，眼神中雖然有些不滿，但他終究還是清清嗓子，開了口：「今天我們聚在這裡，慶祝新同伴們正式加入我們的行列，成為維洛納俱樂部男侍們的一員。我想在座的各位，在這段指導新人的日子裡，已經充分領會到，我們新伙伴的過人體力、耐力和天賦完全符合本俱樂部的男侍標準——雖然我本人認為其中幾位的叫床技術還有待改進——而且，我們期待，他們的技術能更上一層樓。」

這時羅伯特用手敲起了桌子，喊道：「讓客人離不開你們的屌和屁眼！」而其他男侍們也開始起鬨。

「更淫亂、更放浪！」

「歡迎加入維洛納、天天都有性愛趴！」

「客人喊不夠，一發再一發！」

一片混亂中，安傑爾提高聲音，做了總結：「讓我們向本俱樂部的新生力軍們致意！榨乾客人袋中的奶與蜜！」

「榨乾客人袋中的奶與蜜！」眾人高呼，然後乾杯。約翰已經可以想像祝酒詞中所描述的那副場景：肉體上沾染著白色濁液，一旁桌上堆著光澤燦爛的金幣。

接著開始上菜了，都是些好菜。開胃菜就是生蠔，然後還有蘆筍拼盤，湯是松露清湯。約翰看著一道接著一道上來的菜，露出有些微妙的表情。

他的左手邊就是羅伯特，大概是注意到他的表情變化，羅伯特嘿嘿一笑，一手搭上了他的肩。「你發現了?沒錯，這是本俱樂部的傳統，替新人男侍打造的壯陽特餐，免得你們初次上陣就因為太緊張而軟屌，那可會砸了我們的招牌。」

約翰已經習慣羅伯特的嘴賤，這類調笑在軍隊裡並不少見。「你才早洩陽痿。」

此時餐桌的另一端傳來鼓譟聲：「主菜來了！主菜來了！」

「今天主角們的主菜來了！」

約翰正想看清楚到底是什麼讓他們這麼興奮，連一向優雅的路易斯都笑得直不起腰，那道主菜就已經端到了幾位新人面前——這道菜肴以馬鈴薯泥為基底，薯泥上裝飾著德國酸菜，正中間直立著一根煎得香酥脆的大香腸，香腸兩邊各擺著一顆蘇格蘭蛋。簡而言之，就是用食物拼出來的一副立體陽具。

眾人此時都停下了進餐，目光灼灼地看向幾位新人，似乎是要看他們會怎麼吃這道菜。

……這到底該怎麼吃呢？約翰正想拿起刀叉，羅伯特卻快速抽走了他的餐具。

「又一個優良傳統，吃這道主菜不能用餐具。」羅伯特的笑容越發奸詐，「好好加油吧。」

沒有餐具，那就是得用手了。這倒不成問題，軍營裡面，更粗魯的吃相都出現過。約翰盯著這道「大菜」思考了一陣子，決定還是從主體入手，慢條斯理地將香腸調整到一個方便下口的角度，然後張嘴湊了上去。

他先仔細地舔吮了香腸的最頂端，才張口咬下，鮮美的肉汁瞬間在他嘴裡爆開。為了避免沾上，他把頭髮撩了起來，挑釁地掃視了餐廳一圈，向其他人拋出自認為最勾人的眼神。

雖然約翰盡可能地小心翼翼用餐，但還是有肉汁溢流了出來。他舔了舔唇，繼續努力和香腸搏鬥，直到只剩下半截時，這才用手拿起來吃。當然，手指上也無法避免地沾上了湯汁。他慢吞吞地把手指舔乾淨了，繼續往蘇格蘭蛋進攻。

多數人喜歡吃酥脆的麵衣，不過在他看來，溼潤後的麵衣也別有一番風味。約翰將蘇格蘭蛋的麵衣舔到溼潤之後這才咬開，咬開外層和蛋白部分時，他發現這蛋黃竟然還是半凝固的，也不知道廚師是用了什麼祕方才讓外層絞肉熟透，卻讓蛋黃保持流心。雖然他並沒有很喜歡半生不熟的蛋黃，不過軍旅生涯讓他養成了不浪費食物的習慣。約翰吸啜著，將蛋黃吸乾之後才開始大嚼其他部分。

這主菜的分量相當可觀，即使他自認胃口不小，也得耗費相當的努力才將作為主體的肉類部分吃完，其他人更不用說了。在他們紛紛吃到只剩下馬鈴薯泥和酸菜時，羅伯特才把餐具還給約翰。其他男侍們紛紛鼓掌歡呼。

「Bon Appetit。」安傑爾撐著微笑說出祝福。雖然正常來說，這句話應該在開動前說出來才對。「祝你們往後接待客人的每一天，都能像今天一樣胃口大開。」

接下來出現的菜就正常多了，雖然一樣多少帶了些性暗示，但至少不需要徒手進食。最後收尾甜點是新鮮的桃子，果肉多汁軟嫩，果核部分挖空，填上了冰涼的鮮奶油。不需要多加咀嚼，就能順著食道滑進胃袋。約翰懷疑這道甜點隱喻著吞精，不過話又說回來，這可比真實的吞精可口多了。

希望他在胃口大開的同時也不會遇見逼他吞精的客人，約翰在內心默默許願。

餐聚後，約翰本來以為接下來還會有什麼新的花招——畢竟這段「培訓期間」

裡，他已經見識過男侍們隨時隨地可以調情或開始性遊戲的能力——不過今天沒有，就只是個再正常不過的午餐聚會。這甚至讓他有點失落，不過想到即將正式上工，他又按捺住了欲望。第一次接客，他得賣力表現，好讓客人之後還繼續點他，為此他得保留力氣。

而就在這頓「開工大餐」的三天後，布朗經理告訴他，他將進行第一次的接客。只不過，和約翰所預想的初次接客不同的是，他必須到客人的府邸拜訪。

♦ 第四章 ♦

初次接客

19th Century
London
Male Prostitutes

約翰・懷特的第一個客戶就是個貴族老爺。

在享用「開工大餐」的三天後，布朗經理告訴約翰，他的第一個客人來了。只不過，並不是由客人造訪維洛納俱樂部，而是要由約翰去客人的宅邸拜訪。

「拉斐爾・埃瓦松子爵是我們長期來往的客戶，信用紀錄良好，沒有嗜虐性癖，不用擔心他把你玩過頭。」布朗經理將一本小本子拿得遠遠的，瞇著眼看著上頭的筆記，那是客人的癖好紀錄，「沒有特別偏好的玩法，唯一的要求是禁止男侍使用香水、古龍水或體香膏。記住了。」

布朗經理給了一張請帖，上頭寫了約翰的名字，用文雅的措辭邀請他前去作客。誰想得到，這請帖的真正目的其實是召妓？

請帖上的時間是下午三點，以午茶時間而言，似乎有點早。約翰正想發問，路易斯就進來了，他是來和布朗經理確認行程的。他一眼就認出了約翰手上的請帖：「第一單老樣子是埃瓦松子爵？」

「老樣子？」

「我們很多男侍的第一個客人都是他。」路易斯說，「人很隨和，不挑剔，又是我們的老客戶，最適合新手第一次接客了，甚至還讓我們上餐桌一起吃飯。他們家伙食不錯，如果你有看到子爵夫人，記得替我向她致意。」

「……我們還會看到子爵夫人？不是，子爵夫人知道我們拜訪的目的嗎？」約翰知道有些喜好同性的男人仍然會娶妻，娶妻之後照樣尋歡作樂，但是，讓上門的男妓和正宮夫人直接打照面？約翰不懂子爵是怎麼想的，但他自己絕對不會這麼做——如果他有娶老婆，也那麼有錢的話。

誰曉得知道真相的老婆會不會決定把丈夫的真實愛好說出去？貴族或許能逃過絞刑架，但也逃不過身敗名裂。

「這個嘛……誰知道呢？他們夫妻間的事情，還輪不到我們操心。布朗經理，還有什麼要叮嚀約翰的嗎？」

「沒有。你已經幫我說完了。」

到了約定好的日期，約翰穿上自己目前最好的衣服，準時登門拜訪。根據在課程中學習到的上流社會慣例，他以為會在會客室或書房裡見到子爵，但門房卻一路把約翰引到了溫室。來自異國的奇花異草包圍著埃瓦松子爵，他看上去大約四十出頭，一頭淺金色的頭髮依然濃密。典型的英國人長相。比起讓熱帶植物環繞，他更適合的是玫瑰花叢。但他不是一個人，溫室裡還有兩位女子，一位金髮，一位棕髮。金髮的那位戴著和子爵同款的戒指。

「你一定是約翰．懷特。」子爵說：「布朗經理向我提過你。」

「能見到您是我的榮幸，閣下。這位想必就是尊夫人？」約翰回憶著禮儀課的內容，行了禮，接著去吻金髮女子伸出的手背。嘴唇輕輕一碰，隱約可以感受到玫瑰花香。「我的朋友路易斯，要我代他向您致意，願您身體安康。」

「啊，路易斯，他是個可人兒。」子爵夫人微笑，「替我謝謝他的問候。」

可人兒？子爵夫人的用語讓約翰心底升起微妙的感覺。這用詞聽起來，彷彿子爵夫人和路易斯相當熟稔？為什麼他們會相熟？路易斯經常上門是一個可能的原因，但理論上他們不會有太多深交。男侍與子爵不是朋友，除了上床，不會在其他場合有所交流。

約翰一瞬間想起員工訓練時前輩們所分享的客人特殊性癖，其中一種，是熱愛前後夾擊，在自己操人的同時被幹……子爵該不會有這種性癖，要男侍們來為他們夫妻倆助興吧？但這個想法很快又遭到他否決，如果是那樣，布朗經理早就事先通知了。

但接下來的情形，才讓約翰真正大開眼界。用過茶點後，子爵邀請他跟他們一起進行午後散步，可散步時，他卻沒有挽著妻子的手。子爵夫人反而是與棕髮女子並肩而行，兩人手牽手，時不時用充滿愛意的目光互相凝視。

沒錯，愛意。約翰自己還沒有機會品嘗過戀愛的滋味，截至目前為止，他只擁有過肉體關係；但他在街上看過熱戀中的情侶，知道一對真正相愛的人目光交流時該有的樣子。

「啊，你猜的沒錯，維若妮卡偏好同性大於異性。」走在他身側的子爵突然開口，語氣就像在談論天氣，「不過我也一樣。我們扯平。」

約翰聽過傳聞，知道有些貴族夫妻在生下繼承人之後便會各自豢養情人，彼此互不干涉。但坦蕩蕩地把婚外情對象——還是同性——帶到配偶面前，還是聞所未聞。

更別提夫妻兩人同時都對同性有興趣這種事情了。

大概是約翰的表情太過錯愕，子爵忍不住笑了，「不必驚訝。習慣就好，習慣就好。」

散步之後，男人與女人各自分開了。約翰跟著子爵進了書房，一進去，他就看到壁爐上懸著的油畫，畫中是子爵夫婦和兩個小男孩。

「我和維若妮卡的兒子，他們現在都是讀寄宿學校的年紀了。」子爵揮了揮手，然後打開了酒櫃，「時間還有點早，不過，我想我們可以喝一杯。」

有了面試和訓練時飲用催情酒的經驗，約翰沒有一口直接乾杯，只略略沾了唇，然後驚訝地發現這酒是「乾淨」的，沒有加料。即使酒精能掩蓋住多數的味道，但催情酒總有種微妙的後味，約翰在這些天裡喝過好多次，他認得出來。

「我們晚一點再來喝你習慣的那款酒。」子爵說：「現在先來點清淡的……開胃酒。」

「噢，那當然，沒有問題。不過……我想這個時間，也許，再來點牛奶也無妨？」

約翰走到了子爵的座椅前面，跪下，在子爵默許的目光下從他的腳踝一路往上撫摸，解開那件精紡羊毛面料的長褲，嘗試喚起子爵的情欲。

他並沒有花太多功夫，就聽見了子爵低沉的喘息聲，這於他而言，無疑是一種獎勵。約翰加快了手上的套弄，然後低頭含入頂端，依照著他在口交訓練時學到的技巧，慢慢施加刺激，讓快感可以層層遞進。子爵的衛生習慣很好，把自己打理得很乾淨，沒有什麼味道，這讓約翰一度考慮要不要含更深到可以頂到喉嚨的程度，但很快決定放棄。根據其他男侍的經驗分享，子爵在床上不怎麼玩花樣，太過激進反而可能會嚇到這個可以長期往來的客戶。

「喔，這……」子爵發出愉悅的嘆息。約翰可以感覺到子爵把手放到他的後腦，輕輕揉著他的頭髮，「艾斯卡勒……你們的老闆……總是把你們訓練得那麼好……唔、甚至有點太好了，喔……」

子爵將約翰一把推開，喘著氣從口袋中掏出手帕，但仍然趕不上他釋放的速度。

「閣下，我替您清理乾淨吧？」

「用這個。」子爵閉上眼，把手帕遞給約翰，「不需要用你的舌頭……不然我怕會一發不可收拾。」

「噢，好的。」

「先說，我沒有不滿意……而是，在這個時間，這樣就已經夠了。」子爵邊說邊瞄向約翰的下身，「你也把自己處理一下。」

在另一個人注視下手淫？這種事，約翰有經驗；俱樂部訓練時也做過，畢竟客戶們的愛好千奇百怪。約翰毫不害羞地解開褲頭，在子爵的注視下開始動作。他了解自己的身體，手法純熟，很快就解放；遵循著此間主人方才表現出來的愛潔傾向，他抓緊了時機，在釋放的瞬間將體液摀在了手帕裡。

他也算明白了為什麼前輩們建議要多帶幾條手帕備用。

此時，響起了輕敲房門的聲音，原來是管家來通知：「老爺，晚餐已經擺好了。」

現在尚未到六點。按照社交慣例，這頓晚餐的時間實在有點早。約翰才在想，這就是子爵方才說「已經夠了」的原因？然後他看到子爵已經迅速整理好儀容、走向門口，腳步輕快，不像剛剛才高潮過的人。

「維若妮卡和雷克小姐今天要去聽歌劇，所以今天比較早用餐。」子爵說，「只是便飯而已，不用太拘束。」

然後約翰親身體會到了貴族定義下的「便飯」，和他從小到大吃的「便飯」，是兩個世界的東西。說是便飯，今晚，埃瓦松子爵的餐桌上還是出現了五道菜：大麥蔬菜濃湯、羊肉和兔肉的冷盤、酥炸鱈魚、烤閹雞佐奶油菠菜、杏桃水果派。在軍營和在維洛納俱樂部時，約翰當然有飯吃，但不是這樣的好菜。軍營裡是硬麵包配鹹肉，維洛納俱樂部則好一點，頓頓有熱飯熱菜，最不濟也有三明治配熱茶，但絕對不會把五道菜的套餐稱之為「便飯」。

飯後，子爵親自送夫人出門，這才領約翰前去他的臥室。

「浴室已經有熱水了，你去好好洗一洗吧，東西都已經準備好了。」子爵說。

約翰進了浴室，看到整齊擺在一旁的衣物和香水，這印證了他的猜想：子爵有自己偏好的香味，因此才特別要求上門的男妓不要用香水。他打開香水瓶蓋，聞了聞味道。

對於這種氣味芬芳的液態黃金，約翰的認識並不深，但是在打扮課的時候，路易斯也壓著他把一架子的香水收藏都試過了一輪，讓他好歹對香味有點基本認識。這款香水有著明顯的柑橘類果香，隱約還有點薰衣草的味道，很像女人會使用的香水；但如果要再更詳細分析，他就無能為力了。

熱水的溫度正好，約翰好好地泡了個澡，然後回想著路易斯當時擦香水的方式，仿傚路易斯的手法，在鎖骨、手腕、耳後等地方拍上香水。他穿上絲綢浴袍，踏出了浴室，穿過連通道，走進子爵的臥室。臥室很暗，只有一點暈黃的燈光，但已經足以讓人看清物體的輪廓了。窗簾全部拉了下來，一絲月光都無法透入。約翰看見子爵也換了浴袍，手裡握著一杯酒，正在等他。

「來，你也喝一點。」

他的工作開始了。調情、引誘、撩起客戶欲望，然後上床。這才是他此行的目的。看著水晶杯中的琥珀色液體，約翰湊上去，就著子爵的手、就著同個杯子啜了一口，然後吻上子爵，將酒液渡入他口中。順勢糾纏上他的唇舌。

這次的酒就是催情酒了。

「嗯……」子爵掙扎著和他的唇舌分開，「積極是件好事，但就我的習慣而言……你也太急了些。」

「那麼，還請您告訴我，該如何做，才能讓您得到歡愉。」

子爵的拇指摩娑過約翰的唇，約翰感覺到他的嗓音暗啞了下來：「跟著我的指示做。不要說話，不需要用淫語挑逗我，只要喘就行了。」接著，他吻了上來。

他們摸索著彼此的身體。約翰感覺到子爵貼近他的頸窩，似乎是在仔細嗅聞著他身上的香水氣味，同時，他的手也沒停下。正如路易斯所說，子爵是個紳士——這也體現在他此時的動作上。子爵的愛撫很慢，像是要仔細感受約翰的肌膚觸感。昏暗的環境剝奪了他多數的視覺感受，這讓觸覺和嗅覺敏銳了起來。約翰可以聞到了子爵身上清淡的肥皂香，感覺到他偶然劃過大腿的指甲弧度。當那雙手滑過腹部，逡巡至腿間時，他忍不住微微顫抖起來。

很溫柔，甚至可以說太溫柔了。不應該這樣。他過去是軍隊中隱祕的共同情人，現在則是上門的高級男妓。子爵冒著風險，花大錢把他找到家裡，就該是為了發洩欲望，但在撫觸之中，約翰卻沒有感覺到那種明確的、獸性的渴望。沒有「快操我」，或是「幹死你」。

這樣充滿柔情的撫摸，讓約翰莫名想到了一個不應該存在於這種交易關係中的名詞。

「愛」。

「好了，現在，換你來摸我了。」子爵說。

這樣才對，約翰想，暗自鬆了一口氣。他們的關係就應該要這樣：索求他、命令他，要求他滿足客人那隱祕而淫穢的渴望。約翰首先把手按上了子爵的鎖骨，感受著線條的起伏，然後往下滑，玩弄著他的乳珠，直到子爵開口要求他好好疼愛其他部位，約翰才愛撫起其他部位。胸、背、腰、腿，子爵的喘息越發粗重，他終於忍耐不住，一把抓過約翰的手，引領他的手指來到後庭。「進來。」

約翰從善如流的為子爵做起了擴張，才剛放進第二根手指，他便發現自己的後面有異物侵入感，呼吸頓時一滯，手上動作也一停。察覺了約翰的反應，子爵笑了出聲。

「不要停，繼續擴張。」

他們就這樣為對方擴張後穴。子爵的另一隻手也沒閒著，他靠近了約翰，握住他的陽具，和自己的互相摩擦，直到約翰感覺到頂端有液體開始流出，弄溼了肉柱，子爵才說：「可以了。」

子爵讓約翰面對著他側身躺下，約翰照做了，他正思考著這樣躺著有什麼適合的體位時，便感覺子爵握著他的陽具調整著角度，接著，一陣柔軟包覆住了他的陰莖。

此刻，不需要子爵的指示，約翰憑著本能也知道下一步該怎麼動作。擺動腰部，開始抽插，時淺時深，同時一手撫上子爵的性器，一手則玩弄起他的乳頭，三處同時給予刺激。稍早前舉止優雅、措辭謹慎的貴族紳士，很快就和他以前上過的其他男人一樣，發出動情的呻吟，忘情地扭動身軀。

在散步時約翰就看出來了，子爵的身型修長、肌肉緊緻，但實際抱起來卻沒有他想像中的柔軟，不過皮膚倒是一如他所預期的光滑，汗毛細緻。在黑暗中抱著這樣一具軀體，他的興致更加勃發，下身動作也粗魯了起來。

「嗯、啊，太大力了，不能頂到最深……」

約翰謹記著子爵最初的叮囑，沒有說出一句淫語，只舔了舔他的耳朵，喘得更加粗重，然後接下來的每一下都是抽到幾乎離開穴口、再用力頂到最深，用以回應那瘋狂吸絞著肉棒的貪婪後穴。

也不知抽插了多少下，他感覺到手裡握著的陰莖傳來一陣跳動，這是即將高潮的前兆。這時子爵卻主動推開了他、壓制住他，接著直接坐到約翰身上，一口氣用後穴吃進了他的整根性器。依照俱樂部規定，在初次接客前三天得禁欲，他已經三天沒有得到滿足，而這陡然降臨的刺激讓約翰一時把守不住精關，直接射在了子爵的身體裡面。

他聽見一陣輕笑。

「是我技術太好？還是你就這麼想要我？噓，別回答。也別動。」

子爵仍然跨坐在約翰的身上，握著約翰的陽物根部以免它從後庭滑出，同時繼續扭腰、搖動，又過了一小刻，子爵終於發出滿足的嘆息，接著一陣黏稠落到約翰的腹部上。

「現在，你該換一種方式來出力氣了。」子爵說。

約翰花了一點時間把子爵重新舔硬，然後騎了上去，仿效剛才子爵的動作那樣，讓子爵不費一點力氣地使用著他的後庭。這並不是很難，甚至可以說太簡單了，相比之下，要克制自己不說些撩撥客戶欲望的淫語還比較難一些。在訓練課的時候，他差點就要養成邊做邊說話的習慣了。

子爵第二次抵達高潮的速度，比第一次時還要快上一些。

依據其他男侍所分享的經驗，埃瓦松子爵並不會像某些其他客人，熱衷於追求連續高潮。每次只要前後各做過一次，子爵就會直接收兵休息。所以，接下來他可以準備清理身體、打道回府了。約翰起身，開始穿起浴袍，打算在離開前再洗澡一次。此時，子爵開口了，因為剛才兩次的高潮，他的聲音還有點無力：「不必急著回去，你就在這裡過夜吧，清理完之後，史蒂文斯會帶你到客房。」

有下午茶，有晚餐，現在還包住宿？該不會連早餐都有吧？這樣的客人會不會太好？

雖然出發之前布朗經理和前輩就說過，如果埃瓦松子爵讓他留宿，那就接受他的好意。不過親身體會到的時候，約翰還是覺得有些新奇。

子爵就不怕他的真實性向曝光嗎？

踏出房門，史蒂文斯——也就是管家——已經在等候他。約翰突然好奇，眼前這位不苟言笑的僕役，到底知不知道他家主人的風流韻事和真實性向？是全然一無所知，還是，知道了卻裝聾作啞？

「懷特先生，這邊請。」

雖然有那麼一瞬間，約翰心中升起了好奇，但他終究沒有把問題說出口。聽、看、不說，是他們這一行的基本操守，好好遵循，生意才能長長久久。而且，確實如路易斯所說，埃瓦松子爵是個好客人；這麼好的客人，當然要仔細維護關係，才能持續從他那裡榨出金錢。維護關係的重點之一，就是要替客戶保密。

不論管家是否知曉男主人的真實性向，那祕密都不該從約翰的口中透漏。

不知道是不是心理因素的關係，約翰覺得子爵家的床特別軟、特別好睡。俱樂部的床已經夠舒服了，他沒想過子爵家的床還能更高級。而且早上起床，還有人給他送上盥洗用具和熱呼呼的洗臉水。在俱樂部提供的宿舍裡，雖然也有僕役協助打理男侍們的生活，但他們只是從旁輔助，比如預先燒好熱水，有些瑣事還是得自己動手——他不得不承認，知道貴族的生活優渥是一回事，親自體驗又是另一回事。這樣的生活，如果靠自己白手起家累積財富，不知道得要打拚多久？也難怪他那個前上司會捨不得離開家中的資助，父親要他從軍就乖乖從軍，要他斷絕與男性的關係就斷絕關係。

整理儀容完畢，他照著史蒂文斯昨晚的說明，下樓到早餐室用餐。早餐室的裝潢無一不顯示出主人的高雅品味，就像這間宅邸的其他地方一樣。靠牆的桌上已經擺了好些銀器，讓人能自由從中取用食物。長餐桌鋪著平整乾淨的白桌巾，正中央的骨瓷花瓶裡插滿了猶帶露珠的鮮花。

而就在餐桌主位上，坐著的是邊喝茶邊看報的子爵夫人。

昨晚才剛和子爵做愛過，今天要吃早餐就撞見子爵夫人，哪怕昨天在子爵那一番剖白之下，知道這對夫妻對彼此不感興趣，生完孩子後就各玩各的，完全可以說是一對假面夫妻，約翰心裡還是升起一絲尷尬。

還不等他消化完那分尷尬的情緒，子爵夫人就注意到了他，並且微笑著起了身。約翰趕忙上去問好，並且行了吻手禮。子爵夫人的手腕上散發著若有似無的香氣，從約翰的鼻尖掠過，他起先覺得這氣味似曾相識，然後想起來自己昨晚曾經沐浴在近似的香水雨之中。一種微妙的感觸自他心底油然生起。子爵在想什麼，為什麼讓他使用與子爵夫人近似的香水？但約翰很快壓下心底的疑問，讚美起子爵夫人今天的打扮。讚美一個女人容貌不如讚美她的品味，這樣永遠不會出錯，這是軍中一位一直以為他喜歡女人的同僚教他的方法。

寒暄之後，子爵夫人又開始看報，約翰便自行用餐。但才剛喝了一口茶，子爵夫人便說：「所以，昨晚你和拉斐爾過得開心嗎？」

約翰差點把嘴裡的茶噴出來。

好吧，一個女主人理所當然能掌握家中客人的身家背景，但就算你知道上門拜訪你丈夫的年輕男子十有八九是男妓，知道你丈夫昨晚和男妓睡過……誰家女主人會這樣直接關切？約翰快速觀察了一下，早餐室裡面服務的僕役站得離餐桌有段距離，聽不見他們的對話。再看子爵夫人的表情，她的眼神真的只是純粹的好奇與關懷，嗯，對，關懷……呃，總不會是在關心她老公有沒有爽到？

「……我希望子爵滿意昨晚我們相處的時光。」約翰選擇了最保守的回答方式。「至少我個人是非常愉快的。」

「那很好。希望你日後還能再來拜訪，他需要一些……可以說話的人。不說社交場面話的那種。」子爵夫人圓滑地說：「不過我鄭重建議你，不要愛上他，我的丈夫是個很好的人……但愛上他，只會讓你受傷。如果你因此受傷，想要做出什麼報復，我的丈夫甚至不見得會有什麼怨言，但我就不好說了。」

「這……」約翰立刻緊繃起來。他可以聽出夫人的語調沒有敵意，但也可以感受到，接下來她要說的內容非同小可。

「我就和你說說，一個發生在好多年前的故事吧。」

子爵夫人是個非常好的演講者，幾乎是才剛開頭，約翰就被她口中的故事吸引住了。

故事是這樣的：好多年以前，一個歷史悠久的貴族家族因為意外，只剩下了老夫人和她的小孫子。儘管其他親戚虎視眈眈，老夫人還是努力把小孫子養大了，她的教育非常成功，這家族最後的繼承人成為了一位風度翩翩、足以擔當起高貴姓氏的美青年。他博學多聞，樂善好施，是一個祖母所能擁有的最完美的孫子。但他一直隱藏著一個祕密，一個他無法向祖母坦承的祕密：他喜歡男人，也只喜歡男人。

他很早就發現了這項事實，並且因此感到痛苦。喜歡同性是道德墮落的象徵，如果他喜歡同性的事實曝光，家族將遭受沉重打擊。他的祖母也承受不住，醫生說過，她憂思過度，那虛弱老邁的心臟早就隨時可能停止跳動。老夫人之所以還能活著，完全是靠著「想要看到孫子結婚生子」這個願望才支撐到現在。

年輕的勛爵必須違背本性和女人結婚，必須和女人生下孩子。他可以忍受這樣的痛苦——活在這個世界上，誰能一點痛苦都不用承受呢？但他不忍心讓一個純潔無辜的少女進入這段註定無愛的婚姻。他可以給未來的妻子敬重與權勢，但唯獨無法給予愛情。

可是又有哪個待嫁少女不曾期待丈夫的愛情？

就在青年為此痛苦時，在倫敦城的另一棟大宅裡，也有一位少女正在因類似的原因而掙扎。

少女討厭男人，喜歡女人。她倒不擔心她的喜好曝光——相較於男性，女性之間的愛慕更容易用「摯友情誼」掩護過去，但她真的、真的難以忍受男人。看著母親多年來為家中操持的身影，她難以想像，自己以後要嫁給一個男人，過上相同的生活：不斷懷孕、生子，為了丈夫的地位和事業舉辦各種舞會與宴會，和貴婦們喝茶、刺繡，在室內消磨大半的時光……如果有愛，這一切或許還尚可忍受，但問題就在於，她無法愛上男人。

每一次在舞會上，當紳士們伸手向她邀舞時，她都很想逃離。

但身為家中的第一個孩子，少女沒有「不結婚」這個選項，她的每一個決定，都會影響到下面的弟弟妹妹在社交圈中的評價。在她晉見女王後已經過了兩個社交季，父母已經開始擔心她會晚婚，甚至開始討論是否要延後其他女兒晉見女王的時間，還有，是不是要去其他地方碰碰機會——「我想，也許可以帶她去巴斯或布萊頓。」有一次，少女偶然聽見父親這麼說：「倫敦太擁擠、太多人了，但在巴斯或布萊頓，我們的女兒就能閃閃發光。」

「但是親愛的，我們家負擔不起！」她聽見母親說。

就在少女絕望時，她的侍女兼祕密情人提出了私奔的請求。她的侍女口才很好，幾乎說服了她，而就是在這時，少女與青年，兩個痛苦的人相遇了。

青年聽見了少女與侍女的密謀，他想，原來並不是只有他會這樣痛苦。就在他思考著是否要偷偷幫助這位少女時，他聽見了另一場陰謀。原來，那侍女是個騙子——她的目的就是要拐帶少女，然後和同黨一起聯手敲詐。

於是，在那天的舞會裡，青年向少女邀舞了，隨著華爾滋樂曲起舞時，他在少女耳邊坦承了他在花園裡聽到的那場密謀。心軟的青年隱瞞了侍女的陰謀，只向少女點出私奔計畫中的不足之處。

「小姐，請問您之後打算如何謀生？是讓您的貼身侍女養活，還是去當家庭教師呢？如果是當家庭教師……那麼，你們打算去哪個家庭呢？又有誰能替你們寫推薦信？」

「不要忘了，小姐，您還有三個正等著嫁人的妹妹……我不認為，大姊私奔一事，會對他們毫無影響。」

「我有一個能解決我們彼此問題的方法，不知道您願不願意至少聽聽看？」

故事的結尾，青年和少女結婚了。在世人眼中，一切都是非常水到渠成的發展：年輕勛爵在舞會中對貴族千金一見鍾情，在長輩允許之下持續往來，最後結婚。一樁門當戶對、兩情相悅的好婚事。

「他是個討厭說謊的人，但為了這個家，他說了太多的謊。他一輩子都在演戲，演一齣給整個上流社會看的戲。」

子爵夫人喝了口茶。她的目光悠遠，像是在看早餐室外的花園風景，但又像是在看某種更加虛無縹緲的事物。

「如果當年我真的跟她私奔，恐怕會被她帶到犯罪集團手裡去，成為勒索我父親的把柄。」子爵夫人淡淡道：「幸好拉斐爾發現了。」

此刻不是個發表評論的好時機。所以約翰維持沉默，低頭吃了一塊烤腰子。嗯，貴族家的廚師就是厲害，烹調入味的同時仍維持了肉質的軟嫩鮮美。

「如果要說拉斐爾身上有什麼缺點，也只有喜歡男人這一點，扣掉這一點，他是一個完美的家族繼承人。八面玲瓏，又為人正直。」夫人繼續說：「就拿生孩子這件事來說，拉斐爾總覺得是他為了家族傳承而強迫了我，所以這些年他不斷補償——珠寶、華服，溫室、玫瑰園，絕對的管家權，完全放任自由。其他貴族夫人能向丈夫尋求的體面尊重，也不過如此。」

「他對我們的孩子也是如此，呵護備至。但他最讓我敬重的一點，是他的目光如炬，總能洞察到別人的情緒，然後做出適當處置。曾經有過幾個男妓愛上他，而他也及時抽身……只可惜，人上了年紀，總是會變得遲鈍，當年他可以只靠三言兩語就發現我的侍女是騙子，從而阻止我私奔，但換成現在，我不確定他能否做到。不過這也無妨……夫妻嘛，就是要互相扶持的。」

約翰放下餐具。直覺告訴他，接下來子爵夫人要說的話才是重頭戲。

「幾年前，有個男妓真的愛上了他，但那一次，我丈夫沒有發覺……等到他發現時，男妓抓住了一些證據，想要藉此要求我丈夫另置產業與他同居。我丈夫拒絕了，他就嘗試把那些證據提供給報社，想要毀了我的丈夫……我必須說，幸好我丈夫一向與人為善，所以，報社主編並沒有發表新聞，反而提醒了我們。就像我先前說的，不要愛上我的丈夫，也不要演什麼求而不得只好報復的難看戲碼……離開這間大宅之後，和你的前輩們一樣，管好你的嘴。我的丈夫不怎麼關注流言，但我會替他守望。我和他不一樣，真的要動手的話，我是不會在意什麼紳士榮譽的。」

就在這時候，子爵走進了早餐室，他的到來打斷了這場氣氛凝重的談話。他一身騎馬裝束，神采飛揚。「今天天氣可好了，正適合騎馬！維若妮卡，等等妳和雷克小姐一定得出去走走。」他走過來，在夫人的手背上落下輕輕一吻。

輕如羽毛的一吻，就像約翰落在子爵夫人手背上的一吻一樣。

謹慎，克制，矜持。

正適合他們這對重視彼此，但又無法以「愛」之一字來定調關係的夫妻。約翰想。

用完早餐，俱樂部派來接約翰的馬車也來了，時間算得剛剛好。他向男女主人告辭，上了那輛有著渡鴉紋章的馬車。

根據規定，在第一次接客之後，男侍們都要去向布朗經理進行面談，好讓經理了解日後該如何安排適合的客人。約翰在約好的時間來到了布朗經理的辦公室，然後發現，在辦公室裡的是一位不速之客，而不是經理。

那是一名他從沒在俱樂部看過的黑髮男子，頭髮梳得一絲不苟，黑外套、黑手套，就連手裡拿著的手杖都漆成黑色。這一身黑色，搭上他緊抿的薄唇和淺色眼珠，讓他看起來嚴酷而不近人情。

約翰的心裡浮現了一個猜測，下一秒就由男子親口證實了。

「沙羅姆。」男子點了點頭，權充問候和自我介紹，「布朗經理臨時需要處理和客人的帳務糾紛，所以我代替他來問話。第一次接客，感想如何？」

感想？他能有什麼感想，食物好吃？床很好睡？子爵很有紳士風範？禁欲好幾天終於能來一發，很爽，但總覺得有些不夠？

最後在約翰腦海中浮現的，是子爵在早餐室裡的那個吻手禮。他和夫人的相處是那麼和諧，雖無愛情，卻能全心信賴，互相坦承。有那麼一瞬間，約翰甚至嫉妒起子爵，他竟然有幸能夠遇到一個這麼理解並且保護他的妻子！約翰彷彿能看見這麼一個畫面：彼時十分青春的子爵穿過整個宴會廳，找到那個與他共謀、達成協議的女孩，吻著她的手，邀她共舞。他只愛男人，她只愛女人，但他們攜手在旁人眼中創造出了他們已陷入愛河的幻象。

「我不知道該怎麼形容。」他說，「這樣說吧，如果今天我遇到的客人純粹是找我來洩欲，瘋狂幹我，幹到我昏過去，還比較好受一些……」偏偏子爵和子爵夫人都和他說了那麼多的話。雖然夫人的話語中帶著警告，態度卻和藹有禮。這和他過去在軍營裡面的「事後體驗」全然不同。那些操他的上級，事後大多不是直接穿衣服走人，就是呼呼大睡，就好像他只是一個拿來洩欲的人偶。那個將他趕走、給他維洛納推薦信的長官，倒不屬於前述那兩者，可他的眼神裡卻有著厭惡恐懼，對約翰，也對自己。

「不好受，然後你想做什麼？把客人從世俗眼光和婚姻中拯救出來，成為客人心裡最特別、最獨一無二的存在？」

「……我沒這麼打算。也沒那麼蠢。」任何一個腦子正常的紳士都不會放棄自己的聲譽與地位，而且子爵明顯不需要拯救。他還有一個好夫人準備隨時捍衛丈夫的名譽呢。

「那麼你為什麼會難受？」

約翰從來就不是文采出眾之人，他的口舌流利一向只在床上發揮，但他還是努力將想法化為言語。雖然有那麼一瞬間，他想過要不要敷衍過去，隨便回答就好了，但沙羅姆先生銳利彷彿手術刀的眼神，顯然能夠割開一切謊言。約翰直覺明白，他無法說謊……不然很可能會直接被踢出俱樂部。

「我不知道該怎麼說。」他煩躁地撥弄早上精心梳理過的頭髮，「子爵他……很有禮貌，但甚至可以說是禮貌過了頭。在床上，我從來沒有被這樣對待過。這麼的……嗯，溫柔。」他本來想用「有愛」來形容，但這似乎不是他應該說出的字眼。

「你是想說有愛吧？」沙羅姆的語氣像是在討論天氣，或是午餐菜色，出乎約翰意料，沙羅姆並沒有繼續逼問他，而是自顧自繼續說了下去。

「不過你選擇不說，很好，這代表你還不笨，而且尚有那麼一些自知之明。接下來我說的一切，你就好好記住，刻在你的靈魂裡：所有客人之所以拜訪維洛納，都只是為了洩欲，發洩他們最黑暗最隱祕的欲望。只是有些人是透過粗暴的性愛實現，有些人卻正好相反。但無論哪一種，永遠都與愛無關。你們能做的事情只有接納客人，然後在下床的那一刻裝作什麼都沒有發生過。我想子爵夫人應該有對你做出告誡？睿智的女士，她說的一點都沒錯。管好你的嘴，不要愛上客人，這對你們的肉體和靈魂都好。」

「你先前已經習慣人的裸體，接下來要習慣，人在裸體的時候，有時也會展現出他們赤裸的靈魂。但他們的靈魂與你、與其他男侍們都全然無關。這裡是俱樂部，不是教堂；你們是男侍，不是牧師。俱樂部只提供感官的享樂，不提供靈魂的救贖。就神學上來說，你們的功能本來就只有引誘他們墮落而不是救贖，就法律而言，你們做的一切還違法呢，要上絞刑架的。」

沙羅姆的動作很快，快到約翰來不及反應，就感覺到手杖抵住了他的喉結。他可以感覺到金屬的冰冷，那是為了強化手杖而鑲在底部的。他抿緊嘴唇，嘗試回瞪著沙羅姆先生，但很快就放棄，改成看向他身後的牆壁。在靠近天花板的地方，懸掛著俱樂部的紋章。由玫瑰環繞的渡鴉。沙羅姆就像是紋章的具像化，一身黑，還帶刺。

「這些話應該是由布朗經理在你第一次接客之後說的，算你倒楣，現在換我來，我不像他那麼有耐心，所以就不諄諄教誨了。畢竟過去的案例顯示，再怎麼好言好語，也總有蠢人聽不懂——」說到這裡，沙羅姆先生頓了頓，冷笑一聲，「維洛納的客人有很多種，有些粗暴，有些溫柔，有些熱愛與年輕男孩營造陷入熱戀的幻象。無論是哪一種，維洛納都會提供服務，但維洛納提供的只是幻象，記住你們的本分。不要談情，不要說愛，不要以為你能救贖客戶。也不要以為自己的魅力足以讓客戶放下一切與你相守……你的本分，自始至終就只是提供短暫的歡愉。」

「記住你現在這種難受的感覺，永遠、絕對，不要因為你和客人幹過好幾炮，就覺得自己有資格去過問客人生活裡的其他部分。那是幻覺，下了床，收了錢，就該消失的幻覺。」

「遵命，沙羅姆先生。」雖然早就耳聞沙羅姆先生的高傲與咄咄逼人，但真正直面時，約翰還是難受到有點想吐。嗯，這絕對不是因為他被沙羅姆先生震懾住了，只是因為他早餐吃太多了而已，都怪埃瓦松子爵家的伙食太好了。不過即使沙羅姆先生氣勢逼人，約翰還是強撐著，雖然他沒有與沙羅姆對視，但也沒有低下頭顱表示順服。

「明白就好。我希望你是真的明白。上一個不明白這點，想要子爵拋妻棄子與他同居的人，現在……嗯，這樣說吧，街上的瑪莉安過的日子，與之相比簡直就像是天堂。」沙羅姆先生放下手杖，不再繼續充滿威嚇意味地指著約翰的要害。「現在，回去休息。」

約翰幾乎是用飛奔的離開那間辦公室、回到宿舍，直到他應付完其他男侍們對他初次接客的盤問與祝賀後，要爬上自己的床時，才想到沙羅姆先生似乎並沒有與他討論，接下來該如何安排他的客人。

♦ 章節之間 ♦

（二）

19th Century
London
Male Prostitutes

放下筆的那瞬間，手指與手腕的痠疼立刻襲來，他這才發現自己居然已經寫了那麼多字。員工訓練、艾倫與湯瑪斯、還有埃瓦松子爵。那些往事的回憶啊，沒寫下來之前都是輕飄飄的，直到化為文字，才有了實質的重量。

他拿起寫著埃瓦松子爵故事的稿紙，又從頭到尾仔細看了一遍，確認自己已經隱匿夠多的細節，讓人無法由此推敲出「埃瓦松子爵」的真實身分。在所有的真實人物之中，只有埃瓦松子爵，他不是因為擔心自己的安全，而是出於擔心子爵的平靜生活受到干擾，才隱匿了原型人物的身分。在初次接客之後，他又造訪了子爵的宅邸好幾次，有一次甚至還和子爵夫人一起野餐。他一直記得那對夫妻看向彼此時的眼神，沒有愛火，沒有欲望，但其中純粹的關懷與保護還是幾乎要滿溢出來。

從各種意義上而言，他們都是一對很般配的夫妻，唯一美中不足的地方就是他們對彼此不存有男女之愛。又或者，正因為他們之間沒有愛情，所以才能成為社交圈人人豔羨的模範夫妻？

雖然這對夫妻都認為他們之間的感情不是愛，但作為旁觀者，即使只窺見了他們日常相處的一些碎片，他還是覺得，那就是愛了。

所以在處理埃瓦松子爵的人物細節時，他花了特別多的心力。

這樣一對契合的夫妻，不應該受到任何騷擾或猜忌。

至此，「約翰．懷特」成為男妓的準備期算是結束了，接下來就是縱情狂歡的時間，是無法以隱晦、文雅的方式來處理的段落。或者該說，在書寫那段狂歡時間時，還想要講究文字風格與格調，也未免太過矯揉造作。

會渴望讀《情欲集》和《芬妮希爾》的人，難道是因為想要看「嬌嫩的花瓣緩緩開放，露出蘊藏在內裡的細小紅蕊，滴滴露珠不斷滑落」，或者是「在那雪白的山巔之間是一處幽壑，幽壑最凹陷的地帶是一處深淵，那深淵此刻彷彿有著生命，一張一合，伺機要貪婪吞入那從黑草中竄出的紅色大蛇」嗎？這些文字，如果是作為點綴散落在書中，尚勉強可讀，但絕非讀者們真正想要看到的東西。不管用了多少隱喻，人們對於作者實際想要描述的東西還是心知肚明：乳房、女陰、陰莖、後庭。這也是讀者之所以冒著風險在地下市場買下那本書的目的。他們就是想要看白花花的肉體互相撞擊，糾纏，讓文字帶著他們親歷一場酣暢淋漓的性事。

他身為讀者的時候，想看到的就是這些東西。奶就是奶，屌就是屌，人和人交疊在一起彷彿野獸交配時，還說什麼格調？

就連最有格調的貴族老爺們，到了俱樂部，脫了褲子，也是叫得像發情的野貓呢。

放下書稿，他閉上眼，往後仰，輕輕搖晃著身體，開始思考該如何書寫接下來那段狂歡歲月。那段期間，他和太多人上過床，有太多素材可以寫了，但他並不打算將每一次交媾都記錄下來，那沒有必要，只會讓他的故事太長，從小冊子變成大冊子。而且他也不想那麼細緻地剖析自己的過往，要是太過細緻，那麼他前面做的那些假名處理會完全失去意義。

他只打算展示其中最瘋狂的部分。

第五章

牌桌

19th Century
London
Male Prostitutes

後來約翰還是與布朗經理長談了一次，確定了後續的方向。以埃瓦松子爵為始，約翰開始了正式接客的男妓——在維洛納俱樂部的用語是「高級男侍」——生涯。

音樂家、醫生、法官、律師、作家，當然還有無所事事的貴族少爺們。約翰以前從來沒想過能接觸到的專業人士，如今紛至沓來，排著隊想要和他一夜春風。而誠如布朗經理事先反覆強調的，各位客人的性癖五花八門，如果不是正式接客前的員工訓練，約翰未必能冷靜如常地硬起來。

正如沙羅姆先生那席話所說，客人們來到維洛納，不是來尋求理解的，而是要得到滿足。就像約翰其實也沒有要從他們身上得到愛，他只想要爽，還有錢。

雖然他想盡快還清賭債，才好放心花錢，但維洛納俱樂部為了維護口碑，十分謹慎地控制著男侍們的接客頻率。通常一個男侍一週接客最多五天，最常見的頻率都是落在三或四天，以免男侍們體力不支，影響服務品質。根據羅伯特的說法，有一次他參加一位客戶的狂歡宴會，和不同的人輪流做了個通宵，隔天又接了個有嗜虐癖的客人，之後布朗經理安排他休息了快兩個星期才重新接客。「一切都是為了最優質的服務。」羅伯特模仿著布朗經理的口吻，「這幾天請你自我克制，費恩先生，當我說自我克制時，是包括禁止自己打出來。我希望你能以最佳狀態回到工作崗位。」

俱樂部規定如此，約翰也只能接受，然後精打細算著如何用每週拿到的錢在還債的同時享樂。

在一個沒有客人指定他的週五午後，約翰在俱樂部圖書室裡懶洋洋地翻閱著報紙。週一、週二各有一位客人點了他，不過從週三開始，他就一直閒著，現在他已經開始思考晚點要不要上街去找樂子。他知道哪裡可以找到艾倫，還有其他年輕的小公狗。雖然他們接待的客人有不少是俊美的年輕人，但那氣質和艾倫這種街頭出來的男孩仍是有所不同的；最重要的是，面對艾倫那群人時，他才是那個主導一切、享受一切的被服務對象，可以真正無所顧忌，只負責爽就好。

只不過現在就過去還有點太早了。

就在約翰丟下報紙，開始盯著書架想找出一本能打發時間的讀物時，有人掐了一下他的屁股。「嗨，帥哥，現在有空嗎？」

約翰回頭，發現是一位同事，威廉。威廉也曾經是名軍人，不過後來被勒令退伍，原因是：他詐賭詐到了上司和某高官兒子身上去。

這一掐讓約翰悶哼了一聲，竟隱約勾動了欲望。但他今天沒打算這麼早開始玩樂，於是拍開了威廉的手。「這得看你有什麼事。」

「有個客戶臨時發了邀請，說待會他會帶一個人過來打橋牌，但我現在還缺個人，你要不要來？」威廉說。

「打橋牌？」約翰挑了挑眉。「你確定只是打橋牌？」

「好吧，橋牌，賭注是脫衣服。」威廉嘿嘿一笑，「你也知道脫光了就該幹啥。他挺大方的，打牌一次就給五鎊。我有個朋友，他在別的俱樂部，參加一個狂歡派對，一個晚上給六個人輪流捅屁眼也才拿這個數目。」

約翰好一陣子沒玩牌了，有點手癢，但還是猶豫了一下：「我手氣不好。」

「沒事，我出老千幫你。」

說著，他又掐了下約翰的屁股，約翰皺著眉頭躲開。「……確定不是出老千讓我第一個脫光？」

威廉微笑，明明圖書室裡沒其他人，他還是壓低了音量。帶著些微德國口音的男低音就如醇厚的上好紅酒：「你想要我先輸到脫光也行，小學弟，反正這是生意。能滿足賭癮又可以保證賺錢的機會可不多。一句話，要不要？」說著，他邊看向約翰的胯下。「而且這還能滿足你正想來一發的欲望。」

「……我加入。」

晚上七點，兩位預約的客人準時來了。

走在前頭的是位看起來頗為溫和的紳士。他的胸膛厚實，行動矯捷，沒有同齡人常見的大肚腩，只有那染上星霜的兩鬢和眼角細紋洩漏了他的年紀。雖然他笑得溫和，但看那低調卻考究的衣著，約翰就知道這絕非等閒人物；而且寒暄的時候，這位紳士的眼底偶爾會閃過一絲精光。

走在後面的則是位青年。他有著一雙漂亮的藍眼睛，色澤彷若夏日晴空，光是和那雙眼睛對上目光，就讓人心底燃起了欲火：想要讓那雙眼因情欲而溼潤，蒙上水氣，歡愉到淚流不止。青年眼角的一顆淚痣，更加強了蠱惑的效果。

似乎注意到約翰的目光，青年對約翰笑了笑，舔了舔他紅潤的嘴唇。此時他脫下了大外套，顯露出底下的打扮。約翰這才發現，青年的襯衫有被人揉皺的痕跡，領口些微敞開，隱約可以看見底下歡愛過的紅痕。看來這位不但是個同道中人，還是個浪蕩子，在稍早之前就已經玩樂過一番。

約翰不禁和威廉咬耳朵，詢問這兩人的身分和關係，威廉回答：「這兩位是叔姪，都姓史密斯。前面那位是詹姆斯．史密斯先生，是我們的客人，好像是個收藏家吧，專門收集標本還是古書那類玩意，總之是個有錢人。後面那位愛德華．史密斯，我也是第一次見，不過根據史密斯先生的通知，我想應該還是大學生。」

「叔姪？親生的還是宣稱的？」俱樂部大概有一打的客人都叫史密斯先生，明晃晃的假名。姓名如此，那關係當然也可能是假的，搞不好其實是金主和他包養的小情人。

「他們有沒有血緣關係，對我們來說有差別嗎？」

……好像還真的沒差。

牌桌早就準備好了，而且就在隨手可得之處，威廉還擺上了酒瓶、酒杯，和佐酒的小菜與鮮果。他微笑著請兩位客人入座，開始解說起規則。脫衣橋牌和一般橋牌的差異其實只在賭注，基本規則沒有太大不同，都是四人成局，分為兩隊對抗；同隊的人坐在對面，參賽者的左右手都是對家。輸家需要脫去身上一件衣物。不過，為了增加趣味，並不是輸掉的兩人都要脫——而是丟硬幣決定，其中一人脫。

「畢竟我們可是有漫漫長夜需要打發，要是一下子就脫光了，多沒意思。」威廉說，邊把領巾拉鬆，「我們開始吧。」

他們抽籤來決定隊友，約翰正好和愛德華．史密斯一組，就是那位藍眼睛的美青年。這正合他意，如此一來，他正好可以好好觀賞愛德華的美貌，邊思考等等要拿出哪些本領服務這位客人。

他們坐下玩牌。愛德華應是從沒來過像俱樂部這樣的場所，顯得有些惶恐不安，威廉開口閒聊來緩和氣氛。

「史密斯先生，我記得您之前說有一批新的收藏品到了，您要忙著管理。怎麼今天突然有空帶您姪子來維洛納呢？」

「跟。」史密斯先生丟了張牌到桌子正中間，「這說來話長，我早就發現這孩子的愛好不同一般，不喜歡女人。但沒想到，這個米迦勒節，他放假到我家暫住，卻被我抓到抱著男僕在我藏書室的地上打滾。」

「在書架之間做的確別有趣味，然後呢？」

「然後我今天特別去了趟攝政街，就抓到他和一個男孩在角落偷偷摸摸。不是我要說你，孩子，你年紀也到了，得培養點品味和眼光，不要遇到一個同類就急急忙忙掏屌翹屁股，誰知道那人會不會藉機勒索？而且要我說，那男孩唯一能讓人硬的地方就是他的屁眼，而不是臉。」史密斯先生嘆了口氣，「所以我決定帶他來開開眼界。維洛納俱樂部的各位總是能讓我放心。」

前面幾局兩方各有輸贏，約翰和威廉分次都脫了外套、領巾、背心，愛德華則脫了外套；史密斯先生原先也只脫了外套和領巾，但不知怎麼的，他和威廉那方突然連輸數局，丟硬幣時也不斷命中他。眨眼間，他已經累計了三件衣物要脫下，瞬間要成為身上衣服最少的那個人。

史密斯先生不疾不徐站起身來，解開了背心釦子。接下來是襯衫，他慢條斯理地解開鈕扣。史密斯先生顯然是有備而來，內衣剪裁極為貼身，反倒突顯出他胸膛肌肉的線條和胸前的突起，輕薄布料下可以隱約窺見乳暈的深色。

見約翰盯著他的胸膛不放，史密斯先生目中閃露一絲精光。他把內衣撩開，裸露出一邊的胸部，自己撫弄起乳尖。「你想摸摸看？還是想舔一舔，親一親？」

「如果您願意，我很樂意同時用這兩種方式為您服務。」約翰說。

史密斯先生一笑，接著將衣襟攏了回去，「牌局還沒結束呢，年輕人。」

接著他俐落解開皮帶帶扣，褲子就這樣落下來，露出底褲。柔軟的布料貼著他胯下的那東西，約翰目測，至少有八吋長。但他還沒能多看幾眼，史密斯先生便重新坐下。

右手邊是保養良好、體魄健康的中年紳士，對面是有一雙漂亮藍眼睛、腰身線條美麗、潛力無窮的美青年。約翰已經一兩週都沒接到這樣極品的客人了，今天一次遇到兩個，不管稍後他是負責操人還是被操，也不管是從床笫樂趣還是從錢包的角度來看，他都賺大了。

新的一局又開始了，這時候約翰看到威廉摸了摸一邊耳朵，這是他們之前約定好的信號：可以開始上工調情了。約翰正想要伸腳開始在桌下調情，卻感覺到有東西拂過他的腳踝。他低頭一看，發現一隻腳正摩娑著他的腿。

那隻腳踝纖細，一看便知道是愛德華的。約翰抬眼，正對上他試探的目光。愛德華對著他微笑，然後喝了口酒，線條優美的嘴唇更顯溼潤。粉色舌尖很慢很慢地將唇上的酒液舐淨。

約翰腦內瞬間飛過數種「服務」愛德華的方式：分開他的雙腿，握住他的腳踝，大力操幹；或者是讓那張嘴含住自己的下體，讓這年輕人好好「嘗嘗」頂級俱樂部男侍的滋味……與此同時，那隻腳繼續往上滑，幾乎快到他的膝蓋，接著又往下，反覆磨蹭著腿側。約翰臉上不動聲色，卻在那腳重新滑到他的腳踝時，反向蹭了回去。

就在這時候，威廉正想抓把堅果來吃，卻碰掉了碟子。他咒罵了聲，「等我一下！」然後鑽到牌桌下去撿碟子和散落的堅果。

他鑽下去沒多久，約翰就聽見史密斯先生悶哼了一聲。等威廉端著空碟子從牌桌下鑽出來時，他指尖上沾染著可疑的晶瑩。

「Pass。」他視若無睹，繼續進行牌局，「史密斯先生，換您了。」

在剛才史密斯先生連輸之後，運氣風向又發生了轉變。先是約翰脫了兩件——不過他選擇脫了襯衫和內衣，保留褲子——然後是愛德華。他脫了襯衫和外褲，他們這才發現，原來他底下根本沒有穿內衣，甚至鎖骨和胸膛上還散著幾點紅痕，乳頭周圍也有曖昧的咬痕，還很清晰，是新鮮的。接著威廉也脫了，和史密斯先生一樣，他連脫三件，不過他選擇保住的是他的上身內衣。解開內褲時，他還得意地晃了晃性器。「嘖嘖，都說是玩脫衣橋牌了，你們脫來脫去還是要露不露。我只好來開這第一槍了。」

兩位客人的目光瞬間變得灼熱，好戲該上場了。

「這麼坦蕩蕩，就把後面也給我們看看啊。」說著，約翰拍了下威廉的屁股。他笑著回應：「等你們有誰贏了我再說。我身上還有一件衣服，誰先輸到全裸還不一定！」

又是新的一局，這回輪到約翰得脫一件。他這次選擇和威廉一樣脫了內褲，擺弄了一陣下身，向眾人展示胯下的昂揚，美其名曰喬好「位置」才能舒服坐下。威廉還順手摸了一把。

身為維洛納俱樂部出品的，優秀、敬業、充滿熱情的高級男侍，他們當然不會就此停止搧風點火。

再來一次碰掉東西鑽桌底，只會顯得太過笨手笨腳，而且同樣的招式反覆使用也難免無趣。威廉搶先用了這招，於是約翰只能放棄，這第二輪的桌下調情，約翰決定就像愛德華一樣，用腳。這回由他主動出擊，蹭上了愛德華的腳，沿著小腿內側緩慢上行，來到大腿內側，然後往他腿間輕輕一踩。約翰毫不意外地感覺到愛德華下身已經勃起，看到那張清秀臉蛋上瞬間泛起潮紅，雙唇緊抿，忍耐著不發出聲音。他用腳底輕撫柱身，腳趾往他推測是性器頂端的部分按了按，然後原路退回。

「孩子，你怎麼臉突然紅起來了？」史密斯先生問。

「我想是酒的關係。」愛德華說，「我覺得現在好熱。」

當然會熱，今晚的酒可是「加料」過的，維洛納俱樂部特調。他們繼續玩牌，局面卻一時僵持不下，最後是威廉和史密斯先生輸了。約翰吹了聲口哨。

「哇喔——看來有人要全裸嘍。」

「還沒丟硬幣決定誰脫呢！」

威廉嘴硬著，拿出硬幣要丟，「人頭我脫，數字就是史密斯先生。」他正要丟，史密斯先生卻伸手抓住了他的手腕，奪過硬幣。

「兩面數字？好小子，你出千花招越來越多了，連偽幣都拿出來了。」他笑道：「這下輸贏要怎麼算？」

威廉完全沒有出老千被抓包時會有的惱羞反應，反倒笑得開懷。「既然被您看透了，那就算是我輸，您贏。」他解開他的上身內衣，露出精瘦結實的胸膛和臂膀肌肉，俐落地踩上牌桌、坐下，雙腿打開，將下身的私密處全展露在史密斯先生面前。「願賭服輸，來吧，您盡情地看吧！」

威廉配上史密斯先生，那麼愛德華就由他負責了。約翰不動聲色地繞過牌桌，來到愛德華身後，準備隨時開始服務。此時，愛德華正探頭窺視著威廉的下體。而史密斯先生也完全不客氣，直接撥開了臀瓣。

「愛德華，過來看好了，這就是所謂優質的後庭。」他的手指劃著圈，刺激得穴口開始張合，然後他伸了一根手指進去，「緊緻，光滑，沒有奇怪的皮膚疾病。」

「還有這陰莖和陰囊。」他抽出手指，往上撫摸囊袋和柱身，惹得威廉輕喘：「先生，您今天大駕光臨，可別只是為了向您的姪子解說健康知識的吧？」

邊說，他換了姿勢，用還穿著鞋襪的雙腿去勾史密斯先生的腰。「既然來了，怎麼能不享用我們的優質服務呢？」

「騷貨。」史密斯先生笑罵道，卻也解開前面早就溼透的內褲，露出底下昂揚的碩物。勃起之後，看起來比八吋更大。他也不急著進入，而是用陰莖拍打著威廉的穴口，「我也只是一個月沒來消費，怎麼就這麼急？想念我的肉棒？你不是天天都在操人或被人操嗎？」

「我想念史密斯先生肉棒的形狀了。」威廉咯咯笑道：「而且您說要讓您姪子開眼界，當然得讓他好好體會我們的後穴……或是男根。」

收到這個信號，約翰立刻掐上愛德華的腰，一手往下捏著臀部，一手則去解他的褲帶。「先生，讓我好好服務您吧。」他舔了舔愛德華的耳朵，「保證和那些在街上晃蕩的流浪小公狗完全不同。」

這時候威廉和史密斯先生已經開始在牌桌上糾纏了。一陣熱烈深吻後，史密斯喘著氣開口：「才只是伸手指進去就吸成這樣，你是有多飢渴？簡直像發情的動物。」

「那就請您快點餵飽我吧。」說著，威廉抓住陽物，就要往自己的後穴送。史密斯先生卻不讓他這麼做，一動手便輕易將威廉翻了個身，讓他趴在牌桌上。

「這才是你的正確交配姿勢。」史密斯先生說：「不是想念我的形狀？這個姿勢才能頂到最深。好好體會吧。」然後便長驅直入，開始抽插起來。

約翰褪去了愛德華身上最後一點遮蔽，毫不意外地看到他的臀部有被人掐出來的痕跡，位置和他觸摸的地方完全不同。他輕而易舉就撥開臀瓣，已經被人操過、周圍泛紅的幽穴就呈現在他眼前，柔軟、溼潤，還有前人留下的白濁。

「史密斯先生，看來您姪子是給人上的，不是上人的那個。他的穴裡還裝著小野狗留下來的精液，就跑來我們俱樂部進行下一輪了。這年輕人已經玩得很瘋啊，您想要我怎麼為他開眼界？」

「操他！」史密斯先生喊道，下身的動作也完全沒停，「射在他裡面，把他的騷穴好好洗一洗！」

得到這指示，約翰更可以肆無忌憚地用上渾身本事了。史密斯先生叫他把這騷穴洗一洗，那麼首先得把裡面的精液清理出來。他邊伸入兩指挖出那黏稠白濁，邊說：「愛德華先生，您一定非常喜歡精液，喜歡到完事之後也不清理，就這麼用後面含了一路過來。」

「嗯啊，不可以、不可以那樣摳……」

「這麼喜歡精液的話，要不要上面和下面的嘴都吃吃看呢？」約翰說，趁他張嘴喘息時將手指塞入他的雙唇之間，將體液抹在柔軟的舌頭上。「記住，這是您外面找的野狗的味道，等等我就讓您嘗嘗看，什麼才叫美味。」

他所用的言語是有些放肆了，但這是個測試，約翰仔細觀察著愛德華的反應，準備隨時調整用語。

「嗯，好……」愛德華應聲，嗓音整個都軟了，同時他抬了抬臀部，磨蹭著他的陽物。「快，快開始操我，像詹姆斯叔叔操威廉那樣……」

「開始之前您得再回答我一個問題，今天您讓人在您的淫穴裡面射了幾次？」

「兩、兩次吧……」

「兩次的注入量？那還真少。啊，沒辦法，街上晃蕩的貨色就是那樣。」約翰低笑，再次掐揉起那手感緊緻的臀部，「先生想不想試看看大炮？一次的份量，就能把您的後庭灌滿，滿到不動就能流出來，您得死命夾緊才能走路。」

雖然這樣說，約翰並不打算直接插入。基於服務精神，他得讓客人更清楚感受到技術差距才行。他首先用雙手指尖撫弄愛德華的會陰與陰囊，時輕時重，然後往上搓揉起年輕人的肉柱。不知是天生還是有特別除毛，愛德華的下身摸起來光滑細嫩，手感很好。同時一下一下吻著他的後頸，特別是前頭那隻「小野狗」留下的吻痕地帶，約翰著重照顧了一番，又吸又咬，滿意地看到紅痕更加擴大。

「這力道，嗯，好爽……不行，你說好了要讓我用後面高潮的……」在美人帶著哭腔的淫叫聲中，約翰發現他溼了。紅潤龜頭上的小孔正潺潺流出清液，沾了他滿手。

「知道嗎?您現在流出來的東西，正適合用來潤滑。」

約翰將液體抹在愛德華的胸前，然後開始玩弄起他的乳頭。喜歡刺激乳頭的客人並不多，他並沒有太多實作機會，只能邊回想受訓時是如何被其他資深男侍玩弄，邊如法炮製。他可以感覺到在他的撫摸下，那兩點變得堅硬起來，與此同時，愛德華的哀求聲更盛。

「乳頭好脹好熱，後穴也好癢，拜託你、快給我!」

原本是淡粉色的乳首在約翰的玩弄下，已經紅腫脹大，變成鮮紅。在愛德華的白皙膚色襯托下，更顯得鮮豔可愛，乳首上還沾著因為遭受玩弄而流出的晶瑩體液，越發淫靡。這讓約翰更想好好放肆玩弄、疼愛他。

這年輕人啊，就是得好好教育。

「要我進去，得說通關密語。」約翰說：「還記得你的詹姆斯叔叔給了我怎樣的委託？來，用你的角度，重說一遍。」

「我、我不該去攝政街上找小野狗幹我。」愛德華說，他彎腰，朝約翰翹起屁股，雙手撥開了臀瓣，露出正飢渴尋求著滿足的祕穴，「約翰，快點，射在我的身體裡面，用你的精液把我淫蕩的騷穴洗乾淨。」

青年都這樣哀求了，約翰當然是恭敬不如從命，他挺腰進入，開始放肆搗弄。在肉體碰撞的聲音之中，威廉和愛德華的淫聲浪語此起彼落。

「哈啊、您還是這麼厲害，史密斯先生，我快被幹射了！」

雖然是後入的姿勢，但威廉仍嘗試著抬腿向後，想要勾住史密斯先生的腰。

「怎麼這麼大……啊，好深，約翰你太棒了。」愛德華發出滿足的呻吟，開始搖起屁股，「那裡好爽、快，繼續幹我！」

「今天已經讓人上了兩次，還吸得這麼緊，真是飢渴啊。」約翰說，邊調整起動作，用不同角度和速度刺激著方才找到的敏感點。愛德華嘴上說著「不行、太猛了，腰要斷了」，卻更加迎合約翰的動作。明明未曾像俱樂部男侍們一樣受訓，愛德華的風騷放浪卻不輸給約翰從錄取以來上過的任何一位同僚或客戶，好幾次他都險險把守不住精關，好不容易熬到愛德華尖叫著高潮，這才將濃精盡數釋放在那紅嫩密穴裡面。

抽出性器，感受到那人在高潮後仍微微顫抖著，約翰再度親吻上愛德華的後頸、肩膀，權充安撫。「先生，和您今早找的人相比，我的技術如何？有沒有感受到精液充滿了您的後庭，正緩緩流出來？」

「太棒了……完全不能比……」

這時候，史密斯先生也總算饜足，放開了被壓在牌桌上的威廉。約翰看見威廉身下依然昂揚。這時，愛德華開口了：「你們俱樂部的男侍……都這麼棒嗎？」

「您何不親身一試？」約翰說，接著喊了同事：「威廉！我們親愛的愛德華先生想要嘗嘗你的肉棒。」

「樂意之至。」

「你們年輕人好好玩樂一番。」史密斯先生說，沒有加入他們的意思，「這回合我欣賞就好。」

愛德華的雙腿還在因高潮而打顫，可當威廉領著他到那張大床上時，他仍迫不及待地撲倒威廉，自己騎了上去——背對著威廉，自己動了起來。愛德華的後穴才剛被餵滿約翰的體液，如今又有威廉的肉棒在裡面攪動，立刻發出黏膩淫靡的水聲。

與此同時，那雙漂亮的藍眼睛正直勾勾盯著約翰的下身。

「啊、約翰。」愛德華的嗓音盈滿了情欲，甜膩到彷彿會滴出蜜汁，「快過來，你說過，要讓我上面的嘴也品嘗你的味道的。」

這邀請實在誘人得可愛，約翰忍不住湊過去吻了吻他的唇。「饞成這樣，看來你真的餓很久了，我這就和威廉一起餵飽你這又騷又饞的浪貨。」

但他並沒有直接讓愛德華含住陰莖，而是捧著陽物退開身子，讓愛德華得伸長脖子。「這麼想吃，就努力來舔。」

「詹姆斯叔叔，您看他們，這樣欺負人……」愛德華模糊地抱怨著，到底還是伸出舌頭，努力想舔到在他眼前晃盪的性器。嘗試幾次後，他總算含到了龜頭，一臉滿足地吸吮著上頭的殘精。感覺到那舌尖在敏感處挑逗般打轉，甚至故意劃過頂端的溝槽，只給這又騷又饞的小貓吃這麼點似乎不夠，約翰決定讓愛德華嘗嘗更好的。於是他直接挺腰前進，捅進了愛德華的喉嚨深處，將他的那張方才吐出各種淫蕩叫聲、話語的嘴塞好塞滿。愛德華只能用嗚噎聲來回應，看著那雙藍眼睛因不適而蒙上水氣，一滴淚珠滑過淚痣，約翰心中滿溢著成就感，感覺到自己似乎又硬起來了。這就是他想要看到的表情。在他原本的想像裡，是想幹愛德華的後穴幹到這個青年哭出來的，不過現在這樣也很好。

「剛才不是吃得很開心？看你這麼喜歡，還把我舔到勃起，我特別大放送。」約翰說：「你已經知道味道了，接下來要不要體驗上面被噴精的感覺？」

美人白皙的臉蛋泛上情欲的薄紅，儘管辛苦，他仍不懈吞吐著約翰的陽具。估計是全神貫注在嘴上動作，他忘了搖動，水聲中斷。這讓威廉抗議了幾句，然後威廉掐著愛德華的腰，自己動了起來。上下夾攻的快感，讓愛德華幾次停下動作，只能渾身顫抖，而約翰會適時挺腰往深處抵進，提醒他繼續舔弄。任何人在這樣的夾擊下都會很快高潮，但威廉還加碼：他的一隻手按住了愛德華的陽具頂端，說：「還不能射，先生，您可還沒享用過我們的另一項服務，我是說，我們的後庭。」

約翰按著愛德華的頭，在那張溼熱的嘴裡進出，須臾便覺得自己即將到達高潮。在感受到噴發的瞬間，他急忙將自己的陽具從愛德華嘴裡抽出，雖然流了些在愛德華嘴裡，但大多數還是射在了他的臉上。看著那張俊秀如希臘神祇的臉上沾著精液，愛德華甚至陶醉地舔著嘴角的白濁，約翰覺得自己彷彿在玷汙某種神聖之物。威廉抓住這個時機，加速抽插，讓愛德華立刻回神叫了起來。

「嗯啊，好棒、威廉你和約翰都太棒了……我第一次在做的時候覺得好滿……」那雙耽溺於情欲的眼眸投向史密斯先生，「詹姆斯叔叔，你該早一點帶我來認識這些紳士的！」

「我發現你不喜歡女孩子的時候，你都還沒滿十八歲呢！那時候帶你過來能做什麼？被榨成人乾精盡人亡嗎？」詹姆斯笑道，接著他喊了約翰：「你是今年來的新人對吧？轉過來我看看。」

約翰依言轉過身來，正對上那雙流露出掠食者目光的眼。史密斯先生舔了舔唇，目光熾熱。「我想，我也該來第二輪了……」

這下愛德華抗議了：「我還沒用過男人的後面呢，今天他後面的第一插得是我的。」

「也行。」史密斯先生說：「那我就用他的前面吧。」

「唉呀，這下我可沒人要啦。」威廉笑道：「約翰，加油啊。」

不像方才被控射的愛德華，約翰才剛高潮射精過，還沾著體液的性器垂在腿間，暫時還沒有復甦跡象。但他們可不能讓客人等太久，讓客人看到男侍重新勃起，也算是服務的一環。有些人就是享受這個過程。約翰對威廉打了個眼色，他繼續道：「不過呢，兩位，我覺得在這之前，我們可以玩個小遊戲。」

威廉從收納小道具的抽屜裡摸出了黑紗，蒙住了約翰的雙眼。約翰溫順地張腿跪著，好讓客人能完全看清他下體的狀態。在受訓期間，他與前輩們也排練過這個遊戲。

「先生用過了約翰的屌，等等要用他的穴，怎麼可以錯過他的嘴呢——不如來試看看，他能不能用含屌就認出我們是誰？」

接著，約翰聞到一陣腥氣逼近，一隻手抬高他的下巴，還沾著精液的性器頂端就這麼鑽進口中。其實他憑著那隻手上略顯粗糙的痕跡已經認出來是威廉，愛德華和史密斯先生都是不必勞動、雙手細緻的上流階層，不會有繭。威廉大概是正給史密斯和愛德華示範這遊戲要怎麼玩。

約翰才舔了舔頂端，那玩意兒便抽出了，三人齊聲道：「猜猜這是誰？」

「嗯……不知道，我得再多吃一點。」

這次更深入了點，他可以感覺到肉棒輕輕刮著他的上顎。

「唔、哈啊……是、史密斯先生？」

「你確定？要不要再猜一猜？」接著，那根屌幾乎頂到了他的喉嚨，還故意輕輕轉動著，「好好品味一下，想一想。」

這次抽出後約翰嗆咳了一番，不過他還是憑直覺伸手抓住了那根肉棒，「別這麼小氣，要讓我猜，總得讓我用自己的方式品嘗吧？」說完，他便開始舔。從頂端到根部都不放過，連囊袋都沒能逃過他的舌頭。「這個形狀……威廉？」

「正確答案。暖身運動結束，紳士們，就是像這樣，請享受吧。」

他們輪流進出著約翰的口腔，時淺時深。當約翰猜錯時，他們或者像威廉一樣，一口氣頂到喉嚨處；或者用性器輕輕拍打約翰的臉，叫約翰再好好認認。就在約翰總算連續猜對三次，愛德華剛給他一吻當獎勵時，威廉突然從背後將他抱住，撥開他的臀瓣，接著一個異物侵入了約翰的後庭。

「加碼演出，兩位先生。這是我們最好的假陽具之一，法國製造。」約翰聽見威廉說，接著他解開了蒙眼帶，然後，撫弄約翰的陰莖和陰囊。約翰可以看見史密斯先生和愛德華渴望的眼光，從他們瞳孔倒影中看見自己色情的模樣。不用鏡子，他也知道，自己的後穴在假陽具的進出下已經開始發顫；自己的陰莖在那靈活手指的愛撫下又重新硬挺，並且流出汩汩清液。

「請用吧，先生們。」威廉鬆手，拿走了道具，退到一旁。

愛德華首先撲了上來，他的唇不斷落在約翰的臉、肩、胸上，熾熱如火。剛才還被約翰壓著幹的美人似乎是想把那套挑逗「學以致用」，他摸著約翰的硬挺，沾了滿手體液，然後抹在約翰的乳頭上開始玩弄。性器一次又一次只是擦過約翰的穴口，讓約翰開始覺得空虛難耐。

「親愛的，別猶豫了，快點進來吧。」約翰說，邊沾著自己的體液，替自己做起了擴張。愛德華也爽快應允了他的邀請，挺腰長驅直入。

約翰清楚感覺到這個俊美年輕人的肉棒是如何在自己體內開拓，順著他的頻率，約翰開始扭腰配合，並感覺到那肉莖在裡面脹得更大。

「啊……好爽，原來操人是這種感覺……」愛德華說。

「再用力一點、對，就是那裡。」約翰呻吟著，哄誘愛德華更加賣力深入。就在他們做得不亦樂乎時，一雙手從約翰背後伸過來，把玩起他的乳珠，還有一個深吻。

「你們自己玩得開心，可別忘了我。」史密斯先生說，「我可是等很久了。」

約翰轉過身，讓愛德華從背後重新插入。約翰則開始服務起史密斯先生。

史密斯正張開腿，等著他的服務。約翰放入一指，開始為他進行擴張，但才沒做多久，約翰便發現他的後穴柔軟、帶點潮溼，似乎已經先行擴張過了。

「怎麼了？繼續啊。」史密斯先生說：「你們玩得開心時我就先弄過自己後面了，不過我看不大夠。」

約翰當即放入第二指，並且更深入，彎曲、扭動，搔刮著可能是敏感點的每一處，然後是三指。他看著潮紅爬上史密斯先生的臉，見他軟了腰，開始呻吟起來。約翰決定添上最後一把火：他低頭，開始舔舐起他的穴口。

「要命，別弄了，進來。」

約翰一點一點地挺進，讓史密斯先生可以好好感受他的尺寸，然後才開始緩慢地律動。每一下都頂到深處，緩緩輾磨之後才抽出到幾乎退出穴口。沒幾下，那雙精明的眼睛裡只剩下了情欲。

「做得真好。你們俱樂部的男侍總是不會令人失望。」史密斯先生呢喃著，「該給你一些獎賞……」說著，他終於解開那件他一直穿著的貼身上衣。

眼前是約翰從玩牌時就一直覬覦的健壯胸肌和深色乳頭。他立刻把臉貼了上去，輕輕磨蹭著。大概是因為方才的激情，史密斯出了點汗，但汗味與他身上原有的古龍水味和菸草香交纏在一起，成了撩人情欲的味道。約翰深深吸著這香氣，陶醉在其中。

深深吸了一口雄性的氣息，約翰開始舔咬起史密斯左胸突起的乳蕊。當他疼愛左邊時，也沒落下右邊。約翰放肆揉捏著右邊的胸肌，然後輕捏右邊的乳頭，拉起、旋轉；感受到指間和口中的乳尖都硬挺起來後，再將左右兩胸受到的待遇互換。

約翰正沉浸在玩弄史密斯先生的愉悅中，突然胸前傳來了一陣刺激，低頭一看，不知何時，愛德華在他身上用起了他服務史密斯先生的指法。「和詹姆斯叔叔玩得這麼開心，可別忘了我啊。」愛德華說，與此同時，約翰感覺到肉棒進出後穴的力道與速度都更加粗野狂暴了。

「啊啊！就是這種感覺！」這一頭，史密斯先生也沒放過約翰，他抓住了約翰的手，「再來、多捏幾下，我就是想要這樣！」

「嗯、啊啊！」前後夾攻的快感讓約翰一時無法組織出淫語，只能放浪呻吟著，手上繼續揉弄那結實飽滿的胸肌，身下進出著那飢渴的後庭；乳頭被人把玩著、後穴也被人操著……他聽見愛德華一陣粗重地喘息：「你塞了什麼東西進我後面？」

「方才的假陽具，先生。」威廉說。「我看您後面的精液都快滴出來了，為了避免在您離開前都流光，就替您先堵住了——這樣，您才能好好回味。」

美人一邊操幹著自己，粉嫩後穴還緩緩淌出他和威廉的精液混合物……這畫面用想的就讓人硬，約翰更加快了身下的動作，一邊服務史密斯先生，一邊迎合愛德華，最後三人同時達到了高潮。

事後，看著史密斯先生慵懶躺在床上，胸腹沾著他自己的精液，後穴則流出白濁。如果不是怕冒犯，約翰覺得自己可以撲上去再來一回。

「愛德華，知道了嗎？這就是頂級俱樂部男侍，比在街上隨便找的人可好多了吧？」

史密斯先生緩緩起身，而不知何時已經重新穿好衣服的威廉立刻上前，遞上水盆、毛巾和乾淨的內衣褲。「今晚就先這樣，新人，表現不錯啊。」史密斯先生睇了睇眼，「我之後會再來的。」

而他之後也的確來了，有時自己一個人來，有時是和愛德華一起造訪。他偶爾只點名約翰，偶爾則同時點兩位男侍。橋牌賭注也不是每次都是脫衣，偶爾換成指定權——兩兩組隊，贏的隊伍可以向輸家指定一種玩法。約翰第一次玩的時候，是史密斯和愛德華贏了，於是約翰得看著他們兩人前後夾擊威廉，同時褻玩自己的性器和後庭直到高潮。

雖然每次接待這對叔姪後都會筋疲力盡，就好像連續接了兩組客人一樣，不過每次他們給錢都很大方，所以，約翰對於這組客人十分歡迎。就像威廉說的——能同時滿足賭博渴望和性欲的工作機會，真的不多，遇到，就要好好抓住機會。

第六章

狂歡與清醒秘方

19th Century
London
Male Prostitutes

撈錢的機會並不僅止於史密斯先生這對叔姪，在約翰逐漸熟悉每週接客的日子，甚至開始覺得有些無聊時，另一個機會到來了。

霍普先生寄來了請帖，邀請他們前去參加他主辦的晚宴。請帖上說，如果露易莎小姐、威爾米娜小姐和喬安娜小姐願意賞光，那麼他會非常開心。

「露易莎是你，喬安娜是我，那麼威爾米娜是？」

「威廉。」

收到請帖後，三位男侍聚集在了路易斯的私宅裡，開始參詳赴宴時要穿的衣物。霍普先生在指名時用了他們的女性化名，這代表，他們赴宴時必須要以女裝示人。

「記得多帶替換用的底褲。這種宴會沒有人會慢條斯理脫衣服，都是直接用撕的。除非你想要在回家路上一路甩著屌滴著精液，那就當我沒說。」路易斯仔細說明著：「宴會流程是這樣的：會先跳舞，喝點酒助興，等到氣氛開始炒熱，每個人也都有伴之後熄燈。每個人和當下的舞伴做，做完之後再摸黑去找新的伴侶。每一次做完都要換人，這樣就不會有某些人特別搶手、某些人又被冷落的情形。通常大約要到天亮的時候，才會亮燈，宴會結束。」

「通常要做幾輪？」

「就我的經驗，大約會是六個。」

「那得很快重新硬起來啊。」約翰喃喃道。

「嗯哼，所以才會有助興酒。不用擔心。」威廉說：「雖然在我看來你要擔心硬不起來這種事情還太早了。」

「……你不要藉機酗酒。」路易斯嘆氣。「霍普先生在這個圈子裡面也是頗有名聲、經常舉辦這種宴會的老手了。保密方面不需要擔心。宴會結束之後會有馬車先送我們到我的私宅，你們在那邊把女裝換下來之後再回俱樂部。」

「都聽你的。」約翰把手上的女性內衣丟到了一旁，他剛剛正在研究上面的繡花，那細緻程度，讓他難以想像這是靠手工縫製的，這肯定要價不斐。而剛才路易斯說客人們會把這東西直接撕破？果然是貴族老爺們的作風。「我很期待這次的晚宴。」

霍普先生的宴會在一間歷史悠久、頗負盛名的飯店舉行。那是約翰以前從來沒想過自己會踏進去的高級地點，來往的男男女女都說得一口「女王的英語」，就和那個睡了他但又害怕他的前任上司一樣。

霍普先生預定的舞會廳裝飾極其絢麗，牆上處處貼滿了鏡子，而為了避免有人窺視，窗戶早就全部封住，窗簾拉下。舞會廳裡放著好幾把東方風格的躺椅，一旁的茶几上面則是擺滿了酒水與點心，隨手可得。他們踏進去的時候，舞會廳裡正響著輕快的琴聲。一位淑女正在彈琴，而一位紳士正在替她翻樂譜，如果排除他們早就迫不及待結合在一起的下身的話，這還真是一幅溫馨景象。

「啊，伊莉莎白小姐和布萊恩先生炒熱氣氛的功力還是一如既往，替我這個宴會主人省下不少事。」對於兩位賓客的偷跑行為，霍普先生只是微笑著點評，然後將三位維洛納俱樂部的「淑女」引介給其他客人。

「各位先生，這三位分別是露易莎小姐、威爾米娜小姐和喬安娜小姐，我記得幾位先生都享受過露易莎小姐和威爾米娜小姐的招待，喬安娜小姐則是第一次參加我們的夜間聚會，不過我相信，今晚她也一定能讓各位盡興。」

霍普先生一走開，三位打扮時髦的公子哥就立刻來邀請他們三人共舞，約翰也只能答應。他們滑進舞池，摟住彼此，約翰可以感覺到那理應放在他腰上的手滑到太下面的位置，捏住了他的臀部。一曲剛舞完，那硬梆梆的東西就抵在了約翰身上。

「你知道的，霍普先生不只包下舞會廳，還有幾間休息室。」男人在約翰耳邊誘惑低語，「喬安娜小姐，要不要先去休息一下？我們的舞會還要很久才會結束，我建議你保留體力……」

「你真是太體貼了，先生。我正好需要休息一下，喝點東西。」

一進入休息室，男人就迫不及待地把手伸進約翰的衣服底下。約翰還記得，現在的自己是「喬安娜」，於是他捏著嗓子發出一聲嬌嗔，然後半推半就讓男人將他撲倒在床上。他聽見絲綢被撕裂的聲音，短暫替那件不便宜的底褲默哀了一下，接著立刻將全身心都投入眼前的接待工作。

「喬安娜，可人兒，你的臉蛋如此可愛，沒想到裙子底下卻長著和男人一樣的肉棒。如果我親親它，它會噴出精液嗎？」男人興奮地套弄著約翰的下體，約翰配合地發出一陣笑聲，解開男人的褲頭，讓他的欲根從已經繃緊的布料中解放。「先生，我們試試看不就知道了？」

他們互相愛撫，以手、以唇舌，親吻彼此的陽具，將平日壓抑的欲火全數宣洩出來。約翰嘴上的口紅糊了，他挑釁般地揪起男人的領巾，以領巾的一角將口紅抹去，同時抹去的還有他無法全數吞下的白濁。男人的呼吸停滯了一瞬，接著他將約翰壓到了牆上，抬起約翰的一隻腳，狠狠長驅直入。

「啊，親愛的，這柔軟度，這溼度。你在宴會前已經自己擴張過一次了對不對？你這淫蕩的小尤物！就這麼迫不及待要給人操？」

「先生，您不滿意這樣嗎？」約翰捧著男人的下巴，手指挑逗地滑過他的喉結處，「我以為，您會喜歡由我們先做好準備，而非自己動手。」

「我不滿意，親愛的，你這樣事先準備好就是剝奪了我的一項樂趣。我指的是看你自己擴張的樂趣。」

「我記住了，先生。告訴我您的名字，這樣下次您報上名字要找我時，我就會記得為您保留這個項目。」

這個男人抵達高潮的速度有點快，當他洩在約翰身體裡面時，約翰還硬挺著。男人又堅持要看到約翰射精，於是約翰只得配合，在男人面前自己動手了一回，好滿足對方的吞精渴望。

當約翰重新回到舞會廳時，與他同來的兩位同僚就只剩下威廉還在舞會廳，並且朝他拋來了一個意味深長的眼神。經過一段時間的相處，約翰已經能讀懂那個眼神：「克制點，不要玩到客人還沒滿足自己就沒體力。」約翰眨了眨一邊的眼睛，表示自己知道了，接著就坐到躺椅上，不時和前來搭訕他的紳士調情。

當他已經和三位紳士說過話，威廉已經跳了兩支舞，路易斯這才重新出現在舞會廳裡。看那水潤的眼神，不必猜也知道他都做了什麼。

「你覺得他剛剛和多少人搞過？」約翰問威廉，同時仿效著真正淑女應有的姿態，用扇子遮住半張臉。「是排隊輪流還是一起來？」

「是輪流，霍普先生喜歡先看著自己要操的人被操過一輪，自己再上陣。年紀到了，要先這樣才能硬起來。」威廉說：「你問我為什麼會知道？因為上次就是我負責先操路易斯。」

「……」

就在氣氛開始浮動、人人欲望難耐之際，他們等待了一晚上的黑暗終於降臨。

起初約翰還有些笨拙，花了一些時間才摸索到正確的位置；直到他做過一次之後，一切就容易多了。不管是一對一，一對多，還是眼前這種多對多的群交，其實要做的事情都是一樣的。擁抱，親吻，愛撫，插入。黑暗剝奪了視覺的刺激，同時強化了其他感官。約翰比以往都更清楚感受到性伴侶舔舐他後穴時的力道變化，手指的屈伸，接吻時舌頭在口腔裡面攪動，水聲，呻吟，喘息，肉體碰撞的聲音。與隨機摸索到的伴侶雙雙高潮完事後，就毫不遲疑地分開，尋找下一個。在這樣反覆狩獵的過程中，他的陽具和後庭因為每次完事後都來不及清理的精液，而摸起來黏黏膩膩，然後在下一輪的淫行後又沾染上新的體液。有點噁心，但又令人興奮。

黑暗之中，約翰不只與紳士們交合，還有其他同樣穿著女裝，但裙子底下別有奇觀的「淑女」。

這讓約翰不禁回想起他曾經參與過的幾次群交。那幾次其實稱不上舒適，畢竟那可是軍營，他們能翻滾的地方大多是硬的，不像高級飯店舞會廳的地板，還鋪著柔軟厚實的地毯。

好吧，雖然前任上司睡了他又避他如蛇蠍，最後因為自己的膽怯，暗示他不適合軍營逼他「自願退伍」，但如果不是那封推薦信，他也無法進入這樣一個浮華刺激的世界。約翰決定稍微原諒那個貴族少爺了。

當燈火重新亮起時，牆上的掛鐘時針已經指向數字六了。

而就在他們在路易斯的私宅換下女裝，洗淨身體，穿上男裝時，約翰的眼皮已經幾乎閉在一起了。看著他的樣子，路易斯只能搖頭嘆氣。

「你先在我這裡睡一下吧。威廉，你也睡。」他說。「布朗經理能體諒的。」

約翰這一覺就睡到了下午。當他終於醒來時，威廉已經先行回到俱樂部了。

「你可真能睡啊。」路易斯嘆氣，「希望你不是因為體力不支，這才只是你的第一年呢。我們維洛納俱樂部，可沒有只入行一年就撐不下去的人。」

「我只是昨天有點喝多了。」約翰說，男人絕對不能承認自己不行。他看著路易斯替他張羅著顯然有點晚的早餐。陽光透進玻璃窗，讓路易斯的金髮顯得更加耀眼；寬鬆的白色襯衫沒有紮進褲子裡面，隱約勾勒出漂亮的腰部線條。

「你今天晚上還有玩得很瘋的客人嗎？」他問。

「沒有，怎麼？」

「那麼我想來點可以讓我徹底清醒的東西。」約翰邊說，邊下了床，伸手環住路易斯的腰。「行嗎？」

「看來我剛剛是白擔心了。」路易斯想要推開約翰，卻反被抓住手，在手腕內側上落下一個吻。

「路易斯，我從還在受訓的時候就想上你了。那時候你說晚上有客人要保留體力，今天晚上沒有客人，總可以做了吧？」他說：「大不了把我當成客人，我付你錢。」

「我看起來像缺做那一次的錢？」路易斯哼笑了一聲，但確實不再抗拒。「不過對於錢，我一向來者不拒。要做可以……但不准射在裡面。」

清理後庭確實麻煩，約翰完全可以理解。他把路易斯抱起來，平放到床上；路易斯也配合地伸展著身軀，讓約翰可以在白天的光線下好好欣賞他的肉體。

以一種近乎虔誠朝聖的心態，約翰緩慢地解開路易斯的襯衫鈕子，一顆，兩顆；然後是內衣，褲頭，直到他全身赤裸。

頭牌就是頭牌。路易斯的體態幾乎完美；雖然他的肌肉並不像俱樂部裡那幫退伍軍人一樣有著明顯的線條起伏，但也算得上是勻稱緊實。膚色雪白，但又不至於過度蒼白到病態，或粉嫩到娘娘腔。他的腿上還留著一些狂歡後的痕跡，分開腿，托起臀瓣，可以看到昨晚某個幸運兒留下的掐痕。

約翰低頭用唇碰觸那開始變色的指印，然後順勢吻上了後庭。

只是舌頭探進去，柔軟溫暖的肉壁就自動絞緊，讓人不禁開始期待等等真正的性器插入時，這敏感、誘人欺負的肉穴，又會帶來怎樣的銷魂體驗。一邊以舌頭預演著接下來的性交動作，約翰一邊摸索著，想要找出路易斯的敏感地帶。沒有什麼能比找到對方的脆弱之處，讓美人因為自己的技巧而忘情呻吟乃至高潮，更能滿足雄性的征服欲和虛榮心了。沒多久，約翰就摸到路易斯的腿部肌肉開始繃緊了。

「慢一點……讓我緩一緩，不然會太快射出來……」

約翰沒有應允這樣的要求。他轉移了陣地，開始向路易斯展現他在一次次床戰中鍛鍊出來的口舌功夫。舔，吮，愛撫。白皙的身軀很快染上象徵情欲的粉紅，約翰還來不及玩弄，那小巧可愛的乳珠就已經自動挺立。

「你……接過幾次客人，就覺得自己很行了？」路易斯邊喘氣邊挑釁：「你還有得學呢，要不要玩個刺激的？」

於是他們換了體位，側躺著，各自含著對方的下身，展開一場「脣舌之爭」。在含著別人性器的同時，自己的性器也被對方含著，這對約翰而言是全新的體驗，他很快沉迷在其中。

一旁推車上的早餐已經涼了，不過現在沒有人有空想起這一點；在這情欲蒸騰的當下，如果說有什麼是他們願意入口的，大概也只有對方的精華。

忘了是誰先在這場脣舌之爭中敗下陣來，但那不重要，因為他們又很快重振雄風，繼續忘我糾纏。約翰把路易斯的雙腿抬起，架在他肩膀上，好方便每一次都操到最深處。他可能也就只有這一次機會能和頭牌做愛，自然要做個夠本。路易斯的後穴比他想像中還要讓人銷魂，只是初次插入、嘗試探索到最深處，他就差點違背諾言直接射在裡面。

讓路易斯用後面高潮過一次之後，就換成約翰被壓在床上。

「你的前面已經清醒了，現在該換後面了。」路易斯說。

路易斯並不急著將他方才所受到的對待回敬給約翰，反而先慢條斯理地撫摸過約翰的每一吋皮膚。連綿不斷的細碎刺激讓約翰輕輕顫抖，看著那雙藍色眼眸中倒映出自己身陷在情欲深淵中的模樣，他難得在不是接客的時候屈服了。

「快點，操我。」約翰動手掰開臀瓣，讓後庭曝露在男人目光下，一覽無遺。「把我操到徹底清醒。」

從初入軍營開始，約翰就很習慣粗暴、快速的性愛，當路易斯起初只是輕柔動作時，他還難耐地扭動身軀，想要以此獲得更多刺激，卻反而被路易斯以不知道哪裡變出來的布條綑住，只能任憑路易斯處置。而很快，他就明白頭牌起初不急著探索深處的用意。

世間所有一切都需要對比。富裕對貧窮，痛苦對幸福，在初期輕柔動作的對比下，當狂風暴雨似的蹂躪降臨時，痛並爽快著的刺激感立刻提升了好幾級。約翰忍不住大叫起來，完全忘記之前訓練所學到的技巧，什麼音量大小、叫床節奏，全部都被他丟到九霄雲外。他只知道現在自己舒爽得腳趾頭都要蜷縮起來，心臟快要爆炸，如果不喊出聲來，他恐怕難以繼續承受這不知道何時方能結束的愉悅。

「醒了嗎？新人。」路易斯在他耳邊吐著氣：「想玩我，還早著呢。」

雖然想展示他的權威，但路易斯還是拿捏著力道，讓約翰保留了結束後足夠清理自己身體的體力。

「以後在那種『夜間聚會』的隔天早上，我還能來一份跟今天一樣的清醒祕方嗎？」

邊吃著已經徹底變成下午茶的早餐，約翰忍不住問。

「你慢慢期待吧。」路易斯說，然後報了個讓約翰瞠目結舌的數字：「這是我的價碼。維洛納俱樂部頭牌的價碼。來，交錢。」

是他自己發下豪語說「大不了付你錢」的，約翰也只能咬牙交了，看著昨晚的收入轉眼就流了出去，他有些心疼。

「很好，我知道下次要讓我清醒該怎麼做了。」他說：「把你的價碼再說一次就行了。」

第七章

爐邊閒話

19th Century
London
Male Prostitutes

約翰是在復活節之前被迫退伍、來到倫敦，從而加入維洛納俱樂部的；時序移轉，不知不覺已經從黃水仙花開的春季來到白雪皚皚的冬日，下一個復活節很快又要降臨，不過在那之前，約翰先迎來了自己加入維洛納俱樂部後的第一個聖誕假期。

雖然是宴會與歡慶的時刻，但維洛納俱樂部聖誕節假期期間不接客。

「畢竟這是屬於家庭的節日，而我們俱樂部的存在很顯然違背聖誕精神。」湯瑪斯說。

「聖誕節之後很快就是復活節假期。春天嘛，我們的客人也會特別躁動，所以聖誕節就得好好休息儲備精力。」這是羅伯特的說法。

有些男侍已經積累了一筆財富，買了房子，休假期間就回到自己的家中，只在白天時偶爾到俱樂部晃蕩，享受交誼廳提供的溫暖爐火、豐盛酒食，看看書，或者和同僚打打牌。

這一來一往之間，偶爾難免有私人物品落下。身為新進男侍，替前輩跑腿把東西送過去是應有的禮儀。而就在平安夜的前一天，約翰在送東西時撞見了一場活春宮。

主角是他們俱樂部的頭牌路易斯，還有「小惡魔」安傑爾。

槲寄生花環底下，兩條人影纏綿。「嗯啊，路易斯，快一點……」安傑爾的嗓音顫抖著，約翰則躲在房門後，思考著自己是該直接溜走還是照常去打一聲招呼。

只見安傑爾全然沒了平日裡高傲、對其他男侍愛理不理的態度，臉上泛著情欲的潮紅，不時攀上路易斯的脖子索吻。兩個人都是衣衫半褪。路易斯的襯衫敞開，露出大半胸膛；安傑爾穿的女性連身裙更是將上身部分完全脫下，露出底下的胸衣和束腰。他們腳下落了一地的配件：領巾、絲巾、帽子……吻著吻著，安傑爾拉著路易斯的手，引領他一手撫上胸前，另一隻手則去到腿間。

「我本來是打算，等用過平安夜晚餐再享用你這道甜點的……」路易斯喘著氣說，接著又一次掠奪起安傑爾的唇。

「現在是午茶時間。」安傑爾嚶嚀著，往路易斯身上蹭了蹭，「晚上可以再來一次……」

眨眼之間，約翰顯然失去了最後的適當出場時機。

「把裙子掀開。」

安傑爾依言撩起了裙襬，他底下沒有另外穿上襯裙，直接露出了絲質內褲和包裹在白色蕾絲長襪裡的腿。路易斯愛撫了一陣，接著褪下大腿上的襪帶，撕開了脆弱的蕾絲長襪，吻上細嫩的大腿內側。他貪婪地吸吮著，留下一個又一個紅印。最後他解開了內褲褲頭，舔上安傑爾的性器頂端。急迫之程度，是約翰從來沒有在他身上看過的。

安傑爾的喘息破碎，手上抓著路易斯的金髮，「嗯，不行，我不想現在就射……」他哭叫著，「還有上面，我上面也想要你摸一摸……」

路易斯從善如流，撕開了那裝飾著精美蕾絲和荷葉邊的胸衣，兩點嬌俏可人的紅就這麼曝露在空氣中。吸吮、撫弄、舔咬，安傑爾的淫叫一聲高過一聲。聽著這叫床聲，約翰發現自己竟然硬了。

他聽見安傑爾低笑了一聲，看見他墊起腳尖舔了下路易斯的耳朵，「那裡似乎有隻野貓在偷看呢……路易斯，我們去門邊做吧，讓他能看得更清楚。」

他被發現了？

接著響起的是路易斯的嗓音，語調溫柔得幾乎能掐出水，搭配著寵溺的表情，雖然賞心悅目，卻讓旁觀者忍不住感覺牙根一陣痠疼：「剛剛是誰鬧著一定要在槲寄生底下做？說什麼『在槲寄生下接吻就能陷入愛河的話，那在底下做愛一定能天長地久』。」

原來這兩人早就是一對。明白了這層關係，那安傑爾話語中潛藏的訊息就很明顯了：「這個人是我的，現在是我們的兩人時間，你滾遠點。」

約翰沒有打擾情侶做愛甚至加入來個三人行的癖好。甚至在明白他們兩人是一對之後，他還為之前自己勾搭路易斯的事感到有些後悔：他是追求享樂，但並沒有想要介入一對愛人之間。

溜了溜了。趕快離開，對他的心臟和良心都比較好。

感受著約翰的氣息逐漸遠去乃至於消失，路易斯和安傑爾繼續他們的纏綿。

路易斯撕開了薄絲綢做成的內褲，露出安傑爾挺翹的臀部。他正想要就這樣進入時，安傑爾轉身摟住了他。

「我想要用可以看到你的姿勢。」

「……好。」

路易斯席地而坐，雙手扶著安傑爾的腰，安傑爾則摟著路易斯的脖子，張著腿，緩緩往下坐。感受到戀人的性器一點一點深入，安傑爾發出滿足的嘆息。

「放心動，我會扶住你，你想要多深、多快，都隨便你。」

「嗯……」

即使以出賣肉體維生，一年不知要與他人性交多少次，後穴已容納過各種長短粗細的陰莖。路易斯的每一次進出，還是能讓安傑爾打從身體最深處顫抖起來。那快感與滿足，不是單純的高超性愛技巧或驚人陰莖尺寸能帶來的。雖然沒有受過高等教育，但安傑爾此時也能理解，「have sex」和「make love」雖然指涉同樣的行為，卻是完全不同的意義。

「果然、路易斯是最棒的，哈啊、不行了，快高潮了……」

「這樣就不行了？」

「嗯、還不是太久沒和路易斯做愛的關係……啊！」

見安傑爾被快感沖刷得腿軟腰軟，路易斯將人一把抱起，站了起來，以安傑爾背部抵著牆壁的姿勢開始抽插。安傑爾想要掙扎，但他的扭動只是徒勞無功，反而成了迎合，讓路易斯每一下都能插到最深、最敏感的所在。在他的哭喊聲中，兩人雙雙高潮了。

「對今天的下午茶還滿意嗎？親愛的。」路易斯吻了吻那張小嘴，「希望這能讓你打開胃口……畢竟，我們晚上，還有大餐呢。」

當這兩人已經盡興，準備去清理身體、換裝的時候，約翰已經回到俱樂部了。

今年選擇留在俱樂部過節的，除了約翰，還有羅伯特、米歐爾、威廉、彼得、安德魯。彼得比約翰早半年加入，安德魯則是和約翰同一天，是當時布朗經理要趕去面試的另一個人。

留在俱樂部的男侍們各有各的故事。一群男人閒著無事，又打牌打膩了，正打算開始談起自己精采紛呈的接客經驗，半是分享半是吹牛。看見正好回來的約翰，羅伯特順口問了句：「沒有去觀摩路易斯和安傑爾做愛嗎？」

「……等等，你們都知道他們是一對？」

「知道啊，怎麼不知道。你在上次聚餐時沒有發現？只要路易斯出現，安傑爾的眼珠子就會全程黏在他身上。」威廉說。

「噢……」那他們到底是一起共事後日久生情，還是因為太愛彼此所以乾脆一起下海？約翰的腦海中瞬間浮現出這個疑問，不過他立刻把這個問題嚥了下去。不管是哪一種，都和他沒關係。看其他男侍的表情，似乎也不認為這有什麼大不了的。

「布朗經理沒意見？」發問的是安德魯。

「只要不會影響接客，不管是兩個人搞在一起還是四個人搞在一起，大老闆都沒意見，布朗經理就更不用說了。他聽老闆的。」彼得回答。

「好了，回到剛剛的正題，彼得，和我們說說你那次一個人大戰一對雙胞胎兄弟的故事？」米歇爾懶懶地說。他窩在沙發，手上是速寫用的本子和鉛筆，「今年復活節送給老客戶的禮物照樣是性愛圖集，等假期過後就要去刻板送印了，我正缺靈感，不知道該畫什麼呢。快說快說。」

約翰知道，彼得是個來自富農家庭的青年，他夢想著來倫敦發展而逃了家。根據訓練時從羅伯特那裡得到的說法，「面試時他才脫衣服我就覺得這小子天生該是我們的人，因為他的那東西實在太大了，不能浪費天賦啊」。

除了下體尺寸傲人，因為下地做農活，彼得的上圍也十分精彩，那胸肌，連約翰、威廉、羅伯特幾個前軍人也有點羨慕。

面對同僚的催促，彼得臉上露出有些得意的笑容，開始說起他的故事。

＊＊＊

維洛納俱樂部自創立以來全心致力於服務尊貴的客人，除了到府服務，有長期往來的客人也可以要求男侍們「出差」。就在彼得加入維洛納後的第二年，有位客戶要去度假，同時想要帶一位能提供全方位服務的男侍到他的別墅裡。所謂的全方位服務，除了日常生活照顧，也包含床上的服務。這樣的男侍必須外表體面，體力過人，同時還口風緊。除了維洛納俱樂部，還有哪裡能夠提供這樣的人才？而且，那位客人還指定了，他想要身型壯碩的男人。

布朗經理挑中了彼得，讓他去客戶的宅邸面試。這所謂面試，自然是直接測試床上功夫了。在那裡，彼得遇見的卻是一位穿著紫色絲綢長裙的美麗女人——直到那女人撩起裙襬，解開胸衣，他才明白這就是他要服務的客戶。

那位客戶——姑且先稱之為奧蘭多吧——很年輕，幾乎是剛成年，但愛撫的手法卻極其老道，輕而易舉就讓彼得勃起；而當他看見彼得的下體尺寸時，雖然驚訝，可要含入口中時卻是毫不猶豫，甚至可以說是躍躍欲試。奧蘭多先親吻了性器的頂端，然後貪婪地含入，兩顆小小的虎牙刮過了彼得的性器，引起他一陣顫抖。在一陣舔弄之後，他鬆口，重新撩起裙襬，要求彼得用同樣的方式對待他。

奧蘭多那緊實光滑的肉體上，還有著近期歡好留下的印記。那印記很新鮮，非常可能是昨晚才烙上去的。彼得先是以口服務他直到他噴發，然後才讓客戶用後庭試用他那碩大而引人垂涎的性器。而就在此刻，意料之外的事情發生了，一個與奧蘭多長相相同的青年從彼得背後貼了上來，掰過彼得的臉，索取了一個又深又淫的吻。

第二個出現的青年，姑且稱之為奧斯卡吧。他在彼得和他的孿生兄弟結合時，也不斷在彼得後面磨蹭著；一等到他的兄弟釋放，就迫不及待地替補上位。這對俊美的兄弟輪流將彼得當天的精液榨了個精光，然後指名他成為他們兄弟倆的貼身男僕，為期一個月。

「那一個月，想必非常美好。」米歇爾挑眉說，同時奮筆疾書。約翰探頭過去看他的素描本，只看見上面潦草畫著幾具以不同姿態糾纏在一起的人體。

是的，當然非常美好，美好而淫亂，彼得回憶。在晚上的服侍過後，早晨，他必須替客人將早餐端到臥房裡。這對兄弟的早餐吃得不多，通常只吃一點布里歐、巧克力和鮮奶油，布里歐沾著他們起床交合後的汗水與體液入口，嘴對嘴互相餵食巧克力，鮮奶油則是塗在肉體上，然後直接用唇舌舔舐。他們喜歡宴會，每隔幾天，就會召開聚集了同道中人的晚宴。人們用餐之後隨意和與會者性交，累了就吃點心，體力恢復後就繼續，直到天濛濛亮才散會。在沒有宴會的白天，在別墅的圖書室、會客室，和家族私有的沙灘上，兄弟輪流和彼得交歡，偶爾甚至兄弟相姦。

宛如鏡像的兩個人貪婪索取彼此，汗溼的皮膚反射出炫目的陽光。簡直是索多瑪與蛾摩拉才會出現的景象。罪惡，不堪入目，卻又令人難以移開目光。

「我記得我們以前也有客戶，是哥哥帶弟弟來開苞，最後變成兄弟互搞？」米歇爾輕聲問。

「那是湯瑪斯的客人。」威廉回答：「哥哥發現弟弟偷藏情欲集，覺得與其讓小孩子自己亂搞，不如乾脆帶他來俱樂部見識真槍實彈。但他自己其實躲在隔壁房間偷看。湯瑪斯幫人開苞開到一半，剛把手指放進去，哥哥就衝進來想要自己上了，弟弟也自己主動撲上去。最後湯瑪斯啥也沒做就直接領了五英鎊。」這段故事湯瑪斯以前說過，他們幾個老鳥也都記得。畢竟不是每天都能見識到兄弟亂倫，也不是每天都能毫不費力就賺到那麼一筆錢。雖然他們會笑稱自己是躺著賺，但其實也是要出力的。

五英鎊，那可是不少的一筆錢呢。貴族家庭的管家一年年薪也大約是六十英鎊，換算下來一個月可不就是五英鎊？人家管家還要天天早睡晚起一個月才能賺到。

但那真的是非常好看的一對兄弟，當初就已經在職的男侍們都印象深刻，也毫不意外他們會對彼此產生禁忌的情感。哥哥高䠷英武，宛如太陽神阿波羅；弟弟纖弱美麗，彷彿白皙的野百合，讓人忍不住想要採摘。阿波羅與化成野百合的斯巴達小王子，這是他們這個圈子的人都知道的神話。寵愛著美貌少年的神明，在無意間親手奪走了愛人的生命，愛反而成為了詛咒。這對兄弟就像是可以長相廝守版本的阿波羅與雅辛托斯。打從出生就養尊處優的少年四肢修長，身材纖細，乍看之下還會以為是尚未發育的少女。而那具在維洛納男侍嫻熟愛撫下也依然緊繃的軀體，一碰觸到兄長的手指就立刻放鬆下來，變得柔軟如水。即使還有人在場，少年的眼中卻只有兄長。他羞澀地向這禁忌的愛人開放自己的身體，索取著親吻與擁抱，迎合著成年男人每一次的動作。隨著他們的纏綿，空氣都彷彿甜膩了起來。

湯瑪斯有著過目不忘的特殊本領，當初講故事時還鉅細靡遺還原了這對兄弟的每一個表情變化、每一句對話，一個人就講了大半個下午。威廉就只能揀著記憶講個大綱了。

「後來湯瑪斯還為這對兄弟上門服務過。回來說這哥哥居然看著弟弟穿女裝被人上過之後，才硬起來操人。後來他們好像搬到國外去了？」

「對，不知道是搬到普羅旺斯還是其他地方。你這樣一提我就想起來了。」米歇爾用鉛筆敲了敲素描簿，「嗯，這個題材我好像沒有畫過。好，採用了。還有其他經驗分享嗎？」

「說到到府服務，我和約翰有個可以分享的。」威廉說，接著分享了他們服務史密斯叔姪，還有後續拜訪史密斯先生宅邸的經驗。

在那次牌桌上的性事之後，他和約翰就經常被史密斯先生指名。有一次，史密斯先生要求到府服務；他是老客戶，而且信用良好，布朗經理很快就批准了。威廉和約翰精心準備之後前往那棟位於城郊的大宅。史密斯先生要求他們在白天抵達，當他們被男僕領到史密斯先生的書房時，還遇見史密斯先生的律師抱著一疊卷宗走出來。而就在他們踏進書房、剛根據社交禮節問候完男主人，就看見愛德華從書桌底下爬了出來，順勢坐在了史密斯先生的腿上。有著柔軟金色鬈髮的青年穿著一件絲綢晨袍，衣帶沒有繫好，露出底下的春光。他還是老樣子，外袍底下什麼都沒穿，臉頰泛紅、眼神朦朧，唇畔還有可疑的汙漬，在場都是同道中人，一看便清楚愛德華剛剛做了什麼。史密斯先生神情自若，順手用手指抹了抹那嫣紅唇瓣，還擦掉了汙漬。

一看就知道，這絕對不是他們第一次這樣幹。這兩人剛剛在第三人在場的情況下偷情了一回，可無論是愛德華還是史密斯，他們的姿態都太過放鬆了，彷彿這遊走在爆發醜聞邊緣的情事，不過就是像下午茶一樣的平淡日常。

然後，自然又是四人行。直到喝下午茶的時間到了，史密斯先生才放他們走。這樣的事情，後來又重複發生了幾回。有一次，他們一開門就直接看到愛德華站在門口迎接他們，晨袍前襟大敞，胸口還有應是前一天晚上或當天清晨才印上的新鮮吻痕。但威廉想說的不只是這些。

「那棟大宅裡面不只他們叔姪兩個喜歡男人。」威廉說：「我們出來的時候正好遇到馬伕和獵場看守人，他們看愛德華的眼神，啊，絕對是有搞過那白皙的小屁股。那個姪子是個小騷貨，只不過品味有點堪憂，我和約翰第一次接待他時，他早上才剛和瑪莉安玩過，後面全是精液。史密斯先生居然能等到他成年之後才出手，簡直就是聖人。」

羅伯特吹了聲口哨。「啊，那麼你和約翰有成功提升那位客人的品味嗎？」

「那是當然的。」

分享告一段落後，老鳥男侍們轉而聊起即將到來的節日。

「不知道今年會是誰吃到硬幣。」

「我進來這幾年都沒有吃到，希望今年能中，我還為此特別禁欲了幾天，這幾天都沒有打出來，就是為了替大餐做準備。」

約翰和安德魯都聽得雲裡霧裡：「你們在說什麼，大餐和禁欲有什麼關係？」

這次依然由羅伯特負責解說：「啊，這個啊，你們知道那個聖誕布丁的傳說吧？就是那個布丁裡面塞硬幣，吃到的人明年會有好運氣。」

「對。所以？這和禁欲有關係？」

「嗯哼，不過在我們俱樂部呢，那有別的意思。」羅伯特的笑容逐漸淫穢，「那代表『祝你的屁股生意興隆』，順便說一聲，如果是『祝你的屌生意興隆』，那會吃到山羊造型的小瓷偶。」

嗯，以約翰目前對俱樂部的了解，這「特別傳統」絕對不會僅止於此。

「然後吃到硬幣的人就要被其他人輪流插，吃到山羊的人就要提供他的屌讓大家爽一發？」也只有這個原因才會需要在大餐前特別禁欲了。可以，這很符合他們這一行的調性。

「不錯，學習能力挺強的，有前途。」羅伯特拍了拍約翰的肩膀，「我很看好你啊，約翰。據說新人特別容易中獎，你覺得你會吃到硬幣還是山羊？」

第八章

聖夜之歡

19th Century
London
Male Prostitutes

隨著二十五日當晚的餐宴降臨，留在俱樂部過節的每個男侍都有些興奮，氣氛浮躁。前菜、湯品、烤肉上菜時，一切都很正常，直到聖誕布丁被端上來，每個人都發出了歡呼。廚役嫻熟地倒酒、點火，聖誕布丁上立刻浮起了一層藍焰，直到最後一點焰火熄滅，他才開始分切。

每個人都分到了聖誕布丁，開始吃起來。這時便顯露出每個人不同的性格了：彼得在這件事上也保持著農家本色，大吃大嚼，專心地享受著食物本身。湯瑪斯則是用餐具先分成兩塊、再分成四塊，確認裡面沒有東西後，這才開始吃。至於威廉……他和羅伯特快樂地往本來就已經加了不少酒精的聖誕布丁上添了一大杓含酒的甜奶油。如果不是之前見識過他的酒量，約翰都要懷疑威廉其實是因為酗酒才被退伍，而非詐賭。

吃著吃著，約翰突然覺得牙齒咬到了什麼東西。這時，羅伯特也露出異樣的表情。

「喔！開獎了開獎了！」威廉鼓譟起來，「究竟！今年！會是誰的屁股生意興隆呢！」

羅伯特掏出他咬到的異物——是一隻小山羊瓷偶。約翰也拿出嘴裡的東西，當然，正是那枚六便士硬幣。

其他幾人紛紛吹起了口哨。

「約翰小老弟，恭喜你，替我們的假期貢獻出你的屁股啊！」先起頭的是威廉。

「我會小心一點的。」彼得露出憨厚的笑容：「不舒服要跟我說喔。」

「總算可以知道幹你是什麼感覺了。」這是安德魯。

「啊，你們隨意，老慣例，今年我要畫速寫。」米歐爾優雅揮了揮手，「現在還缺幾張圖。」

最後替這段對話收尾的是羅伯特：「我記得你踏進俱樂部的第一炮就是跟我做的吧？這還真是個完美的新年開場呢，約翰。」

當然，男侍們不會在餐廳立刻開幹，僕役他們都還要進來收拾呢。而且要是弄壞了瓷器、銀器或其他訂做的擺設，恐怕會被布朗經理狠狠罰上一筆。他在俱樂部財務管理上一向精明。

男侍們很快移動到了小宴會廳，這是讓客人可以舉行性愛派對的地點，畢竟有些客人不方便在家裡設宴。此處長椅、軟床、道具，應有盡有，能容納二十來人放肆尋歡的空間足夠六個大男人盡情取樂。米歐爾挑了個視野最好的位置，拿出他的鉛筆和素描本，等待著即將發生的放縱性事。

約翰鬆開領結、脫了外套，露出底下的馬甲背心和襯衫。他可以明顯感受到，同事們的目光都在他的胸、腰、臀、胯下逡巡。他朝羅伯特勾了勾手，「來吧，你要怎麼做？」

如果是往常，他們可以站著就開幹了。不過今晚還很漫長，同事們虎視眈眈地要進入他的身體，為了接下來要上演的事保留體力，約翰躺到了床上，緩慢地，以極其誘惑的姿態褪去身上所有衣物。

羅伯特欺身壓上，先是給了他一個深吻，然後說：「轉過去，我今天想從後面上你。」還補了句：「臉朝床尾，讓其他兄弟們能好好觀賞你被幹時淫蕩的樣子。」

約翰轉了過去，又依照羅伯特的指示趴下、翹高臀部，接著感覺到有某個溼潤柔軟的東西在他的穴口打轉。是舌頭。知道羅伯特正在為他舔肛，約翰興奮得發抖。

「嘖，有冷霜的味道。」羅伯特彈了彈舌，「你先自己擴張過了？就這麼期待被上？騷貨。」

「噢，是的，我今晚就是想要被上！」約翰說：「請盡情使用我的後面吧！」

但羅伯特沒有馬上進入，他繼續舔著約翰的後庭，直到他因為受不了躁動的空虛感，低喘著請求他快進來，羅伯特這才徐徐進入。大概是他的身體在這幾個月的接客行程中被逐漸開發，越來越敏感，約翰可以感覺羅伯特的那裡尺寸似乎漲得比面試時更大了。

今晚不是服務客人，也就不必講究什麼淫語或技巧了。他放任自己呻吟著，扭動腰臀迎合每一次的深入。

同事們能看見約翰淫蕩的模樣，約翰當然也能夠看見他們欲火中燒的樣子。威廉、彼得、安德魯紛紛解開了褲頭，掏出他們昂揚的性器。

「羅伯特，我有個提議。」安德魯說：「只讓約翰的屁股上工，好像太浪費了，既然他的嘴還空著，也只會發出淫叫，不如……」

「附議。」威廉不懷好意地笑著：「我以前最高紀錄是一次得服務四位，屁股、嘴巴都塞著雞巴，兩手還各抓一隻。不如讓約翰來挑戰看看吧？」

事情就這麼定下了。作為其餘三人中最資深的，威廉優先可以享用起約翰的服務。他也毫不客氣，一開始就頂到最深，然後才開始進出。

「之前工作時你也吃了幾次我的肉棒，應該知道怎樣才能讓我舒服吧？」威廉按著約翰的後腦，「來，我們看看你是先把羅伯特夾射，還是先把我吸射？」

與此同時，約翰的雙手也沒能閒著。安德魯和彼得一左一右，把他們的性器塞到他手裡，讓他套弄。在部隊裡，約翰不是沒遇過多人性交，但大多是大家排隊輪流上，還從未遇過像今晚這樣，一次被四根陰莖針對的場景。這全新的體驗讓他更加亢奮，也更加投入。

「操！這傢伙比以前更會夾了！」約翰聽到羅伯特說，然後感覺雙腿被分得更開、性器的進出也更加凶猛。他本能發出呻吟，但嘴裡被塞得滿滿的，因此浪叫全成了模糊的鼻音。

雖然大多心力都投注在後穴和口腔上，約翰還是感受到了手裡性器的變化。彼得的陽具似乎漲得更大，讓他幾乎握不住；而安德魯在約翰的幾次套弄下，已經流出不少體液，沾得他滿手溼。

在這樣的夾攻下，約翰很快便高潮了。這快感讓他腿軟，幾乎支撐不住，全靠羅伯特從後面撈住他。

「我覺得我快射了，羅伯特，你呢？」

「我也快了。」

這時候，威廉從約翰口中抽出了他的陽具，用頂端輕輕拍他的臉頰。與此同時，羅伯特也整根抽了出來，不再進入，而是磨蹭著約翰的股溝。

「來，說說看，想要我們射在哪裡？」

「還能是哪裡？羅伯特當然要射我裡面，至於威廉嘛……就現在這樣吧。」約翰終於能大口呼吸，他邊喘氣邊說：「我想要看威廉噴精時的樣子。」

於是羅伯特再度進入，威廉則開始自己手淫。在約翰感覺到後穴有液體注入的同時，他面前的陽具也開始出現高潮的徵兆，一眨眼，龜頭上的小孔便噴出濃白精液，射了他滿臉。他不由自主舔了舔嘴角。

「好多，味道好濃。威廉你最近是不是生意不好沒有客人？」

「唉，沒辦法，精液都被我榨乾了，我還在等他們恢復啊。」威廉笑嘻嘻地說，抖了抖他的陰莖，讓上頭的精液灑到約翰臉上去。約翰也不生氣，用手抹了，吃了個乾淨。

「也注意一下你後面。」羅伯特拍了拍約翰的屁股，吸引他的注意力，「我可是射在裡面了。」

「嗯，我有感覺，但是還不夠。」約翰撅起臀部，「不是說今天晚上我是被輪流插的嗎？快來，把我裡面灌滿，灌到我不用動就流出來。」

「那麼下一個就換我了。」彼得說，邊按著約翰的手，讓他再次好好感受了下那天賦異稟的驚人尺寸，「我會努力把你塞滿的。」

眾人把約翰翻了過來，呈現仰躺姿勢。威廉和羅伯特一左一右按住他張開的腿。雖然有著前頭羅伯特精液的潤滑，彼得還是好好進行了擴張。感覺到那帶繭手指的進出，約翰舒爽得想要扭腰，卻因為威廉和羅伯特的壓制動彈不得，只好連聲催促。

當彼得的龜頭插入穴口時，約翰回想起了自己在軍隊裡的初體驗，對方是他的同鄉學長。學長的陽物並不大，但當時他們急著偷歡，只快速用口水潤滑和擴張後便做了起來。當時他最明顯的感受就是⋯⋯疼。

而這也是約翰現在的感受。

「嗯啊、慢一點，不然會裂開！」

「放心，如果你裂肛了，沙羅姆先生會把你治好的。」

「把注意力轉移開來就不會痛了。」安德魯說，邊把他的陰莖送到約翰唇邊，「來，幫我好好含一含吧。」

約翰自是張嘴含住了，最初他還奮力地舔弄，想要把安德魯吸射。但隨著彼得的進進出出，他很快就被那巨大的異物感吸引了注意力。痛當然還是痛的，但隨之而來的是快感。是那種隨時會被弄壞、在危險邊界上翩翩起舞的痛快。他鬆了嘴，開始喊著淫語，想要更多。受了鼓勵，彼得也不再顧忌，猛力奮進、九淺一深。安德魯則把約翰的頭轉回到他的方向，讓他繼續為自己口交。

上下夾攻到一半，約翰卻覺得下身又有種異樣感。一看，原來是威廉和羅伯特正在以口服務他。他們輪流交換，舔著他的肉柱和囊袋。三方輪攻之下，他這次很快就射了，不過彼得還沒盡興，依然繼續頂弄約翰的深處。

「嗚……怎麼那麼持久……」

「這樣就投降了？約翰，今年可是會有很多客人要光顧你的屁股，可不能只是這種程度就撐不住啊，那樣會砸了我們維洛納的招牌。」羅伯特說：「安德魯、彼得，再深一點。」

「唔唔唔！」

安德魯一口氣把性器頂到他的喉嚨，而彼得也整根沒入他的體內，頂到那罕有人至的深度。一重又一重，墮落的感官刺激，讓約翰既想快點結束，又忍不住渴望能持續沉浸在其中。好不容易，他們終於高潮了，兩人都射在約翰身體裡：一個在穴內，一個則在口中。

「哈啊、哈啊……」約翰渾身癱軟，連溢流在唇邊的精液都懶得擦了。而高潮的餘韻還未過，這次變成彼得要求替他口交、把他重新吸硬，而威廉要來享用約翰的後面。

直到四個人都輪流用過他的嘴、穴，和雙手的服務，這場癲狂的性事才迎來中場休息。此時，約翰的臉上、身上都是精斑，下身更是盈滿黏膩白濁。米歇爾還是在老位置，窩在沙發上振筆飛速修飾著畫稿，而其他幾人則是開始吃點心、喝酒，等著體力恢復，開始下半夜的娛樂。

「約翰，你也吃一點。」安德魯說，他手裡捏著幾顆葡萄，卻見他將葡萄在約翰乳尖上一滾，沾上不知是誰的體液，然後遞到他唇邊。「來，張嘴。」

約翰張嘴，順便用舌頭好好舔弄了下那手指，離開時舌尖和指尖扯出了唾液的銀絲。安德魯睇了睇眼，沒有說話，只是飲了口酒，然後扣住他的後腦，將那酒餵給他。

熟悉的風味，熟悉的配方，維洛納特調催情酒。

他還想索要更多，羅伯特卻把安德魯攔腰抱走，「我幹過約翰，現在輪到你了，安德魯。別忘啦，今晚約翰是人人都可以插、我則是可以隨便插人！」

而此時，彼得和威廉也在另一邊開始搞起來了。畢竟這「傳統」可沒禁止只能插吃到硬幣的人。看著他們性交，約翰的體力也漸漸恢復，重新渴望能有人來幹他。不過四個人正做得火熱朝天，於是他把目光投向了米歐爾。

他緩緩起身，明顯可以感覺到液體從下身滑落、流到腿窩，不禁夾緊了肛門。要是讓這難得的四人份精液流光，等等他要做的事情就沒那麼好的效果了。

必須說，沉浸在繪畫裡的米歐爾，真的很俊美，讓約翰想起初見時的印象：天使，與後來他親身體會的荒淫形成巨大反差（雖然他似乎也沒資格批評人家荒淫）。約翰知道此時他最好不要碰觸到畫紙，於是他小心翼翼地伸出手指，挑起米歐爾的下巴，給了他一個溼漉漉的吻。

舌與舌之間牽出銀絲。米歐爾迷濛的雙眼對焦，約翰可以從他眼底看到裸身的自己，也可以看到米歐爾眼底欲望的火苗。天使落入凡塵，墮落成了色欲的化身。

約翰爬上長椅，向米歐爾大張雙腿，掰開臀瓣，露出他今晚已經被人輪流進出好幾次的後庭。這一系列動作，讓他剛才夾緊含住的精水開始流出，在長椅絨面上造成了深色的水漬。

「米歐爾，威廉、彼得、羅伯特、安德魯都上過我了，他們都射在了我屁眼裡面，你看，分量這麼多。弄得我好脹。」約翰伸了手指進去，一根、兩根、三根，開始攪動，帶出留在更裡面的淫液，發出黏膩的水聲。他可以感覺到下腹開始發熱，催情酒的效力上來了。「而且他們連這邊也射。」他用另一隻手玩弄起自己的乳頭，豔紅的乳珠上掛著滴滴白濁，顯得越發誘人。

米歐爾把畫作畫具放到了一旁的桌子上，專注看著約翰，像是在觀察，又像是在鼓勵約翰更進一步挑逗。約翰決定加把勁。他抽出塞在後面的手指，先在肚臍打了個圈，然後往上，一路愛撫到自己的胸口。手指上沾到的精水留下一道道痕跡。

「今天晚上就差你還沒幹我了，快點來，射在我的穴裡面。」約翰說：「很舒服喔，而且你也已經很久沒幹人吧？我記得你在面試時說過，我的穴是你會想幹的漂亮屁眼。」

「給人幹了這麼多次，還有力氣挑逗，體力很好嘛，約翰。」米歐爾喘著氣說，解開了褲頭，露出他已經昂揚的性器，「想要我的精液，就坐上來自己榨啊。」

約翰當然是騎上去了。因為先前的歡愛，他搖了幾下便有些腰軟，於是整個人伏到了米歐爾身上節省力氣，蹭了他一身的精液，不過後穴還是好好地吞吐著米歐爾的陽根。

這個體位不方便撫弄對方的性器和胸部，於是米歐爾用親吻和捏臀取而代之。他的舌頭仿效著性器的律動，進出著約翰的口腔，這讓約翰一時之間有種同時和人口交與肛交的錯覺。正享受著，米歐爾卻突然扣住了他的腰，讓約翰不能繼續搖屁股，同時還把他的臀掰開——但並沒有抽出陰莖。

「玩得這麼開心，怎麼能忘記我呢？」約翰聽見羅伯特帶笑的嗓音，「啊，現在是我們三人，真像往日重現，對吧？」同時，他的陰莖蹭上了約翰的股溝。

「不用擔心，這會很爽。第一次看起來很恐怖，但試過就知道。」米歐爾吻了吻約翰，「現在練習好，就多一個能服務客人的技巧。」

兩個人同時進入他的後穴，痛，當然會痛。羅伯特進入的瞬間，約翰不禁倒吸一口氣。羅伯特和米歐爾也不急著開始操幹，而是親吻、愛撫，等約翰似乎適應了體內有兩根陰莖，這才淺淺律動起來。

「啊、啊啊！」約翰發出了今晚最激烈的淫叫，在這雙重侵犯下，所有淫語如「好大」、「好深」、「好爽」都失去了意義。只有生理反應和肢體的掙扎，才能忠實反映他的痛楚與快樂。原本已經無力的腰，此時不知從哪裡生出了力氣，他挺起身，扭動著，也不知道是想要逃離，還是想藉此獲得更進一步的快感。

這無疑是將他其他脆弱敏感處曝露了出來。約翰可以感覺到從背後伸過來一雙手，愛撫起他早就被玩弄到腫脹的乳頭。朦朧視野中，他看見米歐爾一手按住他的龜頭阻止他射精，另一隻手則靈活按揉著會陰處。

「哈啊、你們，真會玩……」約翰勉強試著組織言語：「有這麼爽的玩法，也不早一點告訴我？這樣、還算、好同事？」

「平常就這樣玩的話，等接客時就沒體力了。」羅伯特回答：「所以當然得趁聖誕假期時嘗試啦。」

「我還知道可以更爽的。」米歐爾微笑：「羅伯特，你幫我一下，讓我可以起來。」

羅伯特暫時抽出了陰莖，這讓約翰有一陣失落，但接著，米歐爾抱著他站了起來——平常完全看不出來他能有這種力氣——同時，他們的下身仍然接合在一起。

「唔啊……」感覺到米歐爾插入更深，約翰摟著他的脖子，發出滿足的嚶嚀。接著，米歐爾走到了鏡子前面。

「你在淫語課這樣玩我時，我就很想嘗試這招了。」

還沒反應過來，羅伯特便從約翰背後抱住他，接著再次進入。這回他們可沒有再給約翰適應的時間，而是直接抽插起來。一前一後讓人夾擊，又讓人懸空抱著，約翰只能任憑他們擺布。

深。這是約翰的第一感想。這比在長椅上進入得更深。每一下都輾磨過他的敏感處，一個人後退了、另一個便奮勇前進。兩根長短粗細和彎曲角度截然不同的陰莖在他的體內磨蹭著，激起層層疊疊如浪的快感。因為太爽，約翰甚至忍不住哭了出來。

「欸，別哭，看鏡子。」

鏡子裡面，只見金髮男子和黑髮男子一前一後抱著約翰，他的臉上還沾著先前性事留下的精斑，雙腿環著金髮男子的腰，底下有兩根陽物輪流進出著他的後庭。淫靡的水聲響亮。

「看清楚我們是怎麼操你的了嗎？」

「非常清楚。」

無盡的快感讓約翰迷醉，他遵循著本能，向米歇爾和羅伯特索吻，他們都回應了他，同時下身動作更加激烈。兩人同時高潮，在他體內射精。

「換手，這次我要在後面。」米歐爾說，舔了舔唇，一副意猶未盡的樣子，「有人要接手羅伯特的位置嗎？」

「那就我來！」彼得自告奮勇。

之後約翰又被兩組人分別幹到高潮：米歐爾和彼得、威廉和安德魯，直到他已經無精可射，龜頭頂端只能不斷滲出清澈液體。好不容易結束了這墮落的聖夜狂歡，到了要穿上衣服回到各自房間時，約翰的雙腿還不停打顫，他試了好幾次才穿上褲子。最後是彼得發揮了同僚之間的友愛，把他抱回房間，讓約翰免於一路滴精弄髒走道地毯、得自掏腰包賠償的命運。

之後約翰和同事們休息了好幾天，直到十二月三十一日到一月一日的跨年夜，才又來了一次群體性愛。雖然沒有像聖誕夜那麼瘋狂，但也足夠放縱到讓約翰一路清心寡欲到主顯節。

隨著主顯節到來，假期也即將結束。在假期結束的那天，布朗經理特別請男侍們吃了一頓大餐，就像當初的「開張大餐」一樣，其中至少一半的菜色都包含了可以壯陽的食物。假期結束了，維洛納的貴客們即將卸下他們面對家人時戴著的道貌岸然假面具，回到這個讓他們徹底展現本性的地方。罪惡淵藪該開門迎客了。

✦ 章節之間 ✦

（三）

19th Century
London
Male Prostitutes

走筆至此，他成為男妓的第一年，那縱情狂歡的第一年，就此結束了。接下來是開始發生巨變的一年。大洋彼岸的合眾國爆發了內戰。王夫過世，女王披上黑紗，躲在聖詹姆斯宮，遠離公眾目光；起初人們都以為不過兩、三年，女王就會結束服喪，沒有人能想像到她居然會悲傷到一度幾乎放棄王室義務。國會通過修法，不會再有人因為雞姦而被送上絞刑架，取而代之的是送進監獄，但他難以評斷到底哪種刑罰更令人恐懼：死亡確實直通地獄；但監獄生活……那可是活生生的地獄。

在聖誕節狂歡之後，新年假期結束，他迎來了在俱樂部的第二年。他成為了老鳥，應付客戶時開始游刃有餘，甚至開始追求驚險刺激的快感。他會在客戶老婆在家時就和客戶做愛，會鼓動客戶到小巷裡辦事嘗鮮，還有在馬車上、在公園裡。

此刻回憶起來，他當初追求快感的同時，有好幾次與毀滅擦肩而過。

也正是因為他當時表現出來的大膽與不馴，「沙羅姆先生」挑中他，要傳授他性虐待與調教的技巧，讓他成為可以服務一些「特殊客戶」的一員。

話說回來，「沙羅姆先生」的特殊授課，該被寫進他的稿子裡面嗎？

如果純粹是為了和傑克．紹爾的小冊子別苗頭，那答案很明顯，「是」。綑綁、鞭打、踐踏、調教、羞辱，沒有比這些更好的情欲調味料了。雖然只是簡筆勾勒，但那本小冊子裡也提到了性虐待，主要是鞭打，還提到了用蠟燭插後庭，而他手裡可以寫的材料可要刺激更多。

但是他寫到現在，還只是為了和別人別苗頭嗎？

他是為了他的伴侶而寫，更是為了他自己而寫。

閉上眼，當年在那幽暗房間裡接受調教的畫面歷歷在目。他能記得那蔑視的眼神、精心打理的髮型、毫無瑕疵的衣著。飄逸的絲質領巾用銀色別針固定，熨燙過的雪白襯衫襯托出那領巾殷紅如血的色澤；黑色小羊羔皮手套裹著線條完美的手，修長手指握著皮革編織成的鞭子……

初夜後的談話，第一次的調教課程，他當時差點被客人勒斃後的對話。「沙羅姆先生」並不參與俱樂部的管理，也沒有像男侍們一樣有著公開的接客行程，但他依然以沉默且霸道的方式君臨在他們所有男侍之上。

鞭打、綑綁、在他人注視下以剛熄滅的蠟燭插入後庭自慰，被各種動物生殖器形狀的假陽具輪流姦淫，陰莖遭受踩踏，匍匐在地上懇求著主人開恩允許他高潮。靈魂與自尊遭受打碎，再重新捏合成形。即使已經離開俱樂部那麼多年，回想起每一次與「沙羅姆先生」相處的過程，還是讓他忍不住從身體最深處開始顫抖。

他不想將那漫長的調教課堂透過文字重現，但如果完全省略不寫，卻又無法反映他的經歷，尤其是那幾場讓他開始考慮男妓生活有害之處的性愛。少了這一段，這篇故事會永遠缺了一塊，殘缺不全。既然是為了他自己與他的伴侶所寫，那就必須要寫好。他不需要為和別人分庭抗禮，而加油添醋，寫出煽情故事……但他必須得對自己的靈魂誠實。

沒錯，對靈魂誠實。這是他的告解書。他應當誠實。

那就放手繼續寫吧。

他打開一瓶新的墨水，攤開一沓潔白稿紙。

歡樂時光結束了。接下來是宴會開始走向狂亂的部分。

◆ 番外 ◆

叔姪

19th Century
London
Male Prostitutes

第一次見到詹姆斯叔叔時，愛德華十三歲。

那一年，愛德華正準備去讀寄宿學校。教育能翻轉地位，他父母一直如此認為，也始終身體力行，努力供他讀書。而愛德華也很幸運，聰明到讓學校願意錄取他。但與此同時，一個問題阻擋住了他的求學之路：貧窮。他們家本來就不甚富裕，父親的葬禮更是掏空了最後一點積蓄。雖然現在還不至於淪落到要去救濟所的地步，但無論如何是沒有餘裕供他繼續讀書了。

但是愛德華並不想放棄，他母親也不想放棄。

好的學校能使人成為紳士。而紳士，不是只有學問就足夠，還必須有相襯的外表，合宜的舉止。這並不像書本上的知識，可以自學。

「孩子，把你自己打理乾淨。我們去見你的詹姆斯叔叔。」母親喃喃說道，吐出的氣息裡帶著酒精味。愛德華很少看到母親喝酒，但父親驟逝讓一切改變了。「詹姆斯會幫忙的。但我們得讓他覺得你順眼。」

於是，在父親下葬三個月後，一個陰雨綿綿的冬日下午，十三歲的愛德華終於再次穿上漿洗並熨燙過的筆挺襯衫走出家門，隨母親前往拜訪一位他從來沒見過的親戚，好得到經濟資助以完成學業。

愛德華第一眼看到詹姆斯，就想要把自己藏在母親背後。這個男人身材高大，胸膛厚實，眼光銳利，甚至可以說是太過銳利，「如鷹般的目光」這陳腔濫調的比喻彷彿是為他量身打造。那刀尖一樣的眼神，能刺穿皮囊，直透靈魂。

愛德華不喜歡那種一切都被看透的感覺，彷彿連心靈都赤裸，一切無所遁形——包括他對酗酒母親的厭惡，他對富裕生活的渴望，還有，他看到同性身體時那種隱祕的興奮。不尊敬父母、貪圖錢財、渴望與同性發生不正當的行為，這些背棄上帝教誨的行為，全部都曾在他的心中繞過一圈。

雖然這是第一次見面，但愛德華就是莫名相信，這個男人已經看透了他。

如果可以，他甚至不想要與這個男人共處一室。

但他已經不是可以隨意撒嬌的五歲小男孩，而且他不想讓母親失望。失去父親就已經讓母親陷入悲傷的深淵中，他不願意去想如果他不能完成學業，母親會頹喪到什麼地步……喝更多酒？還是覺得人生無趣自我了結？他厭惡現在這個酗酒的母親，但他也希望著，母親能夠恢復往日的模樣。

所以他還是硬著頭皮頂著壓力，回答起詹姆斯向他提出的各種學業問題。

而在愛德華觀察詹姆斯時，詹姆斯也在觀察這個少年。愛德華的直覺沒有錯，詹姆斯幾乎是立刻看透了他。這年紀的孩子就像是清淺的小溪，一眼就能看到底。

詹姆斯當下就做出結論：雖然這孩子可能尚未有所自覺，但這是他的同類──雖為男人，卻只會對同性產生欲望──或者說，至少具備成為他的同類的潛力。當年他在寄宿學校看過這種類型的少年，知道應該如何辨識出他們。也幾乎是在當下，詹姆斯就決定，他會贊助這孩子繼續上學。

這孩子需要以知識與地位來保護自己，否則，殘酷的社會很容易將他吞吃到連骨頭渣子都不剩。愛德華他……完全就是獵食者的理想目標。

十三歲的少年，金髮藍眼白膚，眼下一點淚痣。雖然他現在的美貌還只是枝椏上的花苞，才剛冒了個頭，還沒完全長成、綻放，但已經足夠驚人。父親過世，母親耽溺在酒精之中。如果放任自流，很可能就被誘惑，最後成為某個權貴豢養的金絲雀，或者在街上晃蕩的瑪莉安中的一員，被侵犯、誘拐、毆打。

詹姆斯很清楚，他們圈子之中的有些人，喜歡狩獵未成年的柔弱目標，不管是以誘哄方式讓他們逐漸墮落，或者以絕對力量蹂躪那還沒完全成熟的軀體、逼他們屈服。無論是哪一種方式，缺乏父愛、渴望一位年長男性作為人生導師的男孩，尤其容易踏進他們設下的圈套。詹姆斯一向看不上這種玩法。太粗暴、太沒有品味了。但他一個人力量有限，無法阻止其他人對年輕男體的垂涎。看著同好們的某些荒誕行徑，有時候，他也會覺得，公眾認為他們就是一群道德敗壞的墮落之徒，也並非全無理由。

他不可能去救所有少年。他沒有這個能力，但他至少還能給眼前的少年一點庇護，一點自保的能力，讓少年不至於走上被豢養的人生道路。而且，雖然血緣遙遠，但這孩子仍是他的親戚。一個聲譽卓越的紳士，是不會斷然拒絕貧苦親戚上門求助的，更別提拒絕贊助一個聰慧的年輕人。

「……安德森太太，你的兒子確實頗有潛力。」終於結束問答，詹姆斯搖了搖桌上的銀鈴，喚來男僕準備茶點。「我很樂意贊助他的學費。不過，我想……」

他深深凝視著這位遠房表兄弟的遺孀，「現在到他正式入學前，還有往後的放假期間，我想讓愛德華住在我家裡。恕我直言，安德森太太，妳現在的狀況不好。我很擔心，當孩子放假回家時，妳能否照顧好他。」

於是，一切就這麼決定好了。愛德華完全沒有表示意見的機會，沒有人在乎。甚至還不到開學的時候，他就被送到了詹姆斯．霍金斯的宅邸。

詹姆斯．霍金斯的宅邸位於城郊，在享有清靜的同時，也能輕鬆前往倫敦。

除了宅邸，他還擁有一片森林地，能讓他騎馬或狩獵，這通常是貴族才能擁有的資產。以一個商人來說，他可以說是擁有相當成功、完美的人生。

看著宅邸，愛德華想，不知道他有沒有辦法擁有詹姆斯叔叔一半的成就。他不貪心，只要土地和財產有一半大就好……然後再有個妻子和孩子。

噢，對了，妻子和孩子。詹姆斯叔叔的年紀早該娶妻生子了，但他上次前來，卻沒有看到這棟宅邸裡有其他兒童。

當天的晚餐餐桌上，愛德華就發問了：「先生，請問夫人和令公子呢？請問什麼時候方便讓我向他們問候一番？」

詹姆斯停下了正在切肉的手。

「我沒有娶妻。」他說，「也沒有孩子。」

「噢。」愛德華愣了一下。「不好意思，我無意冒犯。」

「……你沒有任何冒犯。」詹姆斯在心裡默默記下一筆。嗯，果然還是個孩子，說話技巧有待加強。本來只是單純的問候，在這樣一句「無意冒犯」下，本來沒冒犯可能都變成有冒犯了。

所謂商人，便是講求付出必定得帶來收益。在愛德華入住大宅的第二天，詹姆斯就開始替他安排一連串的訓練課程。由於即將開學，來不及聘請適合的家庭教師，詹姆斯只得親自教導男孩。外語、算數、禮儀，所有有助於紳士管理資產以及交際的技能。愛德華也十分配合，順從地接受了詹姆斯所有的安排。

忙碌的日子總是過得很快，一眨眼間，愛德華就迎來了入學的時刻。

身為一位慷慨、好心的遠親，詹姆斯不只親自送愛德華入學，他還提早把安德森太太接過來，讓她可以看著兒子踏入那能改變命運的校門口，然後又把人送回去。一完成這些任務，詹姆斯就立刻乘車前往倫敦。車夫熟悉地穿梭在霧都的大街小巷，來到一扇黑漆大門前。詹姆斯下了車，拉響了一旁的黃銅鈴鐺，嫻熟地向一身黑衣的門僮展示藏在西裝口袋中的會員資格證明——一枚銀幣，上面是一隻銜著玫瑰的烏鴉。他知道夜色才剛降臨，現在開始尋歡作樂還為時尚早，不過在愛德華寄居的這些天，他從來沒有發洩過欲望，已經瀕臨爆發極限。

「晚安(Good Evening)，史密斯先生。」俱樂部的經理從門廳中的陰影處現身。黑外套，藍背心，往來這些年，詹姆斯從沒看他換過打扮。「能再見到您真好，請問今天您想要怎樣的陪伴？」見詹姆斯皺眉思索，他又說：「又或者，您想先來一杯茶，慢慢思考一下？」

「大吉嶺，不用茶點。」

經理親自引導詹姆斯到紳士們專用的交誼廳。詹姆斯才剛坐定、從經理手中接過值勤男侍的名單，就聽見一陣雜沓的腳步聲。一名黑色頭髮、體格結實的年輕男人踏進了交誼廳，臉上還帶著擦傷。他似乎剛從外面進來，連外套和帽子都還沒摘下。看見詹姆斯，年輕男人摘下帽子簡短致意，然後轉向俱樂部經理：「布諾斯爵爺的舊情人上門，給我留下了這個紀念品。不過我也回敬了他一拳，然後就離開了。我想，爵爺現在應該正抱著舊情人吧。至於到底是抱著滾床還是纏綿，嗯，我就不清楚了。」年輕男人說，他很冷靜，完全沒有臨時被掃地出門會有的憤怒或屈辱。「那位先生很會挑時機，正好在我準備替爵爺脫褲子前闖進來。先生，請問我們該如何處理？」

不等經理回答，詹姆斯就敲了敲桌子。「決定了，今晚，就讓這位年輕紳士陪伴我吧。」他微笑，「我也是臨時出門的，正好作伴。」方才他已經迅速觀察過年輕男人，胸膛厚實、身體線條流暢優美，這絕對是有鍛鍊過的，也許是運動員或者軍人，能夠帶給他久違的歡愉體驗。

「噢，當然，我很樂意。」年輕男人立刻綻放笑容，用有點浮誇的態度再次行禮：「威廉．布萊克在此，隨時樂意為您效勞，請問我該怎麼稱呼您？」

熱茶還沒有端上來，詹姆斯就和威廉離開了交誼廳，喝上了維洛納特調的催情酒。他的猜想沒有錯，這位年輕人確實曾經是名軍人，才剛開始他在維洛納的男侍生涯。他撫摸著威廉那讓人移不開目光的肌肉線條，再次讚嘆上帝造人的精妙偉大。

「史密斯先生，我們應該快點進入正題。」威廉說，邊拉著詹姆斯的手往更敏感的地帶探去。「畢竟老話說得好，良宵苦短……」

接下來的日子裡，詹姆斯幾乎每週都要去倫敦兩、三次，而就在他與維洛納俱樂部的優質男侍纏綿時，愛德華也在寄宿學校裡失去了他的童貞。

當隔壁床的學長壓上來時，愛德華並不感到意外，一切早有跡象。在第一天晚上，他正躺在床上昏昏欲睡時，就聽見了可疑的低喘聲。他側過身、掀起眼皮，就看見學長手中正在套弄些什麼。之後連續幾天，熄燈之後，寢室中總會有此起彼落的喘息。後來，他在廁所隔間中，也曾聽見呻吟聲，還從底下的門縫看見了四條人腿——很明顯，有兩個人一同躲在廁所裡。至於他們在做什麼？聽那呻吟，就知道並不是什麼正大光明之事。

愛德華並非什麼純潔無辜的小羊羔。他和鄰居玩伴早就偷看過長輩藏匿起來的情色書籍，也曾經偶然撞見過男人與男人行那隱祕之事：才剛脫離少年時期的青年躺在草地上，年長的男人壓在青年身上，身影交疊，像男人與女人一樣交媾。從此以後，在看見年長男性因勞動而赤裸的上身時，他內心總會升起一股隱祕的衝動。他想要被那雙健壯的手臂摟進懷裡，把臉貼在那厚實的胸膛上，感受濃烈的雄性氣息。他想要擁抱、親吻，還有更多⋯⋯在淫穢的夢境裡，他的雙腿大開，任人蹂躪，背上與臀部沾染了青草汁液，就如同他意外看見的那情色場景。

因此，才剛入學，愛德華很快就明白這間寄宿學院的學生們私底下在幹些什麼事，也知道總有一天一定會輪到他，興奮與羞恥兩種情緒同時湧上他的心頭。興奮是他終於可以一嘗禁果，羞恥是因為此等行為顯然背離了他接受贊助繼續讀書的初衷。而還沒等他理清頭緒，與他同寢室的學長就爬上了他的床。

愛德華沒有反抗。

第一次有些痛，但到了第二、三次後，他開始能品味其中快感，接著很快就適應並投入其中。不久後，寢室中的其他人，乃至於隔壁寢室的學生們，也開始輪流與他同寢。

他享受和學長們一起探索肉體歡愉，但每次完事後，內心總會升起一陣愧疚。

他喜歡男體，注定道德墮落，大概是不能實現亡父的期許，成為一個正直的紳士了。

在道德上無法達到紳士應有的標準，那麼，就只好在學識上彌補了。

第一個學期結束，假期終於來臨時，愛德華帶著年級第一名的榮譽，以及豐富的性愛經驗回到了詹姆斯的宅邸。雖然距離他的十四歲生日還有大半年，他已經儼然是個「大師」，體驗過了眾多花樣：手淫、口交、擊劍、多人。他能嫻熟地替後庭抹上油膏、進行擴張，也知道伸入手指後如何摸索到那個令玩伴亢奮的點，更知道如何在事後快速清理，不留一點痕跡。只不過，儘管私下已經體驗過各種狂歡，愛德華仍然覺得莫名空虛。他確實被人壓在草地上輪流蹂躪過了，但有什麼地方不對勁，他的夢境在化為現實之後，似乎還少了些什麼。

直到愛德華看到下了馬車的詹姆斯，腦中的迷霧這才散去。

高大的身軀，即使是大外套也無法遮掩的結實身材，深沉的眼神。並不只是比他年長就可以，他想要的是真正成熟的男人。有地位、教養、品味，就像……他的贊助人。

但是……他怎麼可以……又怎麼敢覬覦這個讓他得以繼續就學的好心人!?

「愛德華，你臉色有點差。」低沉醇厚的嗓音將他從自己的思緒中喚醒，「是不習慣寄宿學校嗎？」

「噢，是因為課業的關係，所以有點累。」愛德華努力調整自己的神情。他的贊助人有著一雙鷹眼，他得小心，不能曝露自己在學校裡面的縱欲生活。「不過我相信我還能應付。」

「很好。如果有任何學業問題，絕對不要羞於發問。如果需要另外延請家教，就直接說，不必客氣。」

「您真是太過慷慨了。這、這恐怕……」

「既然要做，而且有能力做，那就做到最好。」詹姆斯拍了拍少年還有些單薄的肩膀，「好了，去吃飯吧。我想你在學校可能沒吃飽。」

當天晚上，自從愛德華開始他那祕密的高潮課之後，已經久未造訪他的淫穢夢境重新找上門了，而且這次比以往的還要更加鮮明、煽情。

愛德華躺在鋪著雪白床單的大床上，上身只穿著襯衫，下身卻完全赤裸，只有腳上穿著襪子、大腿上綁著吊帶襯衫夾，略為緊繃的綁帶陷進他的肉裡，只要輕輕一動，就會帶來束縛感，像是在提醒他應該舉止合宜。

但他現在這副裝扮本身就非常不合宜。

更不合宜的是正把頭埋在他雙腿間的紳士。總是說著標準英語的那張嘴，此刻卻含著愛德華的生殖器，緩慢吞吐，彷彿那是絕世美味。空曠的房間中，男人低沉的喘息似乎特別響亮，每一聲連同著他唇舌的動作，挑動愛德華的神經，讓愛德華忍不住蜷縮起腳趾。

「先生……」愛德華呢喃著，伸手撫摸著男人的頭髮。「叔叔……」

長著薄繭的手撫上愛德華的大腿，先是緩慢地從內側到外側摸了個遍，然後按住腿根，緩慢卻堅定地分開愛德華的腿。薄繭的觸感蹭得愛德華不斷發抖，光是想像這雙手會狠狠掐住自己的身體、讓自己無法逃離，只能承受接下來的激烈，就讓他快要射出來了。更別提那雙手的溫度，熱得讓他幾乎要融化，就如同冰品融於唇舌。

被贊助人擁抱的感覺非常好，好到讓他覺得像是抵達了天堂。這麼美妙的體驗，為什麼還會有人說是犯罪？愛德華伸手摟住詹姆斯的脖子，腿也纏上他的腰，向他索取更多的吻、更多的疼愛……

然後愛德華醒了。

不需要點亮燭火，愛德華也明白下身的溼滑代表著什麼。他低聲咒罵著，起身自己換好衣服，猶豫了一下之後，還是躺在長椅上打算湊合過下半夜。

「愛德華，你可不能這樣忘恩負義。」他喃喃告訴自己：「詹姆斯叔叔這麼正直的人，才不可能做出這麼猥褻的事情。你不能這樣詆毀他。」就算只是想像也不應該。

他閉上眼，輾轉反側許久之後才重新進入夢鄉。

只可惜這種事情並不是向自己喊話就能收到成效的，接下來的假期裡，愛德華仍不時會夢見他與他的詹姆斯叔叔性交。每一次的夢境場景還不盡相同。

他夢見他們在書房裡面交歡，他被壓在那張桃花心木大書桌上面，原本放在桌面上的文書被他扭腰的動作弄得一張接一張飛起；乘馬車出行時，他們在馬車裡面互相手淫；還有在他要回到學校前一晚，他們激情相擁，瘋狂交合直到都再也射不出任何體液。

最讓愛德華困擾、讓他一度差點在詹姆斯叔叔面前失態的春夢，莫過於詹姆斯叔叔對他的「教導」。在假期期間，他們依然繼續著在入學之前就展開的紳士訓練課程。每當看見詹姆斯叔叔戴上金框眼鏡，眉頭微蹙，專心審閱著他方才交出去的書信草稿、外文造句或計算結果時，愛德華就忍不住想起那個「教導」的夢境。和他最初的春夢一樣，他上半身衣著整齊，下半身卻赤裸著：每當詹姆斯叔叔挑出他的錯誤時，巴掌就會落在他的臀部上，直到最後結算分數確認有進步後，他才被拉到男人膝頭上，作為成績進步的獎勵，狠狠被疼愛了一回。

「愛德華，你有在聽我說話嗎？」陡然低沉的語氣將愛德華從幻想中拉了出來，他瞬間意識到自己竟然偷偷勃起了，幸好他坐在詹姆斯叔叔的對面，有著桌子遮擋，不至於曝露。

「有的！」

「好，那麼，把我剛剛說的話重複一遍。」

結果愛德華自然是回答得結結巴巴。詹姆斯毫不留情地追加了作業，然後留他一人寫作業，自己逕自去處理突發的公務，這讓愛德華鬆了一口氣。很好，等詹姆斯叔叔回來時，他下體的腫脹應該已經消退了。

回到學校的時刻很快來臨，愛德華幾乎是用飛奔的回到了這可以讓他釋放自己本性的寄宿學院。闊別了一整個假期，少年們用最原始的結合作為對同儕的熱烈歡迎，愛德華也沉浸在其中，只不過這次經驗，他總覺得沒有往日那般美好。在黑暗中摸索著彼此的肉體時，他竟然會想著對方的手臂太細瘦，胸膛不夠厚實，接著腦海中就浮現出詹姆斯叔叔的樣子。

不行，他不能繼續這樣下去，不然他早晚會忍不住去爬贊助人的床。而那會把一切都搞砸。

就在愛德華努力嘗試停止對贊助人的意淫時，詹姆斯也沒有閒下來。就如同先前一樣，送走愛德華之後，他轉身恢復定期拜訪維洛納俱樂部的習慣。然而，這次他拜訪時，這間一向管理優良的紳士俱樂部似乎不太平靜。經理沒有一如往常站在門廳迎接來客，甚至，詹姆斯可以聽見建築內某處傳來一陣陣吵雜聲。

「你們的經理正在忙什麼？」他問。門僮卻只是尷尬地陪笑著，垂下眼神。不過，詹姆斯的疑惑很快就得到了答案。

威廉和另外一位高大魁梧的青年一起架著一個身材纖細的人影，飛快從通往交誼廳的那條走廊中竄出來。被架著的人一邊咒罵，一邊不斷嘗試掙脫束縛，但他的體型哪是兩個人的對手？只不過是招來更凶狠的對待而已。三個人影很快就竄到了另一條走廊，根據建築物格局，詹姆斯猜想，他們應該是往後門去了。

雖然只有一眼，但詹姆斯還是認出了那是他曾經點過幾次的男侍，名字似乎是……里歐？還是萊納德？總之是一位有著黑色鬈髮與橄欖色肌膚，頗富地中海風情的青年。體格不錯，但他還是更偏好傳統的英倫男子。

隱隱約約的，詹姆斯還可以聽到咒罵的聲音。一些詞語飄進了他的耳中：「子爵」、「我愛他」、「我只是想和他永遠在一起」、「那個女人憑什麼」……

「您好，史密斯先生，抱歉今天怠慢了。」經理總算出現了。他的臉上有幾道紅色抓痕，領巾也有些歪斜，以他一向儀容整齊的程度來說，今天這樣子的失態簡直就是奇觀。「剛才遇到了一點小問題，不過已經處理完畢了。」

「噢，已經處理完了就好。」詹姆斯擺出一副漫不經心的姿態道：「如果您還需要多一點時間善後，也不必招呼我。您知道的，我不挑剔，只是想找個人陪伴。」

「感謝您的體諒。」經理深深一鞠躬，「稍後威廉就會回來了，您是想要繼續找他陪伴，還是想要換個口味？奧利佛和提奧多都在，您以往也對他們的陪伴頗為滿意。」

「您的記憶力總是讓人驚嘆。」他自己都不記得睡過哪些男侍了，經理居然還能記住。如果不是因為怕得罪俱樂部的幕後老闆，詹姆斯還真想把這位經理挖角到自己手下。這樣的記憶力與社交手段，是所有生意人夢寐以求的完美員工。「那麼就讓奧利佛和提奧多一起來吧。」

時光如水流逝，眨眼間一年已過。愛德華長高了，詹姆斯的財富更多了，而將兒子送走之後就繼續沉浸在悲傷之中的安德森太太，也迎來了她與亡夫重聚的時刻。

訃聞傳來時，愛德華一時之間竟然沒有太多感傷。自從母親把他送到詹姆斯叔叔家中之後，他就預感到這一天終將到來，只是他沒想到居然會這麼快。他以為，母親至少能夠撐到他從寄宿學校畢業、入讀大學的時候。

直到看見母親遺體時，愛德華才終於落淚。

闊別一年，躺在棺材中的母親，身材比他記憶中還要瘦小。花朵環繞著她，花香濃郁，卻讓愛德華頭痛，有那麼一瞬間，他甚至寧願聞到的是母親身上的酒氣。初見詹姆斯叔叔時，他還想縮在母親的身後，躲避那如鷹的目光；如今他已經能和詹姆斯叔叔愉快交談，而母親，卻已經長眠，再也不會站在他身前努力挺直背脊，替他與外人周旋。被酒精摧殘的皮膚在殯葬業者的巧手下，恢復了過往的白皙細緻，卻帶著沉沉死氣，不再煥發光澤。

他沒有父親，也沒有母親了。哪怕先前再怎麼厭惡母親，但那是對於她酗酒行為的厭惡，而非針對她本人。他從來就沒有希望母親從他的生命中徹底消失。

「孩子，起來，不要跪著。」有一雙手努力想要將他攙扶起來，愛德華嘗試著配合，但好幾次還是忍不住跪下。但那雙手並沒有因此拋棄他，而是繼續反覆嘗試，混合著肥皂、菸草與煙燻木的香氣環繞著愛德華，讓他想起了小時候，母親那散發著薰衣草香味的懷抱。他再也忍不住，啜泣變成了嚎哭，完全無視社交禮儀用手和袖子抹著臉。

「哭吧，孩子。哭吧。但站起來哭，地上冷，你的母親不會希望你生病的。」

詹姆斯就此正式成為了愛德華的監護人，不再只是贊助人。

＊　＊　＊

即使失去所有至親，日子還是得過下去。愛德華很快就回到了學校，繼續著專心學習的日子，不過，在床事方面他收斂了不少，不再像過往那樣來者不拒。可即使他的態度變得冷淡，他與日俱增的美貌還是吸引了不少覬覦。

其中包括他的家庭教師。

隨著事業規模擴展，詹姆斯越來越忙於工作，無法在愛德華放假回家時撥空指導，於是，他替愛德華請來了家庭教師，亨利，一位年約三十、出身良好的青年，曾經服務多個貴族與專業人士家庭。深金色頭髮，一口整齊的白牙，長相端正、口齒清晰、思緒敏捷，是所有父母與監護人會放心把孩子交付給他的類型。

而就是這樣一位看似正直的男士，在一個陽光燦爛的午後，把手放到了愛德華的膝蓋上，向他吐露愛慕之情。

「抱歉，我也不想這麼唐突，但我實在無法繼續抑制這股情感……這無法說出名字的愛。」亨利靠得很近，愛德華可以在他的眼中看見自己的倒影。「即使可能遭到拒絕，我也必須讓你知道，我對你的傾慕。」

能在多個貴族家庭服務的人，口才必然不會太差。愛德華很快就迷失在亨利編織出來的華美言辭之中，接受了他的擁抱與撫摸。

詹姆斯需要四處奔波打理生意，並不是每天都會回到宅邸，這給了他們方便親近的機會。觸摸、擁抱與親吻很快就發展成更加私密的行為。當愛德華躺在床上，看著埋首在他腿間的亨利時，他想起了以前做過的那個春夢：他只穿著襯衫，下身赤裸，任由詹姆斯叔叔替他口交。現在這樣，算不算是夢境成為了現實？雖然亨利比詹姆斯叔叔還要再年輕一些，體格也稍微瘦一些，身上也沒有肥皂與菸草的香氣，但他確實是成年男性。他一直渴望的成年男性。

愛德華大膽地仿效夢境中的行為，把手指插進亨利的頭髮中，輕輕抓撓，這無疑是鼓勵了男人得寸進尺。技術純熟的口技讓愛德華很快釋放，緊接著他的雙腿被抓住、分開，亨利壓了上來。

「可能會有點痛。」他說，「不過很快就會舒服。第一次都會有點痛，之後多做幾次就能習慣了……」

這早就不是愛德華的第一次了，不過亨利似乎對此毫無察覺，愛德華也不打算說明。直覺告訴他最好不要揭露他在寄宿學校的荒唐事，也不要表現得像是老手。配合著亨利的動作，他發出呻吟，生澀地扭動腰臀，然後得到更加激烈的對待。在這個下午，愛德華品味到了前所未有的愉悅，那是他在寄宿學校進行禁忌狂歡時從來沒有體會過的。雖是兩人初次肌膚之親，但亨利卻輕易掌握了他所有的敏感地帶，時輕時重地給予著刺激，讓他覺得自己就像在情欲的海浪上晃蕩，與寄宿學校同儕一昧橫衝直撞的風格截然不同。

「您騙人，我一點都不痛。」他說，雙腿纏上對方的腰，「我現在就很舒服……老師，我想再多來幾次，可以嗎？」

在這個他們徹底踰越師生界線的下午，愛德華沒離開過亨利的床，他緊抓著身下的床單，放肆叫喊著直到徹底疲倦。

短暫的夏日假期中，他們就這麼在詹姆斯的眼皮底下偷歡。近來詹姆斯很忙，非常忙，忙碌到他那雙銳利的眼睛中瀰漫著明顯的疲憊，失去了愛德華第一次見到他時的那種銳利感。不過這樣也好，愛德華想，這樣詹姆斯叔叔就不會發現他和亨利的關係。就如同他和同儕不希望被老師們發現他們的祕密情事，愛德華也不希望詹姆斯叔叔發現這場「祕密之愛」——亨利是如此為他們這段關係命名的。

「這是應該只有我們知道的事情。」亨利是這樣對他解釋的，「如今這個時代，不允許我們這無法說出名字的愛。這種關係，一旦曝露在陽光之下，無論你我都只能身敗名裂。在古希臘，這種年長男性對年輕男性的愛曾經普遍，不過如今，已然幾乎失傳——」他說的就像是他們這群人屬於一個淵遠流長的祕密結社，共同遵守著千年前流傳下來的戒律。

「……所以，請務必向你的監護人守密，我親愛的愛德華。他一旦發現，就只會拆散我們。」

但詹姆斯還是發現了。很多年之後，當愛德華回想起這段往事時，總會唾棄自己的愚蠢。詹姆斯叔叔怎麼可能不會發現呢？他是那麼目光如炬，就算因為疲倦或忙碌而遭受蒙蔽，那也只是一時，不可能是一世。一個能徒手打造出商業帝國的男人，怎麼可能輕易被一個家庭教師和一個少年蒙騙過去？

第一次見到詹姆斯叔叔發怒時，愛德華十六歲。

在近乎一年的私下往來後，愛德華與亨利越發大膽，他們開始嘗試拓展可能的歡好方法，不再滿足於在床上進行親密接觸。他們以外出散步之名，騎馬到附屬於宅邸的林地之中，在自然風光的環繞下性交。藍天為幕，綠草為茵，被壓倒的草葉流出汁液，沾在了愛德華的臀部與腿上，但他只是忘情呻吟，沉浸在亨利帶給他的快感之中。回程時，他們以馬兒受驚為由，同乘一騎。即使方才剛在光天化日下激情交合過，亨利卻似乎還沒有發洩夠，一路上，愛德華都可以感覺到亨利那發硬的肉棒是如何頂著自己的。如果不是因為有馬夫在，他們可能會在安頓好馬兒之後，直接在馬廄裡面來一發。

這樣的「散步」發生了很多次。有幾回，他們尚未深入林間時，亨利就會要愛德華過去與他同騎，不是坐在馬鞍上，而是坐在他的肉棒上。他們就以這樣淫穢的姿態深入林間，然後進行更加狂野的結合。

「要是讓詹姆斯叔叔知道，一定會把我趕走的。」偶爾，在事後，愛德華會這樣說。此時亨利則會重新壓住他，手指按在他的唇上，「噓。不要去想。他不會知道的。」

被情欲蒙蔽的兩人沒有想過，詹姆斯只是忙碌到無暇進一步追查，不是眼盲心瞎。難得撥空與愛德華共進晚餐時，詹姆斯就發現了異常。雖然在燭火之下並不明顯，但他還是察覺到了這個遠房姪子的變化。少年的眼皮泛紅，膚色蒼白，舉手投足之間有種疲倦感，不時還會伸手去揉腰。這不應該發生在一個健康的年輕人身上，何況現在是夏天，美好晴朗的夏天。愛德華要上哪裡去吹冷風生病？

而且，愛德華的異常，總給他一種似曾相識的感覺。

「你看起來臉色不好。」詹姆斯決定先試探。當然，他可以直接發問，不過他終究不是愛德華的親生父母，有些話仍不宜說出口。「是有什麼煩心事嗎？課業，運動，還是同儕關係？」

「我、我沒事。」愛德華說，然後抿緊了唇。詹姆斯叔叔看出來了嗎？不，應該不至於，他和亨利都很小心。

「確定？你的臉色可不是這麼說的。」

「確定。我只是最近在讀狄更斯，不小心太入迷了而已。」

「啊，那位先生的作品，確實精彩。」詹姆斯說，心裡卻進一步起疑。他很確定，熬夜讀小說並不會讓愛德華變成現在這副模樣，一定還有其他原因，但孩子不想說，他也不願意繼續逼迫。「我不會禁止你閱讀小說，但不要忘記學生的本分，孩子。接下來是你能否入讀優秀大學的關鍵期，你要學會節制。」

「我了解了。」愛德華垂下眼，強壓住心中的驚慌。他現在不那麼確定詹姆斯叔叔是否真的對一切毫無察覺了。「你要學會節制」，這到底是相信了他的謊話才發出的善意提醒，還是看破了他與亨利的祕密而提出的低調警告？

無論是哪一種，他都決定提醒亨利小心。詹姆斯叔叔剛才說過了，接下來他會減少外出行程，好好在宅邸中享受最後一小段夏日時光，在社交季節開始之前養精蓄銳。

「先生，有卡文迪爾勛爵的信。」管家端上銀盤，盤中擺著一封奶油色的信箋。把信件直接送到餐桌旁而不是書房，想來是勛爵的人正在直接等待回應。詹姆斯拿起信箋閱覽著，一道靈光驟然在腦海中閃過。

難怪他覺得愛德華的神態總有些熟悉！那分明就是縱欲過度的結果！他在卡文迪爾勛爵身上看過類似的神態！還有他年輕時交往的那些狐朋狗友！

詹姆斯沒有立刻找愛德華對質。現在，他手上沒有證據，這還只是一個猜想。他展開卡文迪爾勛爵的信函，這是一封邀請函，邀請他去參加宴會——只有男人們的淫樂宴會。這個圈子中有不少縱情飲樂之人，其中又以這位年輕的爵位繼承人為魁首。

「轉告給勛爵的使者，這次我不便前往。」詹姆斯說，站起身來，大步往書房走去。他的思緒快速運轉了起來。

現在是假期，能引誘愛德華讓他縱欲過度的人選不多。詹姆斯很快就鎖定了那名家庭教師。

住在他的宅邸之中，領著由他發出的薪水，然後把手伸向由他監護的孩子！好，很好，非常好。詹姆斯暗自發出陣陣冷笑。雖然他當年就知道愛德華會引來喜好男色的男人，但他可從來沒想過，這個獵人居然是由他親手領進家門！

「卡爾。」他喊來管家，「我有件事情需要你去做。」

詹姆斯等待的時機比他想的還要更快到來。他放出假消息，說要外出並且過夜三天，而在他「外出」的當天下午，管家就帶來了家庭教師與愛德華的動向。對於家庭教師這飛快的出手速度，詹姆斯氣極反笑。「連到晚上都等不及了是吧？」

詹姆斯大步衝入當初為了授課而特別收拾出來的教室中，此刻，教室並沒有發揮原本的功能，而是成為了活春宮的上演場地。地上散落了一沓書本與紙張，愛德華正被亨利壓在書桌上，兩人的褲子都褪到了膝窩。亨利的生殖器正抵在愛德華的後庭入口。

詹姆斯一個箭步上前，拳頭精準砸中亨利的腹部，然後接著是第二拳、第三拳，拳拳都是打在同一個地方。詹姆斯年輕時就領悟到打人不打臉的道理，這不是給被毆打的人保留面子，而是徹底掐斷對方向第三人展示傷口製造中傷流言的機會。他不會給亨利機會去破壞他的名譽。

「我請你來教導我的姪子禮儀與學識。」詹姆斯低吼著，扮演一個因為孩子遭到侵犯而狂怒的監護人，「結果你教的是什麼東西！床上的禮儀是吧！」

他抓住亨利的衣領，把人提起來，按到牆角。「我可曾苛扣過你的薪水？可曾虧待過你的衣食？可曾把你當成奴僕一樣使喚？沒有，都沒有！你就是這樣回報我的信任！」

「詹姆斯叔叔……」

「閉嘴！」詹姆斯回頭橫了愛德華一眼。在管家的協助下，他已經重新穿好了衣服，不過年輕的臉上滿是驚惶。

他又揍了亨利一拳。

「去收拾你的行李。今天太陽下山之前，我要看到你離開我的房子。卡爾會和你結算薪水。」詹姆斯鬆開亨利，放任他癱軟在地、抱著肚子呻吟，「卡爾，盯著他。愛德華，跟我來。」

詹姆斯帶著少年回到他自己的書房，喊來僕役準備茶水，然後與愛德華沉默相對。詹姆斯在等，等著少年主動開口。他沒有等太久，女僕端上熱茶並退下之後，愛德華就開口了。

「詹姆斯叔叔，我……」

「你說，我在聽。」詹姆斯啜了一口茶，茶香緩和了他心中不斷悶燒的怒火，「你跟我說說，他是怎麼誘騙你的？」

不管愛德華如何解釋他對亨利的心動，詹姆斯還是咬死了這就是誘騙。一個年近三十的男人，和一個還在讀書的少年，可不就是誘騙嗎？倫敦城裡面那麼多已經成年的美男子，亨利誰也不挑，偏偏挑上一個還沒成年的孩子，藉著家庭教師的身分要求少年替他們的關係保密。這正是詹姆斯最看不起的那種狩獵者。詹姆斯幾乎用光了他平生所知的各種罵人詞彙，在愛德華的面前慷慨激昂地指責了亨利的行為，然後才緩和神情：「孩子，不怕。這不是你的錯，這都是亨利的錯。現在你知道他是個不要臉的罪犯，不要繼續受騙就好了。」

「所以，您的意思是，我是因為受到誘騙，所以才會著迷男體嗎？」愛德華問。

他想起了他在寄宿學校的第一次。學長壓住他時，他從來沒有想要反抗，甚至有些期待，也是遭到誘騙嗎？不，他沒有被騙。愛德華記得很清楚，在那之前，他就隱約窺見學校裡私下盛行男風的情形；遠在入學以前，他那次撞見兩名男性交歡時，甚至因此感受到隱祕的興奮。

「如果這是我的天性呢？不是因為遭到誘騙呢？如果……我就是喜歡男人，而且也只喜歡男人呢？」

多麼熟悉的質問，詹姆斯想。當年他發現自己只會對男體產生欲望時，也是如此。他嘗試過去找妓女，嘗試在舞會中去和門當戶對的女子交談，最後一切都是徒勞無功。透過藥物，他的確可以勉強與女人同床共枕，但一旦藥效退去，他就完全提不起一點興趣。

「如果喜愛男人就是你的天性，那你要學會馴服它、克制它，而不是放縱它，就像今天，亨利在還沒入夜就壓著你要行那事一樣。你是人，而且接受過這個國家中最好的教育。人與野獸的差別，就在於是否能夠約束欲望。」

「你知道我為什麼會對亨利如此憤怒嗎？不是因為他喜歡男性，如果他能做好自己的工作，不要損害我的利益，我才懶得管他到底喜歡男人還是女人。我會憤怒，是因為他對你，一個還在讀書的學生出手。他辜負了我的信任，也背叛了身為教師和身為人應該有的準則、底線。他用自己的身分引誘你，讓你拋棄了身為一個學生應盡的責任，沉溺在欲望之中，這對你的健康和智識都有害。」

「如果你經過探索後，仍然確定這是你的天性。沒關係。身為一個監護人，我只希望你能夠小心謹慎，遵守身為人應該有的道德。不要因為雞姦而把自己送上絞刑架，也不要打著『有古老歷史的年長男人對年輕男人的愛』去引誘未成年人。」

「您怎麼知道——」愛德華的臉瞬間漲紅。他根本沒有和詹姆斯叔叔提過亨利與他的私語，詹姆斯叔叔是怎麼知道「年長男人對年輕男人的愛」這個詞，而且分毫不差的？

「因為我年輕的時候，也有年長的男人想來勾搭我啊。」詹姆斯語氣平淡。「大概是我大學的時候吧，但我拒絕了。」

「您……」愛德華瞪大了眼睛，似乎是難以想像詹姆斯有這樣的過去。「您居然……」

「我年輕時也是美男子的。好了，現在，回去你的房間。」詹姆斯不耐煩地揮手，把愛德華還沒出口的疑問逼了回去，「禁足。好好想一想，如果這真的是你的天性，你到底該怎麼約束自己。」

雖然嘴上對亨利的行為進行了強烈抨擊，但當夜晚來臨，進入夢鄉之時，詹姆斯發現，說永遠比做要簡單。他從來沒想過，自己居然會這麼禽獸，竟然會夢見愛德華衣衫不整地坐在自己腿上求歡。而且最糟糕的是，他竟然還不想撒手，渴望著把人狠狠摟進懷裡，將這個不知天高地厚的少年撞得意識模糊、只知道求饒。

這是親戚的孩子！就算已經關係遙遠，但你們仍然是血親！他的理智大喊著。而且他還接受著你的資助與保護！你的原則呢？你那不對孩子出手的原則呢？

「孩子，下去。」他聽見夢境裡的自己這樣說。幸好，他還是有底線。

「我不要。」少年笑容只能用妖媚來形容，「先生。別口是心非了，您也不想讓我下去的。」

因為尚未完全發育而仍顯纖細的手在詹姆斯的胸口停留，然後往下，觸摸著所有男性最敏感的地方。「您看，您這裡的反應可誠實了。明明已經整個都硬了。」

「下去。」

體格差距讓詹姆斯可以輕易壓制、甩脫此刻正在亂摸的少年，但他並不想訴諸暴力，因此只能聽見自己喘息漸重。此時愛德華已經解開了衣釦。詹姆斯可以看到布料底下大片光滑白皙的肌膚，還有胸口兩點粉嫩蓓蕾，和他白天時看到的那淫靡春光一模一樣。少年點著自己左胸心臟的位置，貼近詹姆斯，「先生，在這裡留下印記好嗎？拜託。」

……他的腦袋裡都裝了些什麼東西！

「滾下去！」

咆哮出聲的同時詹姆斯也睜開了雙眼。黑暗中，他瞪著自己的胯下，那裡正傳來熟悉的緊繃感覺，後背的冷汗更提醒著方才他在夢中對自己的怒氣。

「禽獸。」他咒罵著自己，接著點亮了燭火。他用床頭的飲水罐將手帕浸溼，抹過額頭和肩頸，這才冷靜下來。

他會作這個夢，一定是因為這陣子他公務繁忙，沒有去維洛納俱樂部疏導欲望的緣故。只要他再抽空去一趟就能好了。

他才不會對自己照顧的孩子出手。

風波之後，日子還是要繼續。時光悄然流逝，眨眼間，愛德華已經從少年長成青年，進入大學就讀。他的身形拉高，肩膀變寬，胸膛也比以往厚實，真正從男孩長成了男人。他的美貌也徹底綻放。詹姆斯的身形倒沒有多少改變，但早上對著鏡子盥洗時，他可以看見自己的兩鬢染上星霜，皮膚開始鬆弛。好多年了，在他第一次見到愛德華並將少年納入自己的保護之下後，已經過了好多年。愛德華已經成長，而他逐漸老邁，他還能再繼續看顧這孩子多久？

經過這些年的思考，愛德華得到結論，他天性就是喜愛男人，無可更改。詹姆斯只能叮囑他小心行事，慎選床伴。誠然，他有自己的人脈，可以輕易引薦優質男性給這個遠房姪子，但他總不能什麼事都替這孩子安排妥當。

他得放手，讓孩子自己去學會看人。

在那次的風波之後，愛德華收斂了很多。在寄宿學校的最後一年，他拒絕了所有來自於學弟和同學的求愛，只專心在課業上。直到他上了大學，才重新解放自己的本性。經過這超過一年的沉澱，他也再次確認了自己的喜好。

雖然美青年的肉體也引人垂涎，但他果然還是偏好比他年長的男性。而且不是三歲、五歲那樣的差距，而是和詹姆斯叔叔一樣的成熟男人。

雖然覺得對不起他的監護人，但他就是難以拒絕成熟男人的邀約。只不過，他很挑剔，如果成熟男人的外表不夠體面，那麼愛德華還是寧可去找與他年歲相當的男性。

比如，攝政街上的年輕「瑪莉安」，或者，宅邸裡的年輕男性僕役。

「愛德華少爺……」面對他的投懷送抱，新來的男僕有些侷促。「這裡可是圖書室，老爺很重視這裡的……」

「沒事。你不說，我不說，就不會有人發現。」愛德華動作乾脆地解開男僕的襯衫釦子。男僕是家庭的門面，高大英俊是基本條件，而詹姆斯挑選出來的男僕總是極品。看著男僕那飽滿的胸肌，愛德華直接開始上下其手。

「如果你害怕被人發現，那就動作快一點……早點完事，就不會有人發現。」他繼續蠱惑，然後舔上男僕胸前的突起。

受到刺激的男僕很快把愛德華撲倒在地上，開始扯他的衣服。愛德華笑著摟住男僕的脖子，在他耳邊輕輕吹氣：「等等輕一點，我怕痛。還有，不要把地板弄髒了……這可是詹姆斯叔叔花重金打造的拼木地板……」

「會不會弄髒這就得看您有沒有好好把精液全部含進去了。」男僕直接回嘴，然後開始輕咬著愛德華的鎖骨下緣。他們親吻著彼此的身體，留下一個又一個的痕跡。高級的拼木地板有些硬，愛德華不想躺，於是他改變主意，讓男僕躺著，他則跨坐到男僕的身上。一向安靜莊嚴的圖書室中，很快響起了讓人臉紅心跳的淫穢聲音。

一雙大掌掐住愛德華的腰，阻止他亂動，深入後穴的粗長灼熱不斷撞擊，頂得他呻吟連連。一如他所預料，這個男僕沒有什麼技巧可言，但勝在那處天賦異稟，還有體力與勁頭足夠。每一次進出都能頂到讓他舒服的點上。愛德華被送上一波高峰時，男僕的肉莖完全沒有就此疲軟的勢頭。

「少爺，您……」

「繼續。」愛德華命令他：「繼續幹我，直到你射精。我還可以再來幾次高潮。」

但他還沒能迎來第二次高潮，圖書室的門就被打開，一雙裹在熨燙完美的長褲中的腿出現在兩人的視線中。愛德華一顫，連忙從男僕身上跳起來：「叔叔！」

詹姆斯俯視著慌忙穿上衣服的遠房姪子。「記得我以前跟你說過的話嗎？」

「馴、馴服欲望，克制欲望。」

「那你現在在做什麼？」詹姆斯問，目光掃過同樣狼狽的男僕，伸手指了指他。「你，快點收拾，滾出去。」

男僕跌跌撞撞跑出去之後，詹姆斯這才坐了下來，仔細打量著已經收拾好自己、低著頭，等待被訓話的愛德華。他不意外這孩子仍然走上這條道路，但，愛德華的行事有時還是太不謹慎。

「比以前進步。至少知道等到日落之後了。」詹姆斯嘆了口氣，愛德華已經長大，他也不好繼續嚴厲斥責。

「你去幫我找一本書吧。」詹姆斯乾脆轉移愛德華的注意力。反正他本來就為了找書而來。雖然說這點小事可以叫僕役去做，不過今天他難得有空，心血來潮，就決定久違地來看看他的圖書室珍藏。只不過珍藏還沒看到，就先看了一齣春宮。「你得再注意一些，眼光好些……男僕，他們之中有些人喝了酒，嘴巴就不牢固。如果我是你，我不會選擇男僕。」詹姆斯的原則是不碰貼身服侍的人。男僕在工作中已經可以接觸到太多主人的祕辛了，要是再多了這一樁，往後想要把人開除都麻煩。詹姆斯之所以會花大錢在維洛納俱樂部的男侍們身上，有一部分原因就是圖省事。「你的愛好不能見光，不要遇到一個同類就急急忙忙地想要上床，誰知道那人會不會藉機勒索？」

這在這個圈子中不是罕見事。有些瑪莉安會專門挑事業有成的男性，記住對方的地址與真實姓名，在完事之後狠狠敲詐一筆，能幾十英鎊就打發的還算好辦，有獅子大開口的，甚至索要幾百乃至於上千英鎊。

一個單身紳士只要三、四百鎊，就能在鄉下過著愜意舒適的生活了！

詹姆斯想，如果有機會，得好好給愛德華上一課，教他怎麼看人。

不，乾脆從現在開始盯著愛德華吧。他不認為這是愛德華第一次勾引男僕，這孩子很可能早就在他不知道的地方偷偷玩開了。

詹姆斯很快就等來了這個教育機會。

愛德華在家中安分了幾天之後又要往倫敦城裡去，這次出門，詹姆斯在他不注意的時候遠遠地跟上。他看見愛德華在攝政街附近下了車，在附近的咖啡館晃蕩，不一會兒就和另外一位青年從咖啡館中出來，一起上了馬車，最後進了一家旅社。

……好吧，還知道要一前一後分批進入旅社，不算完全沒戒心。

不過那個瑪莉安……這樣說吧，愛德華自己都比他好看，維洛納俱樂部隨便挑一個男侍出來也比他體面。詹姆斯無法理解愛德華為什麼要找這樣一個人，也許，他應該早一點坦承自己的傾向，早一點培養愛德華看人的品味？

詹姆斯耐心等到愛德華從旅社之中出來。他命令車夫把馬車駛到愛德華面前停下，然後打開了車門：「上來。」

「叔叔？您怎麼在這裡，真巧啊。」

語氣很到位，不過被揉皺的襯衫和些微敞開的領口還是有洩漏祕密的可能。他真的應該早一點坦承，讓愛德華有更多時間跟著他學習如何偽裝與生存。

「上來，我都看到了。你挑的那個瑪麗安不行。我帶你去吃點好的。」

他們來到維洛納俱樂部的黑色大門前。愛德華的藍色雙眼中閃爍著期待，「這是您常來的餐廳嗎？」

「不算是餐廳。」他說，向門僮展示了他的銀幣。「這是俱樂部。聚集了跟你有同樣愛好的男人的俱樂部。」

「您的意思是……」

他看著愛德華的雙眼逐漸瞪大，眼神浮現出一絲不可思議。「您也是！所以，這就是您一直沒有娶妻生子的原因！」

詹姆斯點了點頭，然後看向朝他們迎來的經理：「我今晚有臨時預約。我想，我是約了威廉，還有另外一位男士。」

「啊，是的，他們正在棋牌室裡等著兩位。」

「叔叔，這是……」

「我說了，帶你吃點好的。家庭教師、男僕、瑪莉安，雖然這樣的選擇不是不行……但你的品味還有很多提升空間。」

第一次真正看到詹姆斯的裸體時，愛德華二十歲。

他從來沒有想過自己的監護人居然也是男色愛好者。愛德華一直以為，詹姆斯之所以沒有娶妻，只是因為他恪行禁欲。畢竟，詹姆斯身上一點「同類」的跡象都沒有——他不追逐流行打扮，不縱情宴飲，不與年輕男子過從甚密。最大的嗜好就是閱讀和收藏書籍。

愛德華從來沒有想過，有一天，他的詹姆斯叔叔會帶他來到這隱祕的男性妓院，帶著他打脫衣橋牌。看見詹姆斯的裸體時，那些少年時期的淫穢夢境畫面全部湧上心頭。如果，詹姆斯叔叔也是同好，那是不是代表他可以……

男侍的手指摸上了他的後庭，打斷了愛德華朦朧的幻想。他扭頭，看見深色頭髮的青年朝他微笑，愛德華可以在他眼裡看見衣不蔽體的自己。

他很快沉淪在情欲當中，明白了詹姆斯口中所謂「吃點好的」。雖然穿著衣服的時候不明顯，可一旦脫衣，俱樂部男侍與瑪莉安們的差距立現，尤其是撩撥的技巧。雖然稍早之前才剛做過，但在這技巧純熟，強硬與溫柔並行的挑逗下，愛德華還是忍不住拱起腰，磨蹭起那昂揚的陽物。他現在很餓，非常餓。

「快，快開始操我，像詹姆斯叔叔操威廉那樣……」

雖然他更想要的是被詹姆斯叔叔操。不知道俱樂部裡面有沒有較為年長的男侍？愛德華一邊看著詹姆斯與威廉的身影交纏在一起，一邊接受名為約翰的男侍的服務。沒多久，他連分心去關注一旁「戰況」的心力都沒有了。

男僕是有精力但技巧不足，瑪莉安則是有技巧但力道稍弱。維洛納男侍則是取二者之長的完美結合，即使已經有些疲倦，愛德華仍不由自主地扭腰去迎合對方的動作，彷彿他的身體已經不再由他控制，而是全然臣服於肉欲，無條件地追逐著快感。

愛德華的雙腿還因高潮而打顫時，另一名男侍，威廉，就領著他走到棋牌室內的大床旁。他迫不及待地撲倒了威廉，自己騎了上去，開始動起來。詹姆斯對此一言不發，只是默默看著他行事。愛德華瞬間意識到，詹姆斯很可能把他方才的淫蕩樣子都看在眼裡。與先前捉到他和其他男人抱在一起時不同，這次，詹姆斯看到的可是全部的過程，從前戲到高潮，他的每一次喘息、每一句淫語……

他應該要羞恥的，可上帝啊，他卻在為此興奮。因為他的監護人親眼看著他犯下雞姦罪行而興奮。方才被打斷的朦朧幻想有了後續：如果，詹姆斯叔叔也是同好，那是不是代表他可以一圓那個年少時的夢境？

但愛德華也明白，要詹姆斯主動出手是不可能的。他在詹姆斯的宅邸中生活了那麼多年，從十三歲到上大學。詹姆斯有過很多機會對他出手，只要詹姆斯願意，可以比當年的家庭教師亨利更輕易就將他拐上床。可詹姆斯從來沒有對他說出任何曖昧的語句，甚至不斷提醒他，小心、謹慎，馴服、克制欲望。

他得主動爬上監護人的床。

至於詹姆斯是否會嫌棄他，則完全不在愛德華的考慮範圍內。他對自己的美貌與身體有自信。

初次拜訪維洛納俱樂部，愛德華就十分盡興。走出大門時，他的腳步都是虛浮的。

「感想如何？」在回程的馬車上，愛德華有些昏昏欲睡時，聽見詹姆斯這樣問他。

「好，很好，非常好……」他閉上眼，發出滿足的嘆息，「叔叔，你自己偷偷吃這麼好的，卻從來不告訴我，太狡猾了……」

這次的體驗之後，彷彿總算可以解放本性一般，詹姆斯不再迴避與愛德華談起欲望和玩樂的話題。他會帶著愛德華去維洛納俱樂部或者同好聚會，偶爾，他要求男侍們到府服務時，也會拉上愛德華一起享用。與形形色色的男性肉體激烈碰撞，滿足了愛德華正不斷勃發的情欲，卻也同時讓他的妄想不斷瘋長。

在一個夜晚，愛德華終於溜進了詹姆斯的臥房。

愛德華造訪的時候，詹姆斯還沒有睡，但已經換上了睡衣，鼻上夾著眼鏡，正在讀書。感覺到一道影子落在他的床前，他抬起頭，愛德華的身影就這麼撞進他的眼底。

「孩子，你想睡我。」詹姆斯說，用的是陳述句而不是問句。「維洛納俱樂部的男侍們無法滿足你嗎？」

「不，我不想睡您。」愛德華緩慢解開鈕子，露出底下的肌膚。為了這一夜，他可是忍耐了好一陣子，不去碰其他男人，以免他們在他身上留下痕跡。在他的妄想之中，當他與詹姆斯叔叔擁抱在一起時，身上只會有詹姆斯叔叔留下的印記。「我想要被您睡。」

「……我不會對自己照顧的孩子出手。」詹姆斯摘下眼鏡，揉了揉眉心。「你母親信賴我，把你交給我照顧。我不能辜負這分信賴。而且孩子，我們終究是血親。」

「有相同祖父母的堂表親都可以結婚了，我們的血緣更遙遠，這不算什麼。」愛德華緩緩靠近床鋪，爬上了床尾，詹姆斯沒有立刻阻止他，這是個好兆頭。「而且我已經成年了。這是我自己的決定，是我向您出手。」

「法定成年年齡是二十一歲。」詹姆斯提醒。

「沒差那一點，我的二十一歲生日也快到了。而且，很多人早在成年之前就結婚生子了。」

「是，不滿二十一歲可以結婚，但得有監護人同意。孩子，下去。」詹姆斯說完這句之後，渾身都繃緊了。這似曾相識的對話，不就是多年前那個讓他唾棄自己的夢境？他從來沒有想過，夢境會化為現實。不，眼前的現實，與當初的夢境還是有所差異的，比方說，那個柔若無骨的美少年已經長成了青年；撫摸著他胸口的手不是少年纖細的手，而是青年修長、骨節分明，已經徹底發育的手。因為一直以來養尊處優，所以這雙手依舊柔軟，沒有像詹姆斯一樣長著經過多年保養仍無法徹底消裡的繭。

「我不下去，叔叔，您不是問我想要什麼成年禮物嗎？這就是我想要的成年禮物，被您睡，就算只有一晚，一晚就好。」

「我把你寵壞了。」

「我才沒有。」愛德華辯駁，「我一直乖乖照著您的話去做，嘗試去馴服、克制欲望，但我真的無法繼續忍下去了……我從很久、很久以前，在亨利引誘我之前，就想要這麼做了……」

詹姆斯沉默許久，最後開口：「……只能這一次。」他說：「下不為例。」

事後詹姆斯曾嘗試回想，自己為什麼還是答應了愛德華這接近亂倫的請求，卻百思不得其解，最後只能將一切歸咎於那天是滿月。只有那樣才能解釋，為什麼他會容許愛德華這樣放肆，為什麼他還是心軟，為了滿足這個遠房姪子而放棄了多年來堅守的底線。

當然，原因也有可能是愛德華那讓人血脈賁張的告白內容。當美麗彷彿希臘神明的青年衣衫半褪，在凡人耳邊輕聲訴說著活色生香的春夢內容，有誰能夠壓抑住不去染指那份美貌？

當被詹姆斯壓在身下時，愛德華笑了。謹慎守禮、高高在上的監護人終於被他拉進情欲深淵之中。

他點著左胸，手指在乳頭周圍畫圈。「叔叔，在這裡留下印記好嗎？拜託？」

詹姆斯配合地張嘴含住那粉紅色的小小突起，以舌頭舔弄，力道時輕時重，同時以手撫弄另外一邊的乳頭。愛德華也開始動手，迅速脫掉了詹姆斯的睡衣。已經看過好幾次的裸體出現在他眼前，這是他的詹姆斯叔叔，但今晚，由他獨占，沒有人能分享。

詹姆斯並不只是在愛德華的心口留下印記而已，他在右胸也留下了咬痕，然後一路往下，腹部、大腿，也都被他吻出了痕跡。愛德華被他吻得情動，下體早就高高翹起，詹姆斯順勢依照著愛德華方才描述的幻想，將那陽物含入口中，緩慢吞吐。面對這樣的刺激，愛德華忍不住蜷縮起腳趾，一聲接著一聲的淫叫從他唇間不斷溢出。

他精心照顧長大的孩子，一身細皮嫩肉，敏感異常，這是詹姆斯在觀看他與男侍們大戰時早就知道的事情。可親身體會愛德華有多敏感，與在一旁觀戰是兩回事。此時此刻，他才體會到愛德華有多麼勾人心魂。

天，他到底養出了怎樣的一個孩子？

「詹姆斯叔叔、快點、進來。」愛德華朝他張開雙腿。「我一直想要、被您填滿……」

被監護人擁抱並插入的感覺比愛德華所想像的還要好。他一方面覺得自己快要融化了，一方面又覺得自己的心臟快要爆炸。好幸福，即使犯下了雞姦罪行，即使誘惑了如同另一個父親的監護人，他還是可以這麼幸福嗎？他呢喃著詹姆斯的名字，緊緊擁抱著年長的男性不肯鬆手。下不為例，詹姆斯叔叔說了下不為例，這可能是僅此一夜的歡愉——就算之後他還能繼續成功勾引詹姆斯，繼續與叔叔度過其他激情的夜晚，那也不會是獨一無二的第一次——他想要盡可能延長這美妙到幾乎不真實的初夜。

汗水與精液混合在一起，濡溼了被揉皺的床單。看著昏昏欲睡的愛德華，詹姆斯沉默地替他擦拭身體、穿上衣服，然後把人抱回房間。米迦勒節過後，白晝與黑夜的長短區別越加明顯，即使體感上他們已經激情相擁了通宵，此刻，第一縷陽光仍未從雲層之後顯現。

回到自己的房間後，詹姆斯並沒有重新睡下。他點起了一根菸，站在窗前沉思。他身上還依稀殘留著愛德華的體溫與皮膚觸感，提醒著他今晚究竟做出了怎樣違背過往原則的事情。明天，明天就讓愛德華回去學校宿舍，他想，這一晚已經足夠，他們之間的關係繼續下去，只會日漸畸形。這對愛德華不好，這孩子還有大好前程。如果愛德華真的想要一個長期伴侶，那也該是與他年歲相近的青年俊彥，而不是他一個中年人。他的生命已經進入秋天，也許很快就會迎來深冬，而愛德華，他的人生還只是初夏。

為了他們兩人好，接下來，該逐漸疏遠了。

詹姆斯打算得很好，但事情並沒有照著他的預想發展。愛德華已非任由他安排人生道路的少年，他即將成年。當然，詹姆斯知道，他可以採取更強硬的手段，逼愛德華遠離他，但他更害怕遠房姪子為了與他賭氣而往墮落深淵的道路大步邁進、一去不回頭。他聽過這樣的例子。長輩為了「矯正」晚輩的行為，斷掉經濟來源，結果晚輩反而成為其他權貴豢養的金絲雀。

當愛德華又爬上他的床，這次，詹姆斯的拒絕連他自己都覺得有氣無力。

「我知道您覺得這樣不對。」愛德華抱著叔叔，輕聲細語。他只穿著一件晨袍，隔著那層薄薄的絲綢，詹姆斯可以感覺到青年的體溫與心跳。「我也知道不對。我試過好幾次，想要去愛上別人，但我想要去愛的所有人，都有著您的影子。叔叔，最後他們都只是您的贗品。」

在青年一次次訴說著愛意的過程中，詹姆斯逐步淪陷了，他們終究成為了戀人。也許，從他第一眼看到愛德華，決定保護他開始，命運就已經注定。先是以監護人的身分保護，然後再以戀人的身分保護。這樣，也算是沒有違背對親戚的承諾……吧？

「詹姆斯。」在律師離開書房之後，一直躲在書桌底下的青年終於鑽了出來。他只穿著晨袍，兩頰嫣紅，唇邊還有可疑的汙漬，「你也真能忍耐。」

「以後不要在有圈外人在場時這樣玩。」詹姆斯把愛德華抱到他的膝頭上，替他抹掉汙漬，「威廉和約翰很快就來了，就這麼一下下，怎麼忍耐不住？」

「接下來我要和同學一起去歐陸遊歷一整年，你要我怎麼忍耐住？」愛德華把臉埋進詹姆斯的頸側，深深吸了一口年長戀人的味道，古龍水與菸草，這是他渴望了好久才終於享受到的味道。

「一年比你想的還要快。也許一年過後，當你回來時，反而會嫌我老邁無趣了。」詹姆斯說。此時敲門聲響起，還有管家柔和的嗓音，通報著兩位「友人」的抵達。

威廉和約翰來了。欲望橫流的聚會即將開始。

「你出去時要和別人玩，我沒有意見。」畢竟他從來就不打算永遠把愛德華抓在手心裡。他不養金絲雀。「還是那句老話，注意安全，小心、謹慎——」

「馴服欲望，克制欲望。」愛德華喃喃道，給了他一吻，然後轉身迎向開門進來的兩位男侍。「我會記住的，永遠記住。」

高寶書版集團
gobooks.com.tw

FH095
十九世紀倫敦男侍 上

作　　者　徐醉舟
封面繪圖　ZIYO
編　　輯　李雅媛
美術編輯　單宇
排　　版　彭立瑋
企　　劃　陳靖宜

發 行 人　朱凱蕾
出　　版　朧月書版股份有限公司
Hazy Moon Publishing Co., Ltd.
地　　址　臺北市內湖區洲子街 88 號 3 樓
網　　址　www.gobooks.com.tw
電　　話　(02) 27992788
電　　郵　readers@gobooks.com.tw（讀者服務部）
傳　　真　出版部　(02) 27990909　行銷部 (02) 27993088
郵政劃撥　19394552
戶　　名　英屬維京群島商高寶國際有限公司臺灣分公司
發　　行　英屬維京群島商高寶國際有限公司臺灣分公司 / Printed in Taiwan
Global Group Holdings, Ltd.
法律顧問　永然聯合法律事務所
初版日期　2025 年 4 月

國家圖書館出版品預行編目 (CIP) 資料

陳靖宜 / 徐醉舟著 . -- 初版 . -- 臺北市 : 朧月書版股份有限公司出版 : 英屬維京群島商高寶國際有限公司台灣分公司發行 , 2025.04
面；　公分 . --

譯自 :

ISBN 978-626-7642-05-4 (上冊 : 平裝). --
ISBN 978-626-7642-06-1 (下冊 : 平裝). --
ISBN 978-626-7642-07-8 (全套 : 平裝)

863.57　　114001409

朧月書版

朧月書版

GOBOOKS
& SITAK
GROUP©

19th Century
London
Male Prostitutes

十九世紀

倫敦男侍

下

徐醉舟——著

ZIYO——繪

本故事情節純屬虛構，涉及某些道德爭議行爲，僅爲情節所需並不代表作者或出版方的價値觀及立場。讀者應自主判斷，並遵循社會道德規範。

Contents

19th Century
London Male Prostitutes

第九章

草地上的午餐

19th Century
London
Male Prostitutes

新的一年剛開始就充滿了各種不吉的徵兆。主顯節過後，霍普先生又舉辦了派對，照樣向維洛納俱樂部的男侍們發來邀請函。但還沒等到他們去赴宴，霍普先生就再次發來信件，這回是取消派對。理由是為了悼念一位在近日過世的年輕騎兵軍官。

約翰只在另外一場派對上與那位騎兵軍官有一面之緣，他不記得軍官的名字了，只隱約記得他有著動聽的法國口音，還有一身線條勻稱的肌肉，尤其是那雙腿。但在權貴與美男雲集的派對上，騎兵軍官的身分並不特別顯眼。約翰並不明白為什麼霍普先生會因為一位軍官的離世而取消宴會，不過，湯瑪斯很快帶來了消息。

「那位軍官，噢，應該說布蘭維勒先生，他在卡文迪爾勛爵的宴會上出了意外……嗯，簡單來講，就是瓶姦到一半，酒瓶碎了。」湯瑪斯簡單幾句描述就勾勒出了那個鮮血淋漓的場景。約翰與其他男侍都忍不住皺起了眉頭，有些人還摸了摸自己的後面，酒瓶直接碎在裡面，那得多痛啊。「雖然在場正好有位醫生替他進行了緊急處置……但布蘭維勒先生拒絕了後續的送醫，他堅持要回家，似乎是回家之後就用手槍自盡了。」

不送醫，就可能會傷口感染、痛苦死去；送醫，布蘭維勒喜好男色的真相則勢必會為人所知，這無異於直接葬送前途，名聲盡毀。與他們這種行走在陰影之下的人不同……騎兵軍官，這可是有著光明未來的職業，是屬於出身良好的紳士的職業。而一位紳士所能擁有的、最貴重的財產就是名譽。紳士的名譽，就如同女性的貞操……失去了名譽，他還如何活在世上？

一陣靜默瀰漫在總是充滿男人談笑聲的交誼廳內。半晌，路易斯起身去拿了酒，安傑爾也配合他找出酒杯。他們逐一斟過每個酒杯，酒液不多，只有一個指節深，上好的蘇格蘭威士忌，沒有加料。

「敬布蘭維勒。」男侍們說，互相碰杯，一飲而盡。

彷彿嫌棄一位青年俊傑的殞落還不夠似的，接下來又出了一樁新聞，一位旅居倫敦的外籍鋼琴家也在租屋處自殺了。這件事情還在報紙上面占了一個欄位，根據報導，他是用剃刀割開手腕，死在他那鋪著玫瑰花瓣的床上。「這位記者把報導當成詩來寫了。」湯瑪斯如此評價，露出不屑的表情。

無論外面怎麼美化，鋼琴家的死亡仍是冰冷、無可否認的事實。記者推測他是因為負債而走上絕路——畢竟那位鋼琴家素來以豪奢的生活方式聞名——但真相只在他們這群愛好男色之人間流傳：鋼琴家為了錢和某位孀居貴婦睡覺，卻正好被他的同性愛人捉姦在床，儘管貴婦並沒有對此表示意見，甚至依然替鋼琴家還清了債務——但他的愛人還是憤而提出分手。心碎的鋼琴家於是決定了結自己的生命。

那位鋼琴家也曾經光顧過維洛納，好幾位男侍都和他睡過，約翰也和他睡過兩次。只不過，鋼琴家在終於有了愛人之後，就再也沒有敲響維洛納的大門。這次，男侍們出席了葬禮。鋼琴師交遊廣闊，他們隱身在紳士群之間，一點都不會顯得突兀，約翰甚至在葬禮賓客中看見十幾張似曾相識的面孔。

這並不是個適合獵豔的場合，連綿冬雨更是徹底熄滅了所有欲望。無論是男侍們還是賓客們，都迴避著彼此的目光，致哀完畢後就匆匆離去。

霍普先生的宴會一延再延，直到春回大地時才有了重新舉辦的希望。只不過，這點希望很快又被打碎。這次不是因為悼念逝去的圈內人，而是因為醜聞：一位素有名望、信仰虔誠的老紳士，被人當場逮到與一位年輕新兵同床。據說，當那位新兵的直屬長官憤怒地破門而入時，正好看到那位老紳士的生殖器在新兵的後庭裡進進出出。

早上一收到刊登著這樁醜聞的報紙，中午布朗經理就下令俱樂部停業至少一個月，所有男侍們強制休假——不止俱樂部不接待客人，也禁止男侍們去拜訪客人，以免招來媒體不必要的注意。

要說在這一連串風暴之中還有什麼好消息的話，那就是，布朗經理承諾，在停業期間會照常供給男侍們的基本用度——這對約翰來說簡直就是天降福音。

俱樂部歇業期間，他的債主可沒有停止計算利息啊！他的收入在扣掉俱樂部抽成又拿去還債之後，還要支應他的日常開支：在俱樂部基本供給以外的飲食、衣飾，以及與其他男侍們出遊時的酒水費用。雖然有點積蓄，但微薄得可憐，還完這個月約定好的債務額度之後就所剩無幾。真的是只剩下一點點。要是俱樂部以停業為由中止供給基本用度……那麼，他這個月真的只能靠水和麵包過活了。

約翰向羅伯特與威廉發出感嘆，讚美俱樂部的德政時，兩人不約而同發出了短促的笑聲。

「布朗經理當然必須餵飽我們，要是重新營業時我們變得瘦巴巴的，哪還會有客人要？他們可最喜歡肌肉飽滿的軍人了。」

羅伯特捲起袖子，展現他的手臂肌肉，威廉則伸手去摸約翰的腹部，手指刻意描摹著腹肌的線條。

「只靠麵包和水過活，怎麼可能有肌肉？」

……說得還真有道理。約翰想起來，有些新兵入伍時瘦巴巴的，直到吃了幾個月軍營裡的飯菜才有肌肉鼓起來。

暫時不能接客，男侍們自然憋得慌，於是他們又像放假期間一樣滾到了一起。只不過訃聞與醜聞的陰影還是盤旋在他們頭上，男人們的興致比起聖誕節時還是低落了不少。完事之後，他們並肩躺在床上休息時，無可避免地討論起那些死亡與醜聞，尤其是後者。同樣都是軍人出身，他們比其他「同事」更了解在軍營裡面可能會遭遇到什麼事情。

「那個直屬長官要嘛就是那個新兵的親朋好友，要嘛就是他和那老先生是同類。看中的目標被搶走了，於是報復。」羅伯特說。

「我猜應該是前者。親戚或長久的家族友人之類的。」約翰想起那位開除他的年輕長官，除了他們情不自禁的那個晚上，其他時候，長官都極其低調。「如果他是這個圈子的人，就會知道不要張揚，以免被人借題發揮曝露他的真正愛好。」這些日子以來，他不時會思考，為什麼當初長官一定要逼他走。除了「害怕自己承受不了誘惑」這種蒼白無力的理由外，約翰所能想到的，也就只有「為了避免被政敵掌握住這致命把柄」。

「同意。最重要的是——如果他連算是『自己人』的圈內人都能下手，作戰時誰敢把背後交給他？」威廉補充道。

空氣瞬間沉默。三個男人一語不發，都回想起了那段還在軍營裡的時光。

雖然跟很多人睡過，但約翰一直記得他從軍之後的第一次。一位比他年長不少的上士趁著眾人睡去，爬到了他的床上，替他手淫直到他再也無法繼續裝睡，然後將他壓在身下。為了避免被寢室內的其他同袍發現，整個過程都非常匆忙，沒怎麼潤滑，約翰必須非常努力才能忍住不發出聲音。

如果那時候也有一位老長官衝進來阻止一切，那他的人生會變成什麼樣子呢？

俱樂部停業的時間比他們原本預想得更久，直到復活節過去，春光徹底降臨大地，布朗經理這才允許男侍們重新開始接客。

與男侍們一樣低調了許久的客人們也立刻紛紛發來邀請，男侍們預先訂製好的新衣終於迎來登場時機。嫩綠如枝頭新葉的領巾、奶油色的手套、水仙花黃色的袋巾，視情況替換著搭配的永遠經典的黑色禮服外套；又或者，配合著每個人的髮色與眼睛顏色，穿上今春裁縫店推薦的衣著：金髮藍眼的就穿紫色西服，黑髮黑眼的就穿黑白兩色的方格外套與淺色褲子。當然，還有新的女裝。冬天過去了，可以遮擋喉結的高領不再使用毛皮或絲絨作為裝飾，而是蕾絲花邊。

這一天，約翰正要去赴客人的「野餐邀請」，這是俱樂部與客人約定好的密語——代表著戶外性愛。客人還指定要男侍們穿著女裝赴約。這次與約翰一同出勤的是安傑爾。原先客戶想要指名的是路易斯，只不過他的行程早就排滿了，於是約翰只好頂替他上陣。

客人約定的場所是他在倫敦郊外的別墅，距離市區頗有一段距離。坐在馬車上，約翰忍不住開始觀察起了坐在他對面的安傑爾。

安傑爾是維洛納俱樂部男侍中骨架最纖細、個頭最小的，穿上女裝後，看起來還真像是個少女，甚至比路易斯還略勝幾分。約翰一瞬間覺得自己的女裝扮相有些過於魁梧。

「你一直看我做什麼？」注意到約翰的眼神，安傑爾皺起了眉頭，「出席賓客的愛好都記住了嗎？」

「記住了。」這次的客人全都是約翰沒有接待過的，其中幾個不是自身已經擁有爵位，就是爵位繼承人，因此布朗經理提早將客人的愛好列了個清單，要求約翰背誦起來。

於是安傑爾開始了抽考。今天，他的態度有些浮躁——不過，從認識以來，約翰就沒怎麼看過安傑爾有好臉色——約翰也不想和他起衝突，所以還是乖乖回答他的提問。等到兩人實在無話可說時，馬車裡又重新陷入寂靜，約翰扭頭開始觀察起窗外的風景。隨著他們離市中心越來越遠，道路兩旁綠意漸濃。

在霧都待久了，約翰一時差點忘了城市外的風景。與城市內精心維護的公共公園不同，城郊的花草樹木有種未經矯飾的美，肆意生長、生機勃勃。沿路可以看見被籬笆圍住的田地，以及散落在綠意中的牛馬、農夫、屋舍。這讓約翰一時之間想到了自己的家鄉。現在這個時間，應該已經種下小麥種子了吧？

經過了幾處紳士家的夏季別墅後，拐了個彎，約翰終於看到筆記中所描述的建築物。遠遠地，可以看見那藍色的別墅屋頂。一堵樹籬沿著斜坡種成一直線，遮掩住別墅的全貌。他們的馬車才剛要穿過那樹林，約翰就聽見了馬蹄聲，緊接著，六名蒙面人騎著馬匹陡然現身、衝向馬車！

倫敦近郊怎麼會有土匪？還是在光天化日之下？來不及思考，約翰就擺出了備戰姿勢，儘管沒有刀也沒有槍，但戰鬥的習慣還是在那些年的訓練中揉進了他的身體裡。

「安傑爾，你從另一邊車門下去！和馬夫一起騎馬逃走！馬車就不要了！」他喊著，準備跳下去拖住這群蒙面人。戰鬥本能讓他快速評估著情勢：六對一，對方還有馬，基本上毫無優勢，唯一值得慶幸的是這群人沒有槍，似乎也沒有配備太精良的武器？好，他看到一個人的馬鞍側似乎掛著刀，首先要奪刀，然後砍馬腳，老長官說過，真的不得已要和騎兵白刃戰時，務必先廢掉馬匹……

安傑爾的手按上了約翰的肩膀。「等一下等一下！看清楚了！現在這年頭怎麼可能還有強盜！」

「什麼——」

六個男人圍住馬車，卻沒有進一步的攻擊行動，只是拍著車窗大笑大鬧。其中幾人還摘下了面具，露出底下那顯然養尊處優的面容——強盜絕對不可能在風吹日晒下還維持那樣白皙的膚色。

安傑爾給約翰使了個眼色，然後轉頭立刻擠出幾滴眼淚，「花容失色」地向這群身分顯貴的劫匪們求饒。劫匪們總算滿意了。他們其中一人開了門，伸出手臂，裝腔作勢地要扶兩位「淑女」下車與他們共騎。

安傑爾和約翰都婉拒了邀請，不過接受了他們騎馬跟在馬車旁邊的「護送」。一關上馬車門窗，他們面面相覷。

「多了一個人。」約翰說。

安傑爾的語氣很冷，臉上也沒有表情，說出來的話卻出乎約翰的意料：「對，就是那個帶頭當『強盜』的。我來處理。等一下那個客人如果要找我們，我來接待。你不要獨自一人面對他。」

說著，他挑了挑眉，「怎麼，很驚訝？覺得我會把那個陌生客人推給你？」

「不，絕對沒有。」

安傑爾嗤笑一聲，「得了吧。這算是回禮……謝謝你啊。」

他們抵達別墅時，管家正好出來迎接，同時表示野餐所需用品都已經準備好了。捧著野餐籃和一應用品的是四位俊美少年僕從，安傑爾和約翰一看就知道他們的身分。頭髮已經開始泛白的老管家低眉順目，詢問著主人要不要再多帶一些人手，畢竟，今天總共有八位人要去野餐呢，其中還有兩位淑女——理所當然遭到了回絕。

六位客人，兩位女裝男侍，四位實為孌童的僕從。一共十二人，這就是今日「野餐」的成員了。

貴族們的夏季別墅除了建築物本身，往往還包含著田園與森林，與其說是別墅，不如說是莊園更為恰當。卡文迪爾家的別墅也不例外——沒錯，這次野餐聚會的主人，正是布萊恩．卡文迪爾，在圈內圈外都以熱愛派對、美食、華服與一切富麗豪奢之物出名。騎兵軍官布蘭維勒就是在他主辦的派對上出了意外，才導致後來的自戕。

此刻，派對主人眉宇間還帶著點輕愁，脣畔卻已經掛上笑容，熱情向兩位男侍介紹他的夏季宅邸。或者該說，他所在家族的夏季宅邸，之一。

「我們等等會在一條小溪旁邊野餐。」他說：「那風景絕佳，但又足夠安靜，旁邊也有樹林，能遮風，不會讓兩位小姐受寒。」

「感謝您的貼心。」安傑爾搗著嘴輕笑，完全沒有一點平日裡高傲冷淡的樣子。「我們也非常期待今天的野餐聚會。說起來，您似乎沒有提到過那位紳士？」安傑爾指向那名「多出來」的紳士，「我從未見過他呢。」那是一位頗為高大的男人，如果安傑爾曾見過他，那麼一定會有印象。

「噢，這是我的一位新朋友。他以前從未拜訪過維洛納，我向他描述了我們先前的野餐聚會之後他頗感興趣……當然，如果這對你們造成了困擾，我會補償的。」身為爵位繼承人，卡文迪爾自然精通人情世故，「補償一定讓你們滿意。」

「非常感謝。」安傑爾笑著應承下了補償。這一切，約翰都看在眼裡。這……還是平常懶得閒聊說話，只對路易斯才有好臉色的安傑爾嗎？

他們很快抵達了野餐的地點。確實如卡文迪爾所說，寧靜又風景優美。四位少年僕從快手快腳地鋪好野餐巾，擺出餐具和美食。四種口味的三明治、烤成金黃色的司康、雪白的鮮奶油、各式各樣的果醬，當然還有甜食與新鮮水果。成熟、飽滿、美麗的葡萄和莓果，在萬物都還在生長的春季時節，可是價格高昂。另外，這次的野餐不喝茶，取而代之的是裝在玻璃瓶裡的泉水和美酒。

「女士優先。」卡文迪爾說，朝少年僕從們打了個手勢。四位少年動作整齊地解開了衣衫，在春日微寒的空氣中赤身裸體，只留下一件薄薄的內褲，就這麼服侍起安傑爾和約翰。水晶杯中斟滿來自法國南部的葡萄酒，被遞到了兩人的脣邊；莓果沾上鮮奶油，由少年銜著湊過來，等待他們的採擷。陽光灑落在少年們青春的肌膚上，流轉著讓人忍不住想要伸手撫摸的光澤。

「我特別從法國找來的上等貨。」卡文迪爾說，手指滑過一名少年的棕色細髮，態度漫不經心，就好像在撫摸寵物的毛皮一樣。「十五歲，才剛開苞。」

這年紀，可是比約翰當年初體驗時還要小兩歲。而且，還是從法國來的？約翰心中升起些微疑竇，但很快將那股微妙情緒壓了下去，配合著主人的盛情，叼走了一位金色鬈髮少年唇間的水果。安傑爾則就著少年的手喝下一口酒，然後伸手勾住少年，將酒液哺餵回他口中。

安傑爾與約翰拿出了真本事，他們的親吻與撫摸很快撩動起少年們的情欲，少年青澀的喘息一時之間此起彼落，不過他們並不打算更進一步。他們今天真正要服務的目標另有其人。

絲綢上衣浸染著酒液，無法繼續穿了，那是少年們因為情欲而顫抖時，從杯中溢出的。安傑爾解開衣服前襟，露出緊身束胸。他喊了約翰，約翰配合著從他背後替他解開了束胸、撕開束胸底下的白色內衣。他讓其中一名少年僕從將那價值不菲的瓊漿玉液倒在自己身上，讓酒液從胸部與腹部流下。就在少年僕從還遲疑著尚未動作時，約翰已經來到安傑爾身前跪下，啜飲著他身上流淌的酒漿。這場面就像是在火藥桶堆裡扔了一根火柴一樣，瞬間引爆這一路上早已悄然流動在眾人之間的渴望。

約翰還來不及把安傑爾的乳尖吸到挺立，就感覺到身後伸來一雙手臂，把他撈進懷裡，接著就是一個淫漉漉的吻。另一個男人也立刻取代了約翰先前的位置。其他三位少年僕從也紛紛被賓客抱在懷裡，或者被按在身下，又或者坐在他們大腿上。男色才是今天這場草地午餐的真正主菜，貴族家廚精心準備的美食，只是紳士們享用青春肉體時的佐料。

男體成為了盛裝食物的器皿。約翰可以看到男人們紛紛在彼此身上塗抹鮮奶油和果醬然後舔掉，明明可以直接用手拿起來的點心與三明治，卻偏偏要用唇舌互相餵食；有人將新鮮葡萄與莓果放進其他人的後庭，等待鮮果被擠出後才嚼食，還不忘吸吮乾淨過程中噴濺在臀部上的蜜汁。

青翠芳草成為了一行人的軟床。約翰配合著客人的愛好，雙手撐在對方的腹部上，以騎乘的方式擺動身體，直到客人終於釋放。然後他又立刻被另外一個人抓走，這次是跪在草地上以口替客人服務。淙淙溪水與婉轉鳥鳴聲之中，喘息、呻吟、淫語與肉體碰撞聲此起彼落。

但即使被欲望主宰了身體，約翰也沒有忘記分出一絲注意力在安傑爾身上。那名突然多出來的客人總讓他有種不妙的感覺，其實如果可以，他和安傑爾都不怎麼想要接觸。但那畢竟是主人的貴客，他們無法拒絕。

但約翰正被一名客人和一名少年僕從夾攻時，他的眼角餘光正好看著那多出來的不速之客摟著安傑爾進到林子裡面去。他瞬間緊繃起來。那位客人想要做什麼，以至於要離開野餐現場？

「噢，輕點、輕點，你們兩位……」急著想讓夾攻他的兩個人快點完事，約翰呻吟得更大聲，同時默默加快了扭腰幅度。方才在連續快感沖刷下已經有些綿軟的身體，此刻卻因為危機感又重新迸出了力氣。軍人的直覺告訴他，事情不妙。

好不容易才讓客人與少年僕從釋放，約翰還來不及調勻氣息，就聽見一聲尖叫。那叫聲之淒厲，報喪女妖的哭聲也不過如此。

「約翰．懷特！幫我！」

他來不及重新穿好衣服鞋襪就立刻往聲音來源飛奔過去。雖然看上去柔軟，但春天的青草地裡仍暗藏了石頭與樹枝，劃傷了約翰的雙腳，但他來不及感受到疼痛，就看到了踉踉蹌蹌、一身狼狽的安傑爾。

約翰從來沒有看過安傑爾這麼悽慘的樣子。沒有平日裡的傲氣，也沒有面對客人時的笑顏，只有眼淚，還有眼神中深深的恐懼。精緻的臉上滿是眼淚，為了偽裝成女性而化的妝容糊成一片。本來還掛在他身上的絲綢上衣此刻徹底成了布條，最重要的是，他的口鼻處和脖頸上那怵目驚心的紅痕，很明顯就是有人曾經摀住他的口鼻、掐住他的脖子。

約翰正要迎上去，卻見眼前一晃，一道人影從安傑爾的後面撲了過來，要把安傑爾拖走。他沒有多想，立刻追上去對準要害就是一擊，然後和已經被欲望控制、失去理智的客人纏鬥在一起。

「完蛋了，我一定會被布朗經理開除。」這是在約翰腦中浮現的第一個想法。

「算了隨便啦，人都要死了還管什麼被開除喔。」這是在他腦中浮現的第二個想法。

約翰在這場對打中頗為辛苦。雖然他離開部隊才不到一年，身體依然記得戰鬥本能，但對方頗為高大，還是個紳士，一來有體格差距二來又不能下死手，處處受限下他也掛了彩。不過在卡文迪爾帶著一眾衣衫不整的紳士們飛奔過來時，他正好把人放倒。

「這是怎麼一回事！」卡文迪爾問。

約翰看了安傑爾一眼，只見他還是一副驚魂未定的樣子，只好自己與客人應答：「我想，事實非常明顯，我的同仁在服務這位紳士的過程中遭到了生命威脅。因此，我們只好進行正當防衛。」他強撐著讓自己用威嚴的口吻說話，內心暗白慶幸，幸好受訓課程中有教他們如何保護自己，以及與客戶周旋。

雖然俱樂部完全是出於保護「貴重資產」的目的，才教授他們這些知識，與什麼「保障人性尊嚴」完全無關。但不可否認，此時那些無聊的課堂真的很有用。

約翰伸手扶起安傑爾，只是站起來的動作，安傑爾也搖搖晃晃的，很明顯被蹂躪得不輕。

「先生，我們應邀來訪，卻在府上受到傷害，還是因為一位您事先並未告知的客人……」約翰回想著湯瑪斯當時的示範，露出冷笑，「您是熟客了，想必非常了解我們俱樂部的規矩。」

「噢，是的，當然。」卡文迪爾喃喃道，看著他帶來的其中一位賓客上前檢查那人傷勢，臉色慘白。大概是擔心又有人因為他主辦的活動喪命？不過，約翰倒一點都不擔心這點，他已經留手了。嗯，只不過接下來有段時間，那位先生可能不方便繼續玩男人或女人了。

「布朗經理會與您連絡後續賠償事宜。」約翰說：「當然，還有對於您權益處置，我想應該會是停權或權限限制。」

卡文迪爾的表情扭曲了一下，但很快又恢復正常。「是的，當然……規矩必須維持。」

「非常感謝您的諒解。」因為還扶著安傑爾，所以約翰只能行了一個不倫不類的屈膝禮。「現在，我想，我的同伴非常需要好好休息與換裝。」

兩位紳士與一位僕從護送著「體弱疲倦」的「淑女」回到別墅，並且借用了客房好好讓安傑爾打理了一番。幸好為了今天這場戶外性愛野餐，他們有另外帶了更換用的女裝，才不至於曝露身分。受到摧殘的安傑爾就像是受傷的小鳥，在約翰替他處理擦傷時不斷顫抖和發出細細的嗚咽聲。約翰沒有進一步詢問他到底遭受了怎樣的對待，問話是布朗經理的權責。

他盡可能用最快的速度打理好安傑爾和自己，然後登上馬車，催促著車夫回到俱樂部。本來應當如同田園牧歌般的草地野餐聚會，最後只能以這種形式匆匆收場。

只不過，事態發展似乎從來沒有最糟，只有更糟。他們下車時，正好遇上了同樣剛接客回來的路易斯。一看到戀人，安傑爾立刻掉下眼淚、如雛鳥歸巢一般撲了上去，投入他的懷抱之中。面對路易斯投過來的疑問眼神，約翰只能回答：「接客遇到了一點狀況，我們去布朗經理的辦公室說。」

布朗經理正在湯瑪斯的協助下處理著帳務。看見三人一臉凝重地進門，他立刻放下紙筆。「湯瑪斯，去倒三杯白蘭地過來。」

一向和善的管理人此時語氣肅殺。「說，出了什麼事。」

約翰正想要說話，安傑爾就搶先開口了。他的語氣比約翰想的還要平穩許多，只有他端起酒杯時那顫抖的手指洩漏了心緒。

事情經過是這樣的：那位突然多出來的紳士喜愛角色扮演，也是他提議假扮成盜匪去路上提前攔住他們的。而在交歡時，他也依然扮演著盜匪——一個強搶千金小姐的盜匪。

「他要我演戲，假裝現在是在被強暴。」安傑爾的聲音有些啞，看來稍早時傷到了嗓子，「後來……事情就失控了。我想要阻止他，但反而被掐住脖子……」

光是逃脫束縛就已經幾乎耗光了他的力氣。

「在沒有其他保護措施下接受未經正式引薦的客戶，同時直接提供了高風險服務項目。」布朗經理輕輕敲著桌子，「三條規定，安傑爾。」

「他才是受害者！」一向溫和的路易斯從喉間滾出怒吼，他雙手搭在安傑爾的肩膀上，儼然一副保護者的姿態。「您知道的！」

「違反了規定也是事實。那些規定，都是為了保護你們的，先生。」

「是，我知道。違反者就要接受俱樂部的懲罰。但安傑爾必須休息，他需要休息。如果您堅持要懲罰，那就由我來承受。」路易斯說。

「艾斯卡勒先生不一定會同意。」

「我才不管這時候他同不同意！」

約翰覺得自己似乎該說些什麼，但又不知該從何開口。此時，湯瑪斯打破了這劍拔弩張的氣氛，「布朗經理，卡文迪爾先生上門拜訪了。」他傾身向前，遞出卡文迪爾的名片，「他說要來討論向本俱樂部賠償的事宜。」

「……你們都先下去休息。」

布朗經理起身，不再繼續看他們，而是對著鏡子整理起儀容。「我去和卡文迪爾先生談談。至於您，懷特先生，我稍後會再找您問問題。」

第十章

特殊講堂

19th Century
London
Male Prostitutes

布朗經理口中的「稍後」，就是好幾天後。就在約翰以為布朗經理把他忘了的時候——畢竟為了「賠償」和其他後續事宜，布朗經理有很多事情要忙——他突然收到通知，讓他到經理辦公室一趟，要穿正裝。

「穿正裝」這個指示讓約翰的心提了起來。布朗經理為什麼要讓他穿正裝？是客人會過來一起談嗎？他需要道歉或做出什麼保證嗎？畢竟，他毆打了客人，而且還明顯是貴客……是連爵位繼承人卡文迪爾也必須尊敬之人……如果布朗經理最後要他低頭賠罪，也不是什麼讓人意外的結果。

不過一切的疑問與不安，在他踏入經理辦公室的當下都煙消雲散，全由畏懼與想要臣服的衝動取而代之。

很多年以後，即使當約翰已經許久不當男妓，他還是能夠想起那個下午，在布朗經理的辦公室中看到的那雙眼睛，那個人。艾斯卡勒，與莎士比亞作品中的維洛納親王同名，他們的老闆，蟄伏在黑暗中、掌握著他們命運的王。

對上艾斯卡勒的眼睛，就像與猛獸對視一樣。不是倫敦動物園中那些被圈養、餵食，已經遭到馴服的動物，而是真正的怪物，來自於約翰從未窺探過、也無意去注視的黑暗深淵。

「所以，這就是那位連客人也敢毆打的約翰．懷特先生。」好聽的男中音，標準的上流口音，輕柔的語氣，明明每一項要素都只會讓人覺得舒適，約翰卻覺得寒毛都豎了起來。他想轉身就走，但直覺告訴他不可輕舉妄動。能自己閒適地坐下，卻讓布朗經理和沙羅姆先生站著的人，絕對非同小可。

「沒錯，先生。」布朗經理的聲音讓約翰稍微冷靜了下來。「多虧有他出手，我們才免於更加繁瑣的善後處理。」

「布朗經理、請問、這位是……」約翰聽見自己的聲音，沙啞乾澀，就像許久沒有飲水的旅人。「我該怎麼稱呼？」

不等布朗經理開口，這位約翰從沒看過的紳士就回答了：「艾斯卡勒。」頓了頓，又說：「你們的老闆。」

雖然在第一眼時就有了猜測，但當艾斯卡勒親口證實自己的身分，約翰還是有一瞬間感到了震驚。他和其他男侍們都猜想過維洛納俱樂部真正老闆的身分：貴族？富商？或者甚至是多人合股？但無論是哪一種猜測，在他們的想像中，能有如此財富與權勢打造這個俱樂部、吸引眾多上流人士光顧之人，必定已經有了相當的年紀，可能有著禿頭或大肚腩，或至少已經頭髮花白。總之，絕對不可能像眼前的男人這樣……年輕。他看上去可能才剛過完三十歲生日而已。

「呃，幸會。」約翰從來沒有這麼迫切渴望自己有湯瑪斯一樣的口才。「請問……」

銀光閃過，只見艾斯卡勒毫無徵兆地一躍而起、朝約翰撲了過來！約翰本能側身閃過，但艾斯卡勒一擊未中之後沒有就此停手，反而繼續步步緊逼。約翰左閃右躲，很快就看清了那道舞動的銀光，那是劍杖，紳士們的防身武器，不是他原本以為的普通拐杖。

布朗經理和沙羅姆先生只是袖手旁觀，沒有要搭救他的意思，似乎也對艾斯卡勒的行動並不意外。艾斯卡勒的攻勢綿密，讓約翰逐漸喘不過氣，他想要發問，但是連開口的機會都沒有，光是閃避艾斯卡勒的劍就已經用光了他全部的注意力。

室內空間本來就不多，又站了四個大男人，即使約翰努力閃躲，最後左肩上還是中了一劍。一劍，就那麼一劍，輕巧迅捷。當約翰感覺到痛楚時，艾斯卡勒已經收劍入鞘。

「坐。」艾斯卡勒大步走回自己的位置，布朗經理適時奉上酒杯：先是艾斯卡勒，然後是沙羅姆，最後才輪到約翰。

血色在約翰的外套上泅染開來。約翰看了看傷口，才想說話，就被艾斯卡勒堵了回去：「不必急著包紮，我算過，這種程度的傷口不會死人。」

「……先生，您如果對我有所不滿，大可直言。」約翰猛灌了一口酒，烈酒灼燒著他的食道，讓他暫時從左肩的疼痛中分心。「您不需要這麼……嗯，大費周章。」如果只是想要讓他痛，總該有比直接拿劍刺人更簡單的方式吧？

「我就想看看，能把卡文迪爾勛爵的貴客揍暈的人，身手會是如何。」艾斯卡勒並沒有因為約翰的話而出現任何情緒波動。「嗯，雖然說不上絕頂，不過力氣和反應速度還行。沙羅姆，你覺得如何？」

「行吧。」沙羅姆說，「體力看起來不錯，應該能撐過調教，反應速度也夠快，知道要隨機應變，不會事情不對勁了還傻傻任人宰割，真的不對的時候也有足夠的自保能力。」

「那就他了？」

「就他。」

約翰越聽越覺得事情不對勁。「不好意思，兩位先生，你們現在是在談論我嗎？」

「對。」回答他的是沙羅姆先生。「懷特先生，現在開始你要暫停接客，接受進一步的性虐調教訓練，以服務我們幾位口味比較特別的客戶。」

「等等，您說什麼？」約翰覺得自己好像聽到了什麼奇怪的詞。

「性虐，就是鞭打、滴蠟、綁縛一類的，俱樂部有不少客人喜歡這一味。」沙羅姆先生的口氣就像在說「先生你這只是感冒，多喝熱水早點睡就好」，「而我們有喜歡虐人的客戶，也有喜歡被虐的。未來，你將有機會接待這兩種客戶。畢竟，要了解怎樣實施性虐好讓顧客愉悅……最好的方式就是親自體驗。」

「但是我不——」雖然在先前的「訓練」中偶爾會被鞭打，但那只是寥寥幾下而已，約翰當時也不討厭被打的感覺，但現在這性虐……聽起來就不是只打個兩三下就能結束啊？還有滴蠟和綁縛又是怎麼一回事啊？

艾斯卡勒悠悠開口：「我誠心建議你接受這個提議，懷特先生。就我所知，你還有高額債務尚未清償。」如同變戲法一般，他的指間突然出現了一張摺疊起來的紙片。「我看看，債主是莫里斯先生，現在還沒開始還本金。對吧？您要不要再多思考一下呢？」

看著約翰鐵青的臉色，艾斯卡勒加深了笑容。

「說起來，我正好認識莫里斯，畢竟，都是做地下生意的同行。他的愛好似乎就正好是那個……沙羅姆你剛剛說那是什麼？」

「性虐。」

「噢，對，性虐。雖然我很少這麼做……不過只要你接受，我可以把莫里斯引介給你，讓你直接用服務抵債。他聽說有他的債務人在我們這邊工作之後一直有興趣嘗試玩肉償……」說到最後幾個字，艾斯卡勒放緩了語調：「莫里斯算是重口味客戶，按照現有標準計算收費，會比你之前接待一般客戶的費用高，然後……俱樂部這次不抽成。」

左肩的疼痛影響著約翰的思考，他花了好一段時間才明白這意味著什麼。現在他只能接待一般客戶，收費扣掉俱樂部抽成之後，剩下的才是他能拿來還債與生活的金額。如果接受這個條件，是不是就代表……他能更快還清債務？越快還清債務，就代表他能越快回家，或者，開始替未來的其他後路打算。男妓這行吃的是青春飯，聖誕假期與其他男侍閒聊時，約翰得知有幾個人已經開始存錢預備退休或轉行。「錢來得快去得也快。」他們感嘆：「應該早幾年開始存錢的。少喝一瓶酒，少訂做一套衣服，就不用現在擔心客戶流失。」雖然維洛納的訓練讓他們的職業生命得以比街上的瑪莉安要長，但再怎麼延長仍有其極限。

與此同時，他腦中響起了另外一個聲音，叫囂著要他拒絕。不要這樣就出賣你的靈魂，這會是個無底的深淵，性虐聽起來就不是什麼好事。鞭打、滴蠟、綁縛，誰知道還會不會有更過火的？

「我接受……這個……調教。」在金錢的力量面前，約翰還是低頭了。

「給你一點時間養傷，下週三開始上課。」接話的是沙羅姆先生。「下午兩點開始。到地下室。」

初次「調教」課程的時間很快就到了，雖然有些不情願，約翰還是準時抵達了「教室」。沙羅姆先生已經在裡面了。今天他還是穿著一身剪裁合身的黑色外套，黑色背心，熨燙得毫無瑕疵的雪白襯衫，銀灰色的領巾用鑲著紅寶石的領巾夾固定。看到約翰進來，沙羅姆露出冷笑，闔上懷錶蓋子收入口袋中。約翰注意到他戴著手套。這不稀奇，稀奇的是他戴的是黑色的手套。通常，紳士們的手套顏色都是越淺越好，這樣才好用以隱晦地誇耀他們是「不需要靠雙手勞動」的階級。

「狗還敢比主人晚到？」

「我……」約翰正想開口辯解，沙羅姆先生卻立刻取下了掛在牆上的鞭子一揮，發出撕裂空氣的聲音，雖然鞭子打到了牆上，但還是讓約翰忍不住抿緊了唇，立正站好。

「我說下午兩點開始上課，不是讓你兩點才到教室——而是，下午兩點，課程開始。」那雙淺灰的眼珠盯著約翰，雖然不如艾斯卡勒那樣讓人有凝視深淵的感受，卻也不惶多讓。約翰只覺得頭皮發麻，想起了以前老家那位嚴厲的教師。「所以，你遲到了。」

『沙羅姆嘛……很嚴厲，嚴厲到有時候我會覺得他是個瘋子，但他就算瘋，也是聰明絕頂、知道把握分寸的瘋子。』約翰想起了其他男侍那完全無法令人放心的說明，他們之中有幾位也上過沙羅姆先生的特別講堂，但當約翰想要詢問詳情時，他們卻是諱莫如深。『把你弄到無法繼續接客只是自找麻煩，所以放心，他不會讓你真的重傷。』

看著現在的沙羅姆先生，約翰開始擔心了。

但想到債務，他就一咬牙，決定繼續。

「……非常抱歉，我遲到了。」約翰淺淺一鞠躬，「還請您繼續指示。」

「抱歉？你臉上的表情可沒有要道歉的意思。」沙羅姆先生把長鞭放回牆上的架子上，改拿馬鞭。他坐進單人皮椅裡，翹起腳，漫不經心地把玩起馬鞭。

「你要是真心道歉，就先擺出點狗該有的樣子讓我瞧瞧。」

沙羅姆先生的特別講堂就此開始了。

狗該是什麼樣子？約翰想起在校園和軍隊之中，他所經歷過和目睹過的「新人歡迎儀式」，他蹲下來、跪趴在了黑髮男子腳邊，「汪」地叫了一聲。

「行吧，反應速度不錯。」沙羅姆先生動了動腳，用鞋尖抵住約翰的下巴，逼他抬頭仰視自己，「很快就進入狀況了，很好。但是還差了一點，你覺得，狗會穿著人的衣服嗎？」

約翰沉默起身，開始把衣服一件一件脫下，直到只剩下內衣。他想要就此重新跪伏，但沙羅姆搖了搖頭，他只好徹底把自己脫了個精光。雖然他早就在其他同性面前裸體過無數次，但從來沒有哪一次像今天這般讓他覺得屈辱。

他知道自己的職業與愛好見不得光，他也知道這是自己的選擇。但，那些他服務過的紳士們，那些在軍營裡和他睡過的同袍們，從來不會用沙羅姆先生這種眼神看他。那是主人俯視動物的眼神。

約翰想起了自己以前說過的話：「如果我能向沙羅姆先生學習調教技巧，然後像他一樣技巧嫻熟，甚至超過他，我就能全憑心情接客人還有錢領了？」

現在他很想回到過去，把當時還不了解內情的自己揍一頓。那句老話是怎麼說的？許願應當謹慎。他當初就是太不謹慎。

Be careful of what you wish for.

「你不服氣。」沙羅姆用的是陳述句，「不服氣，為什麼會被這樣作踐。你不明白……對有些人來說，被鞭打、奴役、虐待，才是他的幸福。只有受到束縛，他才覺得自己是被愛的。」

「一八三八年，巴巴多斯島上發生了一樁流血叛變。我們的女王與國會在一八三四年廢除了奴隸制度，但作為緩衝期，奴隸們仍然要為雇主工作到一八三八年，正是叛變爆發的那一年——你猜這是怎麼一回事？」

「那些重獲自由的人，懇求著主人重新將他們收為奴隸。他們的舊主拒絕了，並因此遭到殺害。據說，在去拜訪他們的舊主之前，這群前奴隸還委託一位牧師替他們撰寫了陳情書，敘述放棄自由意志、屈從他人，對他們來說是多麼愉悅的一件事情。非常不可思議對吧？為什麼會有人拒絕已經送到手中的自由，寧願在地獄中受苦？」

「這世上有不少熱愛奴役他人的人，與之對應，也存在著喜歡被奴役的人。你一定疑惑，為什麼會有人想要被虐？為什麼會有人想要看到自己的床伴哀號？很簡單，這其實與你們在床上喊著『操死我』、『幹翻我』是來自同樣的根源——權力，受虐與被虐，支配和被支配。對他們來說，放棄一切，全然由他人掌控自己，是他們喜悅的泉源。你看那邊。」

約翰順著沙羅姆先生指示的方向看過去，看到一塊像是木質的踏腳墊，卻安裝著握把和看起來明顯是鞭打用的工具。

「鞭打機器，有人為了滿足受虐欲望發明出來的。讓人可以不用他人協助，也能享受疼痛快感。算是我們的某種競爭對手。」沙羅姆先生嘲笑著：「不過，事實是，在這項發明問世之後。我們仍然生意興隆。理由很簡單，自己動手鞭打自己，與他人鞭打自己，是不一樣的。」

「我不明白……」

沙羅姆先生手中的馬鞭立刻落到約翰的大腿上。

「我沒有允許你說話。」

「現在，上去，操作一回。」

約翰瞪著沙羅姆先生，那雙淺灰色的眸子回望著他，一點波瀾也沒有。「上去。」

約翰默想著他在入職以前的債務數字，還有現在的債務數字，咬咬牙，忍下了奪門而出辭職的衝動，走向那臺鞭打機器，開始嘗試操作。

一下，兩下，臀部開始發痛，但只要他稍微一停下動作，沙羅姆先生的眼神就會掃過來。約翰只能繼續操作著機器，直到沙羅姆先生終於喊停。

「感想如何？」

「很痛……」

「是嗎？那真是可憐。」雖然嘴上這樣說，但沙羅姆先生的語氣完全沒有憐惜之意。約翰甚至從中聽出了厭倦，他懷疑，如果不是艾斯卡勒的指令，沙羅姆先生可能根本不想花時間調教他。

馬鞭的皮片滑過約翰方才被機器鞭打過的部位，微涼的觸感暫時舒緩了臀部與大腿的疼痛灼熱，同時帶來一種微妙的感覺。馬鞭滑過的部位，竟然開始莫名有種癢意。

維洛納的訓練旨在讓男侍們能迅速投入情境，不管當下服務的是意氣風發的新晉富商，還是白髮蒼蒼的年邁貴族，都能產生反應。現在這訓練發揮了意想不到的效果：就如同他能在黑暗中幻想壓在他身上的客人的神情，約翰此時輕易就想像出了沙羅姆先生用馬鞭撫摸過他全身的畫面，哪怕他現在背對著沙羅姆先生，什麼都看不見。

衣冠楚楚的年長紳士，手中執著馬鞭，以頂端皮片代替手指愛撫過他的皮膚。彷彿玻璃珠子一般的淺灰眼眸神情淡漠。黑色的外套袖子與黑色手套之間露出一截白皙的、沒有遮蔽的皮膚。喔，黑色手套，那雙裹在皮革裡面的手。

那天談話過後，是沙羅姆先生替他包紮傷口。沙羅姆先生的包紮技巧嫻熟，就好像真正的醫生，修長的手指柔軟而靈活。如果那雙手不是長在沙羅姆先生身上，約翰會很想把它們握住，親一親、舔一舔，用自己的唾液把那雙手弄得溼答答，然後問手的主人要不要把手指放進他的後庭。但那雙手的主人是沙羅姆先生，所以約翰完全不敢造次，只敢想。他可沒有忘記初次接客後，他們在布朗經理辦公室的那場談話，還有其他男侍們言談中流露出的敬畏，這不是個好惹的貨色。

該死，只是想像，他就勃起了。

「果然是狗，才只是暖身，就已經發情了？」

沙羅姆先生沒有停手。鞭片繼續在約翰身上游移：後庭、會陰、生殖器，然後是突然落在大腿內側的一鞭。

約翰倒抽一口氣，夾緊了雙腿。明明這力道不大，沒有當初淫語課時安傑爾下手那麼重，更不如方才的鞭打機器，卻帶給他一種莫名的快感。

他好像有點了解沙羅姆先生方才那段長篇大論了。客人之所以願意持續在維洛納消費，重點在於人——執鞭的那個人。機器雖然能造成疼痛，但終究是由受虐者自己操作，缺乏了最重要的那個元素：權力關係。施虐和受虐，支配和被支配……

約翰覺得自己的身體裡面好像癢了起來。此時沙羅姆先生又下了指示：「現在，從機器上下來。」

他重新跪坐在沙羅姆先生腳邊。這姿勢正好凸顯出他昂揚的性器。沙羅姆先生用馬鞭摩娑著生殖器的頂端，這讓約翰不禁瑟縮起來。沙羅姆先生又在約翰的大腿內側落下一鞭。

「腿張開，不准夾。這還只是課程開始呢，狗。」沙羅姆先生冷笑著說：「想要爽嗎？」

「請先生教我……」約翰幾乎是從牙關之間迸出請求。

沙羅姆先生將皮繩和潤滑用的冷霜扔到約翰面前的地上。

約翰用冷霜先為自己的後庭進行了擴張，然後在沙羅姆先生的口頭指示下，用皮繩在自己的身體上綁出了花樣。

皮繩些微陷進了約翰的皮肉裡面，更加襯出他的肌肉紋理，這讓約翰更清晰地意識到，現在的他真的就是一條聽令的狗，一塊沒有主控權的肉。如果沙羅姆先生真的要做出什麼比鞭打更加出格的事情……有著這皮繩束縛，他未必能及時反抗。

「今天是第一次調教，我就好心一點，給你個表示意見的機會，說吧，你想怎麼爽？」

被這樣一說，約翰覺得後穴的騷癢感好像又回來了。他立刻告訴自己必須冷靜下來，這不是一般的訓練課程。現在手執教鞭的男人，可是能和大老闆以近乎平等的姿態對談的！連布朗經理都沒能做到這一點！快想想，居於支配地位的人會想要聽到什麼？想要看到什麼？如果不能給出沙羅姆先生滿意的答案，先不提他能否得到快感，光是能否早點結束這場調教都是個問題。

「請您，繼續疼愛我、鞭打我。」約翰說，朝沙羅姆先生挺了挺胸部，腿也張得更開，好讓他可以看到方才鞭打留下的痕跡。

馬鞭頂端的皮片重新在約翰身上遊走，他的身體微微發顫，為了迎接不知何時會降下的疼痛快感而興奮起來。該死的，他怎麼從來不知道自己有這種興趣？

「噓，停下，我可沒允許你這樣自己興奮起來發騷。」沙羅姆先生突然喝斥，馬鞭也直接落在約翰的乳頭上。

「嗚！」約翰悶哼出聲，「是我不對，請主人懲罰我……」

鞭打如雨般落在他的胸、腿、臀，好一陣子才歇下；但疼痛並沒有讓約翰的性器垂軟下去，反而顯得更加昂揚。

「還有呢？」

「請主人……」約翰閉了閉眼，他還應該說些什麼？請主人盡情使用他的後庭？請主人趕快把他灌滿精液？不對，這些似乎都不對。沙羅姆先生說了，他不允許狗擅自興奮發騷。「主人想要怎麼懲罰我，我都領受……」

「張嘴。」沙羅姆先生說。接著，那由上好黑色小羊羔皮革包覆的手指便探入約翰的口腔——他用的是左手，他的右手依然執著馬鞭把玩——然後大肆攪動起來。

「呃嗯……」那力道讓約翰不禁呻吟，同時感覺到口水從嘴角溢流出來。雖然隔著一層皮革，但約翰還是可以感覺到沙羅姆先生的手指形狀，這的確是一雙適合執鞭調教的手。順著他的撫觸，約翰開始舔舐在口中作亂的兩根手指。

但沙羅姆先生沒玩多久便把手抽走，他撤退時還在約翰臉上蹭了兩下，把口水全蹭在上面。約翰看見沙羅姆先生的眼中浮現出厭煩的情緒。即使知道那是表演，但約翰還是不禁心頭一顫：別是覺得他沒有調教的價值，決定課程就此終止？雖然約翰一開始並沒有想要接受這「特殊講堂」，但他更不想灰溜溜地離開。

因此，不待沙羅姆先生開口，約翰便伏下身，頭低到幾乎觸到沙羅姆先生的鞋尖，同時翹高臀部：「我後面好癢……我最親愛的主人，懇求您大發慈悲，幫我止住後穴的癢……」

「哦？」沙羅姆先生的語氣終於有了波動，似乎流露出一點興趣：「你想怎麼止？」

約翰伸手掰開臀瓣，「懇求主人，盡情使用這裡……用精液填滿裡面……」

「原來是想吃精液，真是條淫亂的狗。來，說一遍，『我是條淫亂的狗』。」

「我是條淫亂的狗……」約翰喘著氣，開始覺得下腹的騷動越發難忍，這反應有點像是喝了催情酒。這就奇怪了，他今天分明滴酒未沾。「請讓我下賤淫亂的後穴……變成主人的形狀吧！」

「嗯，看來這新開發的軟膏果然有效。」沙羅姆先生突然說。看著約翰茫然的表情，他笑了，滿滿的不懷好意。「嗯，鞭子上有艾斯卡勒要求我新開發的催情軟膏，既然要上調教課，就順便拿你來當實驗了。」

難怪……難怪！約翰恍然大悟。他就覺得奇怪，為什麼今天他會如此敏感。

聽見約翰發出含糊的悲鳴，沙羅姆先生笑得更加開懷。「想要嗎？」他指著自己的下身，「想要我捅你嗎？」

「求您……」

「想要，就先自己玩給我看，讓我滿意了再說。」

說著，沙羅姆先生慵懶地張開雙腿，讓約翰能更清楚看見他的下身情形。即使經過了方才的玩弄，沙羅姆先生仍完全沒有一點勃起的跡象。

但說穿了自慰就那麼回事，套弄陰莖、擴張後庭，撫弄乳頭，最多加上淫語，他還能玩出什麼花樣來讓沙羅姆先生滿意？可「主人」發話了，約翰也只能硬著頭皮繼續。他轉身背對沙羅姆，抬高臀部，然後開始擴張。

這是不少客人喜歡觀賞的前戲：看男妓如何進行準備。對此，約翰已經駕輕就熟了。他將伸入手指後庭，彎曲、攪動，探索自己的敏感點，適當地發出撩人呻吟。背對著沙羅姆先生，約翰無法觀察到他的反應，因此只能估算了一個大概的時機，開始加碼演出：用胸口磨蹭著地板，讓地毯的絨毛搔過逐漸敏感起來的乳頭，同時發出哀求聲。

聽著哀求，沙羅姆的表情並沒有太多的變化。他瞟了一眼一旁小桌上的燭臺，熄了燭火，略等了等，然後將那根蠟燭取下，扔到了約翰跟前。

「你就用這個吧。」

「主人……」

「表現好我才會考慮要不要親自捅你，沒有討價還價。」那嗓音似乎冰冷了幾分。

——其他男侍說得完全沒錯，沙羅姆真的是個瘋子！他才第一次接受調教，沙羅姆就要他用剛熄滅的蠟燭捅自己屁眼！

就在這一點猶豫的瞬間，鞭子再度落下：「動作快。」

約翰一邊腹誹，一邊緩緩將蠟燭插進了他的肛門。雖然已經熄滅，蠟燭的最頂端還是有點柔軟，帶著比人類體溫略高的溫度。他忍不住悶哼一聲。

蠟燭不像真人的陰莖會分泌有潤滑效果的體液，不好快速抽插，因此約翰只能緩慢推進、拔出，偶爾旋轉一下。在沙羅姆先生冷漠的注視之下，這竟然帶給了他一種從未有過的快感。如果，他表現優秀，也許沙羅姆先生會給他更好的獎勵？

「哈啊、哈啊……」約翰的喘息越發粗重，但沙羅姆先生下指令的音調沒有任何改變，彷彿他只是在宣布診斷結果：「你的手只是拿來玩後面的嗎？我記得俱樂部也有教怎麼手淫的吧？」

「是……」約翰側了側身子，好讓沙羅姆先生能看見他如何同時撫慰自己後庭和陽具的飢渴。一手持著蠟燭侵入後穴，一手套弄著陰莖，同時還得在沙羅姆先生以「姿勢不端正」為由鞭打之後努力直起身子……這多樣的刺激層層重疊，約翰實在忍不住，直接高潮。大量白濁噴灑而出，弄髒了地毯。

「本來還想誇獎你的，沒想到耐力這麼差。」沙羅姆說：「我只有要求你自慰，可沒有允許你擅自射精。你的挑戰失敗了。」

約翰看見沙羅姆先生的下身終於勃起。終於，終於，在他這麼努力之後，總算刺激到了這個難以捉摸的男人。現在卻跟他說他失敗了？約翰匍匐著行到他跟前，想要哀求，但沙羅姆先生揚起馬鞭，威嚇著他停止繼續靠近。也不知那新款軟膏中究竟有什麼成分，明明才剛高潮過，約翰卻還是覺得渾身燥熱得厲害，下身竟有重新勃起的態勢。這東西的威力……比催情酒還要厲害。

「請再給我、一次機會……」約翰說，同時想要再次開始表演自慰，不過沙羅姆先生的動作很快。他的第一鞭落在約翰的手上，第二鞭則是打在了生殖器上。

「噓，我沒說要給你再來一次的機會。」他說：「失敗就是失敗。」

沙羅姆先生解開褲頭，在約翰面前開始用右手手淫，他的左手依然握著馬鞭，不時晃動，警告約翰不要輕舉妄動。約翰只能看著那性器上的青筋一陣跳動，然後從頂端噴出了濃白的精液，卻什麼都不能做。軟膏造成的熱潮一陣一陣上湧，他渾身發熱發軟，差點癱倒在地。看著他求而不得的樣子，沙羅姆先生輕笑。

「看在你努力娛樂我的份上，還是給你一點獎勵吧。」說著，他將手伸到了約翰的嘴邊：「咬住。」

約翰張嘴咬住了手套的指尖尖端，沙羅姆先生一抽手，他口中便只剩下一塊上好的皮革，上頭沾滿了方才套弄時染上的體液。「這次你吃這個就行了。」

沙羅姆先生用赤裸的那隻手打開懷錶，看了下時間。「好的，我們的第一堂課就到這裡。下週三，同樣時間。」

有了這次的調教經驗，知道沙羅姆先生必定百般刁難，約翰轉頭就去向有上過「特殊講堂」的男侍們請教，得知沙羅姆先生通常在第二堂課時會進一步教授綑綁，於是他先偷學了幾招。在下一個週三，當沙羅姆先生步入地下室時，看到的便是雙手被綁在床柱上、全身赤裸的約翰。

「自己超前進度啊。」沙羅姆微笑，慢吞吞脫下了外套，露出底下的錦緞背心和素色領巾。合身剪裁襯出他那彷彿運動員般的身體曲線。沙羅姆將衣袖捲到了手肘，露出結實的手臂線條，這一次，還是戴著黑色皮革手套。

「努力的孩子值得嘉獎，不過……」他彈了彈約翰的乳頭，「我不是很喜歡擅自揣測我心意的孩子呢。而且，這個綑綁方式，不大正確。」

他解開了約翰好不容易才完成的綁縛，手把手地教他該如何把自己綑綁在床頭。約翰試了幾次，最後成功完成了捆綁。

「不錯。」沙羅姆先生說，「我們來進行下一步。」

他把約翰的一隻腳也綁在床柱上，另一隻腳卻沒有，同時還掛上了鈴鐺腳鍊。接著，他把這次要用的道具一字排開：羽毛、馬鞭、五股鞭、藤條、各種形狀的假陽具，然後他用黑紗布條蒙住了約翰的雙眼。

視覺陷入黑暗，讓約翰的其他感官更加敏銳。他感覺到一隻手從他的腳踝往上移動，堅定有力地撫摸過身體的各部位，最後來到下巴，輕輕摩娑，就好像在摸一隻貓或狗一樣。「我們今天來玩猜一猜，看經驗豐富的維洛納男侍能不能猜出，現在用在你身上的道具是什麼。」

有什麼東西拂過約翰的胸口，搔弄乳頭，然後是大腿、陰囊、肉柱、龜頭。又輕又軟，彷彿親吻。羽毛，這根本就是送分題，他想著，此時那羽毛又搔了搔他仍然保有自由的那隻腳，陣陣酥癢讓約翰忍不住動了動，腳鍊發出清脆鈴聲。

「羽毛。」他說。

「很好。下一題。」

疼痛落下。約翰可以感覺到，和之前馬鞭的單點打擊不一樣，這次是多點打擊，每次的落點都不固定。而且，這次的痛感更熱辣，疼痛過後的快感也更加猛烈。伴隨著鞭打頻率，他忍不住呻吟出聲。

「說。」

「哈啊、是、藤條？」

「這麼簡單的問題都能答錯，你是故意的吧？」沙羅姆說，停了手，「再給你一次機會，答錯，我會把上次的軟膏用在你身上，然後讓你就這樣被綑綁著直到明天，到時候你想要自己解決都沒辦法。」

那種快感是會把人逼瘋的！約翰在內心哀號，上次課堂結束之後，他可是靠自己手動高潮了三次才總算從軟膏帶來的反應中解脫。俱樂部裡常用的催情酒藥效都沒那麼猛。

「我錯了、我錯了，主人。請不要那樣懲罰我，如果您生氣了，就請鞭打我吧！」

沙羅姆先生真的動手了，邊動手，他又問道：「來，回答，這是什麼？」

「五股鞭、是五股鞭。主人好厲害……」約翰喘息著，扭動著腰，「好痛又好爽……」

接下來沙羅姆先生大概是換了道具，這回的痛法是單點打擊和戳弄，約翰感覺有點像馬鞭，但又覺得似乎更柔韌一點。他大概能猜出這是什麼，不過，如果只是單純的猜猜看答題，是無法滿足沙羅姆先生的。這不是他們「講堂」的目標。

他必須演戲。

幸好他還有一隻腳是自由的，沒有綁在床柱上，這讓約翰可以稍微側身和翻身。他側過身子，翹起屁股，「這個我認不出來，請主人再多打幾下……嗯！」

何止是多打幾下，約翰感覺到那異物摩擦、戳弄著他的穴口，然後又貼著陰囊摩娑，最後沙羅姆先生動手打了約翰大腿內側好幾下，他只能敏感得直顫抖。

「藤條，這，絕對是藤條……」

「沒錯，我看接下來的馬鞭也不用試了，問那種送分題沒什麼意思。」約翰聽見沙羅姆先生說。

下一刻，那雙大掌按上他依然疼痛的臀部，開始毫不留情地又揉又捏，力道之大，讓他忍不住呼喊出聲。但沙羅姆先生沒有停下，約翰可以感覺到沙羅姆先生在穴口周圍塗抹上某種油潤物質，他猜想大概是冷霜或橄欖油。

「感恩吧，我把俱樂部裡面最好的假陽具都拿過來操你了。」他說：「各種尺寸，人的，動物的都有。來，好好猜一猜。」

沙羅姆先生說動手就動手，毫不留情，一口氣將假陽具插入到最深。就算閱男無數，約翰也忍不住哭叫：「啊、啊啊！好深，不行，太深了……」

但沙羅姆先生並沒有就此住手，繼續抽送著假陽具。他的力道掌握和深度極為巧妙，每一次都正好輾過約翰的敏感點，只差那麼一點點就會把約翰推上高峰。約翰的雙手和一隻腳都被綁住，他再怎麼想掙扎也只能無力顫抖，最多就是揮動那隻尚且自由的腿。腳鍊鈴聲、呻吟聲與淫靡的水聲，合奏出一曲情欲的樂章。

「來，猜一下，這是人還是動物的屌？」

「嗚啊、不、不知道。」

「不說答案就別高潮了。」

「主、主人的，是主人的，是主人的，才會這麼長這麼深……」

「錯了。」沙羅姆先生的語氣非常平穩：「這款法國製造的假陽具，原型是馬屌。要我說，你現在還不配吃人的肉棒。」

接著，他把另一根假陽具塞到約翰嘴裡，「不過我很滿意你的哀號，所以你可以用嘴吃。來，好好舔一舔，這是以我們某位客戶的屌為原型製作的，好好舔，有一天你也許會需要服務他。」

「嗚嗚……」

約翰的嘴被徹底塞滿，只能發出含糊的呻吟。為了能好好呼吸，他只好盡可能發揮出他在俱樂部所學到的口交技巧，把這當成是真人的肉棒來舔，以希冀沙羅姆先生就這樣放過他的嘴。像是為了回應他這淫亂討好的模樣，約翰可以感覺到那假馬屌進出的速度加快了。就在他嘗試夾緊假陽具，想要從中獲得高潮、好讓這場調教課進入中場休息的時候，沙羅姆先生卻將假馬屌抽了出來。

他不知從哪裡變出一個陰莖環替約翰戴上，接著，那不知該說是天堂還是地獄的假陽具試用體驗就開始了。

沙羅姆先生說到做到，他把方才展現的每一款假陽具都用在了約翰身上，並且用那讓人火大的平靜語氣，描述著不同款式假陽具的外觀，並逼問約翰的感想。天鵝、公牛、獅子、狼，還有好多比照真人尺寸仿製的假陽具。在連續蹂躪中卻遲遲得不到釋放，這無異於酷刑，約翰終於忍不住哭了出來。

「讓我射……讓我射……求求您，大發慈悲，讓我射出來！」

「只要讓你射，不管是什麼方法都行嗎？」

「是的、是的……」

在約翰的不斷哀求下，沙羅姆先生總算有其他動作。他解開了綁住約翰的繩索，將約翰翻成正面朝上，接著扯開了覆蓋在約翰雙眼上的黑紗。

「好好看清楚吧，我是怎麼讓你射的。」

接著，一隻穿著黑皮鞋的腳，踩到了約翰的性器上。

必須說，沙羅姆先生的技巧真的很好……此時，約翰完全可以理解其他男侍們對他的畏懼中總是帶著一點崇拜。他巧妙把握住了痛苦和痛快的界線，讓人在疼痛的同時又能欲仙欲死，最後約翰直接被他踩射。精液沾在了沙羅姆先生的鞋子上。

「舔乾淨。」沙羅姆先生說。

即使已經渾身脫力，約翰還是照做了，自己把自己的精液舔得一乾二淨。

「很好，我們下週見。記得，沒有我的指示，不准擅自動作。」

就如同上一次的課堂，沙羅姆先生沒有進行任何事後的撫慰或溫存。約翰必須自己收拾殘局。他支撐著疲倦的身體，慢吞吞穿好衣服，看著在方才的激烈中被揉皺、弄溼的床單，一滴眼淚從眼角滑落下來。

他也不知道為什麼自己會落淚。在約翰的經驗中，只有悲傷才會使人落淚，可是他有什麼可以悲傷的呢？為他成為男妓而悲傷嗎？但這是他自己選擇的生活方式。是他選擇和長官好上，是他選擇在被退伍之後來到維洛納俱樂部，是他選擇向艾斯卡勒低頭，接受成為這門特殊講堂的學生……他有什麼好哭的呢？

約翰揉了揉眼睛，快速收拾好一切，回到自己的宿舍之中。不要去想，不該去想，此刻如果有什麼值得他關心的，那也是債務。

之後沙羅姆先生的特殊講堂又進行了好幾次，鞭打、綑綁、蒙眼、踩射、滴蠟……甚至包括薑刑，約翰都體會過了一輪。當然，沙羅姆先生也教他如何自保。

「重口味的客人無法採用到府服務。這是俱樂部規定，這樣當他們玩得太過火導致你要求救時，還有人可以接應。」他說，「聽好了，當你需要自救時，不要留手，只要客人沒死沒殘，艾斯卡勒就能應對，你在卡文迪爾家那次的應對就非常好——」

當時序進入夏季時，約翰總算迎來最後一次的「特殊講堂」。與前幾次的講堂不一樣，這一天約翰踏入地下室那間「教室」時，迎接他的是一片純然的黑暗。他想要去點燈，一隻手卻突然從他背後摀住了他的嘴。熟悉的皮革質感，帶著薰衣草與迷迭香氣味的香水，是沙羅姆先生。

「今天的課程有點不一樣。」

沙羅姆先生牽著約翰走到教室中的一角，令他站定位置，然後去點燈。燈光亮起的那瞬間，約翰也看清楚了室內的景象。映入他眼簾的是躺在大床上、衣不蔽體的米歇爾。在昏暗光線下，那具柔韌、滋味美妙的軀體似乎顯得更加誘人，一旁的推車上擺放琳瑯滿目的道具。

「最後一堂課。」沙羅姆先生說。如同第一次課堂那樣，他坐在那張專屬於他單人沙發上，翹起腳，血色領巾輕輕飄盪，袖扣閃閃發光。

「你已經親身體會過各種調教手法了，現在，用在這位先生身上。」

「您……」

「發揮你的學習成果吧，騷狗。」沙羅姆先生已經一手托腮，一臉窮極無聊的表情，「當然，如果你想要今天晚上就收拾行李走人，我完全沒有意見。我之所以會花時間在你身上，完全是因為艾斯卡勒要求。不然我早就在一個月之前就去療養聖地陪我的妻子了。動作快點。」

約翰覺得自己似乎聽見了什麼不得了的事情。

「您……娶妻了啊？」

「是，娶了，結婚十五年。就是為了錢才來俱樂部替艾斯卡勒調教你們，權充副業，沒插人也沒讓人插。你想問的事情我都已經回答了，現在，快動手。我要驗收結果。」

約翰這才重新把注意力轉回米歇爾身上。他該展現哪些他學到的調教手法呢？綑綁與鞭打是必須的，還有……

約翰很快就開始動手，將米歇爾的雙手反綁在背後，然後要米歇爾背對他、抬高臀部，好輕易就能鞭打臀部與大腿，同時還搭配著語言羞辱。米歇爾的欲望很快就甦醒。

「被罵還會爽，沒看過你這麼犯賤的狗。」約翰說，努力思考著接下來還有什麼可以用於羞辱的詞彙，同時小心咬字和發音，以免破音或說錯詞彙，那樣子可比早洩還要令人尷尬。「如果我把馬鞭直接插進去，你是不是會直接高潮啊。」

「不、主人，只有那裡，請不要這樣……」米歐爾非常配合，他的喘息裡帶著哭腔：「把鞭子塞進去會壞掉的……」

「閉嘴，你以為你還有選擇權？你只要看就行了。」

但約翰並沒有真的直接把異物插進去。每次要將鞭子插入米歐爾的後庭時，他都會故意讓鞭子滑開，好讓皮片鞭打著米歐爾的穴口和臀肉。疼痛與即將遭受異物侵犯而產生的興奮讓米歐爾不斷發出輕哼。

「自己翻過來。」約翰說，「睜大眼睛，看清楚你這淫蕩的後穴是怎麼被插入。」

米歐爾聽話翻身、把雙腿打開，約翰也順勢把鞭柄滑入那已經被玩弄到紅嫩熟軟的穴口之中，然後開始進行下一步的調教。鞭打已經使用過了，接下來，約翰打算滴蠟。他首先蒙上米歐爾的雙眼，然後取過專門用於此道的石蠟蠟燭，謹慎地控制蠟油滴落的部位。胸膛、大腿、腰窩，約翰將記憶中米歐爾的敏感點全都滴上了蠟油。蠟油凝固後的白色痕跡，讓米歐爾看上去像剛經過一場精液的洗禮。灼熱和疼痛讓米歐爾忍不住掙扎扭動著。約翰沒有就此停手，滴蠟之後，他又拿起了推車上的假陽具進行下一輪的調教。就像當初的約翰一樣，米歐爾的嘴巴和後庭都被假陽具塞滿，與此同時，約翰還沒有拿出原本就塞在米歇爾下體中的馬鞭。當然，他也沒有忘記繼續言語羞辱。

直到米歇爾在這樣的調教下一邊發抖一邊高潮，約翰才解開蒙眼用的布條。

「你該說些什麼？」他說。

「哈啊，主人，請您操我……」米歇爾說，眼神迷濛，邊抬起臀部，不斷晃動著腰。「發情的騷狗想要被主人幹……」

約翰一巴掌打在他的屁股上，要他住嘴，然後看向沙羅姆先生：「主人，您覺得如何？」

「行吧。」沙羅姆說。他的姿態閒適，手裡甚至還有一杯酒。就好像此時在他面前上演的活春宮，與話劇或歌劇沒有兩樣。但約翰知道「行吧」這兩字評語不是全部，他盯著沙羅姆先生慢慢喝乾了杯中美酒，直到最後一滴。他等著沙羅姆先生的其他評語。

「基本技巧都行，尤其是滴蠟，很好，有記住安全守則。接下來你就自己放手玩吧。」

米歇爾那雙因為情欲而水潤的眼睛凝視著他，眼神中充滿著期待。得到沙羅姆的肯定後，約翰也不再顧忌。他直接解衣、挺腰，等待侵入已久的肉穴沒有抗拒，對他的肉棒大加歡迎，輕易便容納了所有。米歐爾扭腰擺臀，像動物一般發出喘息和淫叫。

「被插就這麼爽嗎，騷狗？」約翰說，邊玩弄起他的乳頭。

「嗯、啊，能被主人插是我的榮幸、好爽、好舒服……」

恍惚間又好像回到了當初的淫語課。約翰低喃著，描述接下來他要如何蹂躪米歐爾。他首先把米歐爾的雙腿架在肩膀上，好進入到更深的地方，然後又把人翻過來，以犬類交尾的姿勢繼續抽插。

約翰沒有詢問米歐爾的感受，只是不斷大操大幹著。在特殊課堂的期間，他的接客頻率被砍半，而每次授課時，沙羅姆先生從來不會插入他，他只能在課後靠自己手動釋放。一直以來累積的性欲一口氣爆發，讓約翰只專注於發洩自己的欲望。原本米歐爾還能說出一些哀求或討好的言語，到了後來，只剩下哭泣和破碎的呻吟。他的雙手仍然被反綁在背後，無法透過抓撓約翰或抓住床單來發洩那種快被逼瘋的快感，只能蜷縮、顫抖著肢體，柔軟的肉穴也因此不斷收縮，緊緊吸著床伴的性器。

「主人，不行了，射不出來了……」米歐爾哭喊著，自從約翰插入之後，他已經高潮了三次，腹部上沾滿了他自己的精液。如今已無精可射，只能流出稀薄、透明的體液。

「主人還沒射。你說錯了，重說一遍，是誰射不出來？」約翰用力捏了一下米歐爾的臀部。另一隻手則抓住米歐爾的腳踝，把米歐爾往他的方向拉。這個舉動讓他們的身體更加緊密貼合在一起。

「嗚嗚，是我，是狗狗，狗狗射不出來了……」

「這才對。」約翰說，接著繼續操幹。他繼續一手抓住米歐爾的腳踝，另外一隻手則撫摸上美青年的臉，摸索著找到那張正不斷發出呻吟的嘴。兩根手指滑入，仿效著記憶中沙羅姆先生的動作，玩弄起柔軟的舌頭與上顎。

面試之時約翰就明白自己與米歐爾之間的體格差異，米歐爾皮膚白皙、骨架纖細，因此過去訓練時他會特別留意，不讓對方難受。但此刻，約翰無法繼續去顧及這些細節。他只看到米歐爾在他每一次撞擊時就顫抖，發出低低的喘息與哭泣。他想要繼續去侵犯、破壞，掌握一切，讓身下之人無法逃脫……

為了方便清理，還有考慮到對方後續接客，除非是在聖誕節那樣的假期狂歡，不然，男侍與男侍平日互相做愛時總會在高潮來臨前撤出，只射在臀部、腹部、大腿或胸膛上。但這次約翰無視了這樣的默契，直接在米歇爾身體中釋放。高潮之後他也沒有停手，約翰按著米歇爾的頭，要他用脣舌替自己清理掛在生殖器上面的體液。

發洩完一切欲望後，約翰轉身去找衣服，卻發現沙羅姆先生竟然還在座位上。看著約翰瞬間露出的狼狽神情，他微微一笑。

「表現不錯。」沙羅姆先生說，「記住，往後遇到有被虐或嗜虐的客人，照著你在課堂中學到的去做就對了。一切……不管是受虐還是虐人、被操還是操人，都只是權力的展演。」

「……我記住了。」約翰說，「感謝您的教誨。」

沙羅姆先生沒有再多說什麼，他起身穿上了大衣，和他出現時一樣，悄無聲息地離去。

找到衣服之後，約翰趕緊轉頭去照顧米歇爾。金髮青年正在猛灌一旁早就準備好的涼水，努力漱口好把嘴裡的味道抹去。

「……你真是入戲啊，約翰．懷特！」他瞪了約翰好幾眼，「我可是被操到快要去掉半條命了！」

「……抱歉。」約翰喃喃道：「我也不知道為什麼會這樣。」

對上沙羅姆先生的眼神時，他立刻從那股驅使他粗暴對待同僚的狀態中清醒，意識到自己方才做了什麼。最開始他確實是屈服於艾斯卡勒與金錢的力量，才願意接受調教，可直到此刻，對於這不得不開始的調教，他竟然樂在其中，不只享受痛苦，也享受看別人痛苦。

他竟然對他人的痛苦樂在其中。這是從來沒發生過的事情。還在軍營時，他確實聽說過有人享受在床事之間被鞭打，但約翰從來沒有主動去打過其他人。而這一季之間的特殊講堂，就讓他能如此流暢地以粗暴方式對待床伴。

在第一次的講堂中，他因為「不想要被沙羅姆看不起」而咬牙撐下去；現在，在這最後一次講堂，他竟然已經會為了沙羅姆先生的讚美而歡欣鼓舞。約翰從來沒有想過，自己會成為如今的模樣。他自己的變化幅度，已經超過了他最初所想像的男妓形象。

如果繼續在維洛納待下去，那他究竟會變成什麼樣子？

第十一章

債務

19th Century
London
Male Prostitutes

艾斯卡勒確實兌現了他的承諾，在夏天過半之時，他將約翰介紹給了莫里斯，約翰的債主。與約翰想像中的滿臉橫肉不同，莫里斯外表看上去就是標準的維洛納客戶：頭髮梳得整齊，一身出自薩佛街裁縫師巧手的套裝，折疊整齊的袋巾，向珠寶商訂製的袖扣，奢華但低調。唇角永遠掛著恰到好處的微笑。如果在街上擦肩而過，約翰一定會認為他是貴族或專業人士，醫師或律師之流，絕對不會把這個文質彬彬的男人與高利貸、暴力討債聯想在一起。

「所以，這就是那位敢毆打勛爵客人的勇士。」這是莫里斯看到約翰後說出的第一句話。

「沒錯。我把他交給你了。」艾斯卡勒擺了擺手，「沙羅姆最近剛完成調教的新人，你是第一個玩他的。」

「噢，這該不會是作為毆打客人的懲罰吧？會不會有點太狠了？」

懲罰？這是懲罰？約翰猛然看向艾斯卡勒。他和安傑爾難道不是受害者嗎？為什麼現在要懲罰他？

「這倒不是懲罰。」艾斯卡勒還是噙著那抹淡淡的笑，「只不過是拓展技能，讓懷特先生能替俱樂部招攬更多深度客人罷了。畢竟要安撫卡文迪爾勛爵和他的客人們，讓他願意繼續光顧，也是花了我們不少力氣。我們只是小本生意……」

「在哪裡虧了，就要在哪裡補回來是吧？」莫里斯大笑。「小本生意？你真敢說，艾斯卡勒，你在他們身上花的成本哪裡小了？別以為我估算不出維洛納的進帳！更別提你的另一樁生意——」

「生意人，總是覺得自己的事業還不夠大。時間差不多了，我不陪你閒聊了。好好享受吧。」

這場對話從頭到尾，兩人都沒有朝約翰投去一眼。目送著艾斯卡勒的身影直到消失之後，莫里斯才正眼看向約翰。「好了，約翰·懷特先生，久仰大名。在正戲開始前，你不介意先陪我走一走吧。」

莫里斯帶約翰走出房間，穿過長長的走廊，七彎八拐之後，來到了一扇紅木大門前。推開大門，裡面煙霧繚繞，人聲鼎沸。約翰曾經很熟悉這其中的吆喝聲。這是一間地下賭場。

「懷念嗎？懷特先生，要不要來一把？」

「謝謝，但不了。」約翰抿緊了唇，下顎緊繃。這讓他回想起了還在軍營的時候，賭博、喝酒、嫖娼，這是基層士兵們放假時的三大娛樂，雖然有釀成爭端的風險，但因為能讓士兵們發洩精力，因此只要不造成大錯，上級大多對此睜一隻眼閉一隻眼。

約翰就是「犯了大錯」的那個。

「是沒本金嗎？如果您需要，我們隨時可以提供支援。」

莫里斯笑得眼角彎彎，像隻狐狸。約翰再次拒絕之後，他也沒有繼續詢問，只是聳了聳肩，然後領著約翰在一張張賭桌之間逡巡，姿態彷彿國王在巡視他的領土。昏暗燈光下，堆在賭桌上的金銀貨幣閃爍著誘人光芒，像是在發出邀請。約翰趕緊別開目光，加快腳步跟緊在莫里斯身後。

他們穿過賭場，打開了另外一扇紅木門。「這是我的私人休息室。」莫里斯說。

休息室中已經有其他人在，總共三個人，正圍著桌子喝酒打牌，都是與約翰年紀相當的男性。他們沒有穿著大外套，領巾鬆開，襯衫袖子捲起到手肘部位，露出結實而且有傷痕的上臂，渾身散發強烈的陽剛氣息。看見莫里斯進門，男人們紛紛起身：「頭兒。」

「坐。」莫里斯打了個手勢，一名男性立刻斟上兩杯烈酒。「開始正事之前我們先玩一把吧，懷特先生。這是我的私人局，不賭錢。」

「不賭錢，那麼您要賭什麼？」能與艾斯卡勒相談甚歡的人絕對不會突然這麼慷慨，更何況這個人還以放債與經營賭場為業。

「你除了身體，還有什麼能投入賭局的呢？」

「我確實只有身體，但我不認為，您會願意將您的身體也作為賭本。」

「正確答案。」莫里斯仰頭將酒一飲而盡，「不如我賭一件情報如何？」

「情報？」

「沒錯。情報，做我們這一行的，必然得消息靈通。我手中有很多消息，其中也許有你感興趣的……比如說，當初為什麼你會突然必須退伍，又為什麼會欠下那麼多賭債。」

來者不善。這是首先在約翰腦中浮現的想法。他知道，直接拒絕，進入此行正題會是比較好的選擇。在場的都是莫里斯的人，他們又是以設下賭局為業，理所當然會聯手出老千，他沒有勝算，但約翰還是在紅木桌前坐下了。這賭局就和艾斯卡勒安排他接受調教一樣，看似有選擇，實際上卻沒有拒絕的餘地。

而且他確實想要知道，為什麼他會突然欠下那麼多賭債，又為什麼突然必須退伍。就是因為那巨額賭債，他才會被上級關切，進而被勸說退伍。也正是為了還債，他才會進入維洛納，成為高級男妓。到現在，約翰還是不明白，自己的運氣怎麼就那麼差呢？他只是偶爾手癢下去賭一把，就滿盤皆輸，部隊裡面那些真正有癮頭的賭鬼屢戰屢敗，卻還是全身而退。

而且就他所知，軍官裡面也有人因為賭博或玩女人欠債，但他們可也沒那麼快就被逼退。上司還是願意給他們一些時間理清債務的。約翰睡過一位騎兵軍官，他就是為了處理債務請了長假，放假回來之後少了許多債務，多了一位妻子——那位軍官迎娶了一位富有仕紳的女兒，用妻子的嫁妝還清了債務。

當初被處分時，約翰也考慮過要申訴，但他終究出身平凡，而且處理債務迫在眉睫，也只能嚥下這苦果，默默離開。進入維洛納之後，浮華生活也讓他逐漸忘記了這樁事。

現在，在這地下賭場逛過一圈，莫里斯又這麼一提，那些疑惑重新湧上心頭。

「可以，我參加這場賭局。要玩什麼？」

莫里斯的手下在約翰面前拆開了一副新的紙牌，交由約翰來洗牌。與外面賭場的喧囂不同，這場私人賭局安靜得過分，約翰甚至懷疑自己聽見了洗牌時，多張紙牌互相摩擦的沙沙聲。

莫里斯的賭注是情報，約翰的賭注則是身體。他原本只是來服務莫里斯的，如果賭輸了，那麼就要連在場的其他人也一併服侍。因為是賭注，所以，莫里斯不會支付額外的「服務費用」。

不，也許他的服務早就開始了，從他踏進莫里斯先生的地盤中就已經開始。這位貴客也許就是等著看他嘗試在賭桌上為自己博機會卻慘然落敗的景況。如果換成是約翰自己，他也會想看。

——因為，那正是沙羅姆先生口中的「權力的展演」。

三局兩勝，很快就有了結果。看著在桌上攤開的牌面，約翰非常有自覺地站起身來，解開領巾：「願賭服輸。不過，莫里斯先生，我還想要追加一局。」

「哦？」

看著笑意盈盈的莫里斯，還有一旁那三位已經兩眼放光的手下，約翰嚥了嚥口水。這是在沙羅姆先生完成調教之後，他第一次面對這樣重口味的客戶，還一次四個，他有點擔心自己能否應付過來。可話已經說出口了，他也只能硬著頭皮繼續下去，再者，他必須解開自己心中的疑惑。

「如果我能在服務完四位之後還沒有昏過去，您就必須告訴我那一件情報，如何？」

他不會說什麼「讓四位都滿意」這種條件，「滿意」是沒有明確定義的辭彙，太過虛無縹緲了。他必須設下一些足夠明確，會讓客戶感興趣的條件。

「約翰．懷特，你還真敢開條件。這邊這三位先生，可是我手下中體力最好的年輕人……行啊。」莫里斯打了個手勢，三名男子上前，圍住了約翰。「你敢賭，我們就敢應。」

約翰以為，身為這地下賭場兼高利貸生意的主人，莫里斯應該會習慣於掌控一切，可出乎他意料，莫里斯並不急於參與這場荒淫的床事。就像沙羅姆先生總是冷眼看著約翰的各種反應一樣，莫里斯也是坐在一旁，用那雙冷藍色的眼睛盯著三名手下對約翰上下其手。

此刻約翰已經徹底赤身裸體。他站在房間的中央，任憑三位男子撫摸他的身體，冷聲命令他抬手、張腿，好讓他們可以仔細觀察他身體的每一個隱祕之處，就像牛馬販子檢驗牲口一般。接著，他們用黑紗蒙住了約翰的雙眼，正式開始了今晚漫長的調教與侵犯。為了延遲約翰射精的時間，他們替他套上了陰莖環，約翰的雙手也被緊緊綁縛住，以免他掙扎。

「難得可以品嘗到高級俱樂部的男侍，一定得慢慢享受，你們說是吧？」其中一個男人詢問著他的同伴。「鞭打和滴蠟只是入門，我們該怎麼好好玩他呢？穿環嗎？」

「提醒一聲，不要造成任何損傷。」莫里斯的聲音響起，「把一個士兵養成高級男妓可是要花不少錢的。如果艾斯卡勒討要賠償，你們自己償付啊。」

「啊，真可惜。」

調教繼續著。冰冷的玻璃瓶湊到了約翰唇邊，他被灌下了酒，維洛納特調的催情酒，他能認出那個味道。男人們先耐心地撫摸約翰的每一吋肌膚，在他兩邊的乳頭夾上夾子，等到催情酒藥效發作之後，他們也不急著使用約翰的口與後庭，反而開始互幹。

聽著滿室淫聲豔語，約翰只覺得全身像是有火在燒，可現在的他什麼都做不了，只能聽。暫時失去視覺之後，他的觸覺與聽覺都越發敏銳，因此無論是那肉體互相撞擊的聲音，還是胸前的腫脹感，帶給他的刺激都比往日還要鮮明。如果男人的後庭能夠像女人的陰部那樣流水，那他後面一定早就整個溼答答。

「先生……」他喃喃道，「幾位好心的先生……」

「噓，還沒到時候，安靜。」其中一人說，然後約翰聽見莫里斯說：「給他上口枷。」

這下約翰可沒辦法與男人們用語言溝通了，他唯一能發出的聲音就是含糊的嗚咽呻吟，就好像受傷的野獸，只能任人宰割。

莫里斯的手下們做完「暖身運動」之後，終於重新把手放到約翰的身上。在被放置了好一陣子之後，只是被輕輕一碰，約翰都覺得那手指的熱度驚人，自己就彷彿要化了一樣。強烈的生理刺激讓他忍不住流出淚水，兩行清淚沿著臉頰滑下，最後與唇角溢出的口涎混合在一起。

「啊，這個已經想要被操想到哭出來了。」男人們訕笑。

約翰可以感覺到有人在舔自己的後庭，似乎是為後續插入做準備，他忍不住微微顫抖。總算，可以從這折磨人的感覺中被解放出來了？再不能釋放，他前面都要憋壞了。

但進入他後庭的並不是有著人類體溫的肉刃，而是觸感冰涼的某種物體。約翰覺得那像珠串，但不確定究竟是什麼，他忍不住想要將那東西擠出體外，臀部卻重重挨了一巴掌。

「夾好，中士。」有人在他耳邊說話，約翰可以聞到話語中吐出的酒精氣味。「等一下我們會鞭打你，你可得好好夾緊了，別把珠串擠出來。要是掉了，我們可就得懲罰你了……到時候，你還能撐住不昏倒嗎？」

「我還以為你是沒辦法繼續硬了所以才用這玩意兒代替。」約翰順嘴回道：「我就在想誰的肉棒形狀會這麼細又稀奇古怪。」

「啊，沙羅姆沒有把你的個性完全磨掉啊。」莫里斯輕笑，「也好，偶爾玩一玩這種的人偶也不錯。」

聽見「人偶」這兩個字，約翰忍不住抖了抖。從沙羅姆先生在他初次接客後的訓話中，他早就知道，客人們只把男侍當成玩意，所以男侍們也最好不要把自己想得太重要，看見貴族老爺願意為自己一擲千金，就以為自己真的躍升上流社會了。不過自埃瓦松子爵以降，約翰遇見的客人大多不會這麼明顯地表現出將男侍視為物品的態度。這還是第一次，他遇見客人直接用「人偶」來形容他。

莫里斯話中蘊含的另一層意思更讓他膽寒。

如果，沙羅姆先生對他的調教，還是「沒有把個性完全磨掉」，那麼，真正的、徹底完成的「人偶」當初又是面臨怎樣的對待？

不過約翰沒有太多餘裕進行更深入的思考。男人們開始鞭打他了，他的思緒很快又重新沉浸在粗暴行為所帶來的顫慄與快感之中。現在的他只是一塊肉，有著嘴與後庭兩個孔洞，可以供人使用。

完全不必思考該用怎樣的淫語取悅客戶是一種全新的感覺。比起花言巧語或各種床技挑逗，莫里斯先生與他的手下們只想看到約翰面對虐待時，夾雜著痛苦與愉悅的反應。約翰只需要誠實面對自己身體的反應，在鞭子落下時顫抖，在男人把生殖器直塞進他口中頂到喉嚨時嗚咽。他先是跪在地上任憑擺弄，後來又被抱了起來，有人拉出了塞在他後庭的串珠，接著他以雙腿大張的姿勢，在男人們之間被互相傳遞。這次頂入他體內的，終於是人類的性器。

被綁縛的手開始發麻，綴著夾子的乳頭也越發疼痛，可在使用完他的嘴之後，男人們重新替約翰戴上了口枷，因此即使他想哀求人替他鬆綁一下，也沒人聽得懂他說了些什麼。

遭受了幾輪侵犯後，約翰很快意識到，莫里斯先生還沒有加入。而此時的他已經被操得渾身虛軟，不用看也知道，他的後庭此刻一定泛紅，可能不需要多加擴張就能塞進兩根屌。

「好，替他鬆綁。」莫里斯先生的話語此刻猶如天籟。「口枷和眼罩也都拿下來。」

乍然而現的光明讓約翰一時之間睜不開眼，好一陣子才重新適應。這時他才發現，自己不知何時已經被拎到莫里斯先生跟前。他就像沙羅姆先生一樣，衣冠楚楚，一臉似笑非笑地看著約翰。他那戴著法國羔羊皮手套的手撫上約翰的下巴，溫柔用大拇指蹭過約翰紅腫的脣，約翰可以聞到手套上面的香水味。

「剛剛很痛對吧。」他說：「現在不痛之後，知道該怎麼做嗎？」

還能怎麼做，當然是繼續服務他。約翰順從地伏在莫里斯腿間，莫里斯的欲望已經徹底甦醒，不需要他另行挑逗。他先以口服務，然後是手，最後轉過身，主動送上了後庭。不過莫里斯並不急著插入，反而用馬鞭拍了拍穴口。

「精液都流出來了。先清乾淨，清乾淨我才要用。」

於是，在四個男人的注視下，約翰必須自己動手清理後庭。這又是另一項全新的體驗，他從來沒有在其他客人面前做過事後清理，他們，維洛納的男侍們，總是在客戶盡興離開之後才會躲進浴室中清洗自己。

而且他邊清理，男人們還邊對他的後庭外觀發表評論。就算軍營中葷素不忌，聽過各種下流的話，但約翰還是忍不住羞恥起來。

大概是，和上流社會的紳士們混久了，有些話都聽不得了。

「可以了。過來。跪著過來。」

約翰重新跪下，匍匐著來到莫里斯跟前，讓男人繼續使用他的身體。比起性欲，莫里斯似乎更加熱衷於看人受虐，因為當他射在約翰身體裡面之後，他又把約翰重新丟給了他的手下。

彷彿野獸分食肉塊一樣，他們又輪流享用著約翰的嘴與後庭。他就像是一只鹽罐一樣，在男人們的懷裡被遞來遞去。最後還是莫里斯先生輕飄飄的一句「時間差不多，該收尾了。」才結束這漫長的折磨。

「莫里斯先生，您說好的。」被這樣一通折騰下來，約翰只覺得自己全身的力氣都被抽乾了。可他還記著一開始的約定，強撐著不肯睡過去。「您說過，會告訴我為什麼當初我突然必須退伍，又為什麼會欠下那麼多賭債……」

莫里斯已經重新穿上了衣服，只是襯衫鈕子還沒有扣上，前襟敞開著。他坐在高背椅上，正讓手下替他點菸。

「我想想，該從哪裡說起。畢竟這件事情也過一段時間了……啊，克里夫，我想起來了，來找我的那個人似乎是這個姓。」

克里夫，這正是約翰前任長官的姓氏。那個曾經請求他退伍以免害自己繼續

「墮落」下去，但在約翰真正退伍時又給了他維洛納介紹信的年輕長官。

莫里斯的語調歡快，約翰甚至聽出了一點「看好戲」的意味。

「這位克里夫先生找我們辦一件事情。其實，那也不是什麼大事，就是給某人設個圈套，讓他在賭桌上輸慘。這種事情我們可見多了，每年都有好幾樁。要說有什麼特別的，也就是那位先生在指示時的用語：『讓他輸慘，越慘越好，要會被軍方關切然後直接退役的那種。我不想要看到他繼續在我姪子身邊晃』，後來的事情，你也都知道了——只不過沒想到啊，最後你居然進了維洛納。」

這算是印證了約翰一直以來的某種猜想，果然，他的退伍是經人特意操作後的結果。前長官才剛在睡過他之後請求他退伍，後腳他就真的被退伍，天底下哪裡有這麼巧合的事情。只不過前長官當時拿推薦信給他時，那表情之真誠，還有勸戒他遠離賭桌的口吻，似乎完全不知情——這和莫里斯口中的「姪子」倒是對上了。

動手的不是他的長官克里夫先生，而是另外一位克里夫，應該是他長官的長輩。軍人和神職人員是無權繼承土地與頭銜的貴族旁支們最常尋求的出路，克里夫家族的上一輩有人在軍中，這並不令人意外。

「所以你們就對我設局。」約翰說，聲音沙啞，語調冷靜。這句話並不是質問，而只是單純地陳述事實。都這麼久的時間過去了，當初的震驚早就平復，此刻他內心更多是無奈。

軍營裡面的「同道」多著呢，沒了一個約翰．懷特，還會有其他男人在克里夫身邊出沒，什麼葛林、平克、布萊克，而且在維洛納的這一陣子，他接待過在軍中任職的客戶可不少。約翰才不信當初沒有其他人去勾引克里夫，只不過他可能是出身最低的，所以就成了最倒楣的那個。

那位克里夫家的叔叔，如果真的要「糾正」自己的姪子，最需要處理的反而不是他這種基層士兵，而是其他軍官，甚至是維洛納俱樂部本身，好嗎？

「你似乎並不意外呢。」莫里斯說，似乎還有些可惜。「不生氣嗎？因為這樣，再也沒有為我國建功立業的機會。」

「我一個農村出身的平民要什麼建功立業的機會啊？只是不想繼續待在鄉下地方，又想吃飽飯而已。」約翰看著裝飾華麗的天花板，忍不住笑出聲來。「不過，您特別告訴我這些資訊又是為了什麼？是希望我再去找克里夫先生嗎？」但這不可能。自從辦完退伍手續後，約翰就沒打算繼續和往事糾纏。

「不，我想看你會不會露出痛苦的表情。」莫里斯走到約翰身邊，垂下眼，仔細打量過約翰的臉。「看來是沒得看了。」

「非常抱歉這次沒能滿足您的願望。」約翰努力擠出一絲力氣笑了笑，然後勉強坐起身，開始清理自己的身體。「我本來還以為您是想要看到我和克里夫先生糾纏呢。」

「啊，我還沒那麼缺德。艾斯卡勒一向不准他手下的男妓們去跟客戶糾纏，違者重懲，這我可耳聞許久了。把你這樣一個大活人送去地獄裡受苦？不，我不忍心。雖然我確實喜歡虐待……」莫里斯觸碰著約翰身上的紅痕。那都是他和手下們留下的痕跡。「不過我喜歡的是手腳健全的人偶。」

想起沙羅姆先生曾經說過的話，約翰心頭一動。

「我聽說曾經有人纏上某位貴族老爺，想要那位老爺拋妻棄子與他同居？」

「噢，你說的是萊納德。他的事蹟可有名了。誰不好惹，偏偏直接找上埃瓦松夫人。那位夫人如果是男兒身，絕對能夠進入政壇，早晚成為議院的領導者！」

「原來他叫做萊納德。他的下場最後怎麼樣了？無論是誰，都不願意和我細說。」

「那就是另外一宗情報了。你確定今天晚上，你還有力氣支付買下這宗情報的費用？」

「嗯，如果您願意讓我只用嘴的話，我也許能夠支付……」

最後約翰還是沒能從莫里斯這邊買到其他情報。一來是他真的沒力氣了，二來是莫里斯已經盡興。不過，光從莫里斯遮遮掩掩的態度，結合沙羅姆先生曾經說過「街上的瑪莉安過的日子，與之相比簡直就像是天堂」，約翰也知道，這位素未謀面的萊納德，不會有什麼好下場。艾斯卡勒可是個僅是為了試探他的體力與反應，就在室內對他揮劍相向的貨色。這種人，怎麼可能輕易饒過違反俱樂部規則的手下？

隱約窺見了深淵的一角，讓約翰在接下來一段日子裡心緒起伏，好不容易才平復之後，彷彿上天有意要考驗他一般，又為他送來了新的風波。

這一切的源頭，讓約翰能與維洛納俱樂部有所接觸的原因，年輕的軍官克里夫出現在了俱樂部。

第十二章

長官

19th Century
London
Male Prostitutes

在他們這一個圈子，軍人一向頗受歡迎。畢竟軍人大多身材高䠷、肌肉精壯結實，儀表堂堂，同時體力過人。無論在視覺還是床笫之間，都能給予極大滿足。尤其是當他們穿著制服與人歡好的時候，不管是匍匐在身下任憑索求，還是壓在身上盡力施為，都是一道美好的風景。

沒有什麼比理當嚴肅禁欲的軍人沉淪耽溺在同性肉欲中更顯衝突了。磨難成就藝術，痛苦妝點人生，而衝突孕育美感。

因此，維洛納俱樂部招攬了不少軍人，同時也招待了不少軍人。還在接受訓練時，約翰就知道，自己一定會在俱樂部中遇到其他軍人，甚至是軍官。但他從來沒想過，有一天會在維洛納與前長官克里夫重逢，畢竟，當初克里夫可是懇求他離開、不要再讓他陷入「魔鬼的誘惑」之中了，維洛納可是「魔鬼」的大本營，克里夫怎麼可能還會出現在這裡呢？

但事情就是發生了。克里夫出現在了維洛納的交誼廳裡，指名要見約翰．懷特，還是在約翰剛從莫里斯那裡得知「被退伍」的真相之後。約翰差點都懷疑是不是莫里斯連繫了克里夫，但很快又推翻了這個猜想，當初就是克里夫替自己寫推薦信，他才會來到維洛納的。克里夫根本不需要向其他人打聽自己的行蹤。

「克里夫先生。」約翰還是照常行了禮，不過語氣並沒有故人相見的熱絡。

「約翰．懷特。好久不見。」克里夫主動朝他伸出了手，眼神中隱約有些……愧疚？「近來可好？」

「感謝您的關心。」因為交誼廳中還有其他人，不好失禮，約翰還是與克里夫握了握手，卻並不回答他的問題。如果是在今年以前與克里夫重逢，面對這個問題時，約翰或許還會答聲「好」。但在接受了沙羅姆先生的特殊講堂，開啟了新的客源之後，他就不那麼確定了。

華服珍饈好酒美色，現在約翰每一樣都不缺，不過休息不接客時，他偶爾也會思考，自己究竟還能過多少年這樣的生活。

在那次「草地上的午餐」後，安傑爾似乎是心有餘悸，接客的次數比以前少了許多，連帶路易斯也開始減少接客，好幾次推掉了客人的宴會邀請。有一次，路易斯邀請男侍們到他家去喝酒，談話間還隱約透露出想要就此引退的意向。

「安傑爾和我在這一行已經待夠久了。」路易斯是這樣說的：「久到已經不新鮮了，該趁身價還沒掉下來之前就先讓位給新人啦。」

燈火之下，路易斯的皮肉還沒顯出鬆弛跡象，但他的眼神中滿是疲憊。

約翰默默咬了下口腔內側的肉，把路易斯的憔悴神態從腦海中趕走。雖然已經過去了一個聖誕節，但相較於路易斯，他還是個新人呢，根本沒有資格去替人家擔心引退後的生活。專心，專心面對眼前這位「貴客」才要緊。

「……你看起來氣色不錯。」約翰不接話，但克里夫還是試圖讓對話繼續：「看來你過得不錯，這樣我就放心了。你退伍的時候……我有點擔心。」

約翰撩起眼皮仔細打量了克里夫。他的眼神很是真誠，並不像是在說假話，但是，就算克里夫並非導致他離開軍隊的元凶，也算是導火線。約翰發現自己還是很難完全心平氣和地與他對話。

……可惡，他還是讓莫里斯的話影響到自己了。

「我自然會努力過好日子的。」約翰說，然後看到克里夫眼中又閃爍出一抹惶惑。

「……你還在軍隊裡的時候，可不會這樣說話。」

「您也說了，那是還在部隊裡的時候，克里夫先生。」

就在此時，一道人影插入了兩人中間，是湯瑪斯。

「晚安，這位貴客。」湯瑪斯臉上掛著無懈可擊的微笑，「您決定好要由誰相伴了嗎？如果您尚未決定——」他從指尖變出了一張摺疊起來的紙張，打開來，遞上去。

約翰不用看也知道那是今晚還沒被預訂，在俱樂部內「值勤」的男侍名單。「那麼請先參考這份名單。至於我的這位同仁，嗯，那邊有另外一位紳士有興趣找他聊聊，還請允許他先失陪了。」

約翰順著湯瑪斯的手勢看過去，看到一位紳士的背影，他正和羅伯特相談甚歡，而羅伯特的眼神不斷往這邊瞟。對上約翰的視線，羅伯特勾起一個不羈的笑容，也打了個手勢。約翰也看懂了那手勢——這條肥魚大家一起分。這大概是個今晚想要多人運動的客人。

「不必。」克里夫猛然抓住了約翰的手腕，「我已經決定好了，就要他。」

「克里夫先生。」約翰皺了皺眉。克里夫用的力道很大，讓他手腕隱約發疼，但又不好大動作地把人甩開。

「了解了，但還請您稍後，得等那位紳士與我的同仁聊過之後，才能進一步確定約翰今晚的安排。」湯瑪斯不動聲色地把手搭了上去，稍微施力，試圖想把克里夫的手拉開。「您也知道我們的規矩，如果複數以上的紳士在同時段想要指定一位男侍，那麼也只有……競標。」

歸根結柢，俱樂部是為了賺錢而存在，那就讓金錢來說話。而且俱樂部的目標客層最喜歡競標了。

這次重逢最後以克里夫匆忙告辭作為收尾。但在接下來好一段日子裡，他總是會在約翰輪值時上門拜訪，也總是嘗試找約翰說話。羅伯特還私下和約翰討論道：「你那位前長官，該不會是把你開除之後又看上你，想要挽回你吧？」

「別亂說。」約翰大大地翻了個白眼。「我跟他只睡過一次，除此之外沒有其他關係。挽回到底是什麼鬼？」

不過繼續這樣糾纏下去，也確實讓人厭煩。於是，當克里夫再次與他攀談時，約翰乾脆直接開口問克里夫，到底要不要點他？

「您也知道我們俱樂部的真正營生。」約翰說：「先生，我不那麼擅長說話的語言藝術，所以就直說了——您一直只和我攀談，卻沒有其他作為，已經造成我的困擾了。」

「點。」克里夫這次的回答乾脆俐落。

進入房間，克里夫立刻纏上了約翰。熱烈的親吻讓他頭暈目眩，約翰忍不住伸手把克里夫推開。

「克里夫先生，我記得，當初您可是主動要求我離開的。」他喘著氣，和克里夫拉開了距離。「『請你遠離我、不要出現在我眼前，以免害我繼續背離上帝的意旨』——這是您的原話，可一個字都沒有少！我可是一直記著，從來沒有想要繼續打擾您，沒想到您卻反而主動上門了！可惜您的叔父還為您百般操心，想方設法把我趕出部隊呢！」

說出這段話的瞬間，約翰覺得暢快多了。在服務莫里斯、得到情報之後，他一直覺得胸口煩悶，但又不像是心臟出了毛病，直到說出這席話，他才重新覺得呼吸輕鬆起來。

原來，雖然他早就接受現實，知道自己繼續待在部隊中大概也只是個混軍餉的，可他還是對被迫提早退伍這件事感到在意。當然，約翰覺得，自己會這麼彆扭的原因還是在於克里夫的態度與行為。

嘴上說著要遠離男色，家中長輩也出手掃除了「誘惑」，結果最後這位小少爺還是一放假就往男性妓院跑，這不是自相矛盾、白費功夫嘛！不管是他在軍營中的床伴，還是來到俱樂部後經常接待的紳士老爺們，雖然無法在公開場合承認自己的愛好，但至少私底下他們還能坦率承認自己就是只受男性吸引，不會嚷嚷著完蛋了我要墮落了。

「抱歉，這點是我不對。」克里夫閉了閉眼，「是我意志不堅定把持不住自己，卻怪罪是其他人讓我墮落……在那之後，我也嘗試過禁欲，但……」

「還是一直有人勾引你？」約翰嘲弄。「後來又有多少人退伍了？」

「……我嘗試禁欲，卻發現徒勞無功。這似乎就是我的天性，我無法違抗……」

「然後？」

「然後我就想要來找你。為我以前的言行道歉，嗯，還有為我叔父的行為道歉。他是為我好，但……」克里夫再也說不下去，長長地嘆了口氣。

「行吧，我接受你的道歉。」雖然心裡還是有點疙瘩，但克里夫終究是客人，約翰不打算和錢過不去。而且，如果他不接受克里夫的道歉，結果克里夫繼續來找他，那可麻煩了。光是想像那畫面就開始頭痛。

嗯，一想到莫里斯當初透漏情報給他時，那一臉看好戲的表情，他就更頭痛了。既然把話說開了，兩人就重新回到正戲上，重新抱在了一起，接著又是一陣乾柴烈火。

之後每一週，克里夫都會固定拜訪維洛納，大多數時候都是點名約翰作陪。就這樣又過了一段時間之後，他必須回到部隊，才依依不捨和約翰告別。目送著克里夫的身影踏出俱樂部的大門，約翰簡直想要歡呼慶祝。

雖然克里夫確實大方，但也太纏人了些！

只不過，雖然送走了克里夫，約翰還是有一位也頗為纏人的客人要應付。這位客人自稱是「希斯克里夫」，大約在克里夫與約翰重逢之後，也開始拜訪俱樂部並且定期點名約翰。希斯克里夫自稱也是軍人，他每次都只點名軍人出身的男侍作陪，大多都是在克里夫登門後的隔兩天光顧俱樂部。一開始約翰還沒有注意到，是某次他看到了自己的接客紀錄，才發現了這個規律。

就如同小說中的角色一樣，這位希斯克里夫的膚色黝黑，一度讓人想到外國人。相較於克里夫在床上溫柔繾綣的風格，希斯克里夫就粗暴多了，他是被歸類於「重口味」的那一種客人。每一次都會鞭打男侍，甚至邊做邊勒住男侍的脖子。除此之外，他還很喜歡穿著軍服的男人。至少約翰每次接待他時，希斯克里夫都會帶來軍服要約翰換上，然後才開始辦事。

約翰曾經婉轉表示過自己已經是平民，不宜冒用軍人的服飾。不過希斯克里夫只是冷冷地盯著他，然後說：「這是命令，中士。」接著補上一句：「這又沒有軍徽章。」

這次，希斯克里夫也依然在克里夫光顧後的隔兩天晚上，走進俱樂部，點了約翰。

「您總是那麼準時！」約翰忍不住感嘆，「我就在想您也該來了。畢竟克里夫先生不久前才來過！也是巧合了，兩位的姓氏如此相像。」

希斯克里夫的目光閃爍。「你和克里夫提過我？」

「這倒是沒有！」克里夫從來不問他關於其他客戶的事情，而且，就算問了，約翰也只會敷衍過去。俱樂部規矩，不在客人面前提起其他客人的事。

「是嘛，我真希望之後有機會可以與那位克里夫先生會會。我們口味如此相似，應該能處得非常好。」

他們邊說話邊走進已經為他們保留的房間。希斯克里夫還是照常要約翰換上軍服，約翰也坦蕩蕩地換了。看見約翰身上的痕跡時，希斯克里夫的眼神瞬間暗了下來。

「這是誰留下來的？」他摸上約翰頸側的痕跡。有長眼睛的都能看出來，那是激情時才會留下的印記。

「呃，是克里夫先生前天留下來的。」約翰不明白希斯克里夫為什麼態度丕變。

身上帶著前一位客戶留下的印記去接待下一位客戶，這在他們業界中實屬正常。至於少數有潔癖的客戶，大多會採用預定方式，讓男侍能預先安排行程，確保接客時身上已經沒有痕跡，或者直接包養自己中意的男侍。但就他一向所認知的，希斯克里夫先前也沒有對他身上不時出現的指痕、掌痕有過任何意見。

希斯克里夫沒有說話，只是盯著那處吻痕，反覆用手摩娑著，摸到約翰開始覺得有些冷：「先生，可以讓我先把衣服穿上嗎？」他還沒換好全套軍服呢。

「不必穿了。」希斯克里夫面無表情地說。「今天就直接開始吧。」

希斯克里夫一向粗暴，但今晚似乎更甚。他首先使用約翰的口，每一下都幾乎頂到約翰的喉嚨，讓他想要嘔吐，接著，又在完全沒有做前戲擴張的情形下就直接進入。這是約翰第一次完全沒有感受到任何快感的接客經驗。

在以背後位的方式被操到出精之後，約翰又被希斯克里夫翻了過來。男人繼續壓住約翰，絲毫沒有收斂抽插時的力道。看著那冷漠的表情，還有死死盯著頸側吻痕的眼神，約翰竟然有種喘不過氣的感覺。

不妙，這很不妙。約翰想起了路易斯的客人為他爭風吃醋的舊聞，這該不會也要發生在他身上？不，不可能。希斯克里夫的眼神可和爭風吃醋完全沾不上邊。

那比較像是憤怒，深沉的憤怒，彷彿將來的暴風雨。

「希斯克里夫先生，您——」

「安靜。」希斯克里夫伸手扼住了約翰的脖子，「安靜，不要說話。」

他手上的繭磨過約翰的喉結，這讓約翰感覺到一陣冷意竄上脊背。而希斯克里夫的下一句話更是讓他渾身寒毛倒豎。

「克里夫在床上也忍受著你的多話嗎？」希斯克里夫再度摩娑起那吻痕。「我真不明白他為什麼會看上你，即使我睡了你那麼多次，還是感受不到你或其他人的魅力。我也一樣是軍人，是和克里夫平起平坐的軍官但他就不曾想要與我共眠。」

……不妙，很不妙，非常不妙。約翰咬緊牙關，繃緊了肌肉。希斯克里夫已經停下了抽插，但還在他體內，這不利於他起身反抗。

「你是怎麼誘惑他的？」希斯克里夫沉聲問道，他停下了撫摸，開始加重手上的力道。

約翰以前沒讀過多少書，不過經過俱樂部訓練，又服務過幾位醫生客戶之後，他知道壓住頸部動脈能讓人很快失去行動能力昏過去。就和當初安傑爾被客人掐住脖子一樣，只不過當時安傑爾在昏迷前拚命掙扎，誤打誤撞戳到了客人的眼睛，運氣好死裡逃生。他能自救的時間不多。

「我、沒有、誘惑他！」約翰說，開始掙扎。「你要是、喜歡他、直接跟他、說！」約翰盯緊了希斯克里夫的眼睛，他正因為約翰的話語而瞪大了眼睛，這倒方便了約翰使出攻擊。

一次，兩次，希斯克里夫慘叫著往後倒下去。約翰趁機把他從自己身上踢了開來，也顧不上自己還全身赤裸，抓了桌上擺放著的搖鈴就跌跌撞撞地開門逃了出去，搖響了求救的鈴聲。沒想到當時沙羅姆先生灌進他耳朵裡面的求救流程，居然真的有派上用場的一天。

「救命！有客人攻擊我！」

聽見鈴聲的僕役和其他值勤但還沒被指名的男侍很快趕過來，壓制住還想要撲上去掐住約翰的希斯克里夫。布朗經理也很快趕了過來。這是約翰第一次看見他露出明顯不悅的表情。

「……這位客人，想必您應該清楚，攻擊我們的男侍已經嚴重違反規則，屬於重大違規。您的會員證明將會即刻被收回。後續，我們將會有專人與您商討賠償事宜。」

「賠償？是你們的人攻擊我，應該是我向你們索取賠償才對！」希斯克里夫搗著眼睛咆哮。

「看來希斯克里夫先生的消息不大靈通，也對，畢竟您的注意力全在那位年輕的克里夫先生身上了。」布朗經理冷笑：「您也不是能收到卡文迪爾勛爵的邀請函的身分，難怪沒聽過最新消息……卡文迪爾勛爵的一位客人酒後玩得有些過頭，差點勒死了我們的男侍，只好賠償醫藥費和營業損失。大概有這個數目。」布朗經理伸出兩根手指頭晃了晃，「這還是看在卡文迪爾勛爵是老熟人的份上，我的老闆給了點面子。現在，您沒有喝醉，意識清醒……您覺得您該賠償多少呢？」

布朗經理又追加了最後一擊：「啊，該不會您想要以借錢為機會，藉此接近那位年輕的克里夫先生，才有此算計？但您也是軍人，堂堂正正與克里夫先生往來不就好了嗎？」

能留在維洛納俱樂部的男侍，就算天生不會察言觀色揣摩上意，也會被訓練得很能察言觀色揣摩上意。在場的男侍們很快就聽出了布朗先生話中的弦外之音：這位希斯克里夫先生恐怕是愛慕克里夫先生，卻又不敢靠近，只敢遠遠盯著。看克里夫睡了哪個男人，就模仿他，跟著去睡。

嗯，有些噁心。就算他們的愛好不能見光，但也不必如此。

「啊，難怪，您總是在克里夫先生拜訪之後才來。」約翰說，心裡一陣陣噁心，這些出身良好的軍官都是怎麼一回事啊？在處理情感方面一個比一個糊塗。前有抗拒不了誘惑，把墮落責任推給別人的小少爺；後有不敢接近暗戀對象，只敢偷偷摸摸關注行蹤，和暗戀對象睡同一個男人的瘋子。這就解釋了為什麼希斯克里夫在看見吻痕之後會突然態度改變。

嘖，這化名還真的沒有取錯，簡直和小說中的希斯克里夫一樣狂暴。

身為受害者，約翰很快就被帶離現場。布朗經理也很快發來了處置，他讓約翰暫且休息不接客，就像當初的安傑爾一樣。約翰本來還想拒絕，他可是軍人出身，不像安傑爾那樣嬌弱。不過當天晚上，他就作了惡夢。

夢裡，克里夫和希斯克里夫的身影交疊在一起。他們激情相擁著，不時還和約翰對視，神情充滿挑釁。接著一雙大手按在約翰的脖子上，他可以聽見希斯克里夫的低語：「把你掐死了，就沒有人能知道我和克里夫之間的事。」他尖叫著醒來，發現自己全身冒汗，這才不得不承認，他的確需要休養。

接下來幾天，約翰好幾次夢見自己被掐死。為了能安穩入睡，他在安傑爾的建議下試過好幾種方法，數數、薰香、甚至是喝酒，喝酒最為有效，但約翰並不想要就此開始依賴酒精。因為喝酒之後，雖然他的確能夠入睡，但也只有在上半夜還算安穩，到了下半夜，他還是有一點動靜就會醒來，而且呼吸與汗水裡總帶著酒精的氣味。那種氣味只會讓他想到倒在街邊的醉漢。

嘗試過數種方法無效之後，約翰乾脆重新拿起了聖經，重新開始祈禱。自從他發現自己喜歡男人，而這是為教會所抨擊的罪惡之後，他就很久沒有祈禱了。畢竟，都已經是罪人了，還幹嘛做這無用功？

沒想到這卻有奇效。

約翰躺在床上，緊閉著雙眼，默念禱詞，努力讓自己入睡。渾渾噩噩之間，他似乎見到了老家教區的那位牧師。那是約翰第一次心動的對象。當時他還懵懵懂懂，不明白雞姦究竟是什麼意思，只知道每次看到那位牧師，他就會心跳加快，目光無法從牧師身上移開。牧師的氣質儒雅，最重要的是他很有耐心，哪怕是老婦人翻來覆去沒有新意的念叨，牧師也會認真傾聽。陽光斜斜照下，在牧師的側臉鑲上一圈金色，深邃的輪廓，總是帶笑的嘴唇。同年紀的男孩們會私下討論最想要親吻哪一個女孩，而約翰當時最想要親吻的對象就是牧師。

那時候他也不知道從哪裡長出的膽子，竟然敢向牧師吐露初萌發的情思。而牧師聽完之後竟然連眉毛也不挑一下，而是邀請他在教堂附設的小辦公室裡面坐下，替他泡了一杯茶，然後仔細和他聊了一整個下午。

沒有斥責，沒有引經據典，不過確實有長篇大論。

「我不會去跟你父母說這件事情，這對他們而言可能太……嗯，難以接受了。不過我在你這個年紀的時候，也曾對同性產生仰慕之情，所以我大概可以理解你，孩子。不過我現在喜歡的是女性……扯遠了。回到正題。在你這個年紀，孩子，仰慕甚至愛慕某人是很正常的，但你要留意，這種仰慕到底是在什麼情況下滋生的？你與你仰慕的對象力量是否相等？雖然有種理論說這是天性，無可逆轉，不過，目前的有利理論是，這種傾向可能是後天形成的，是道德敗壞的象徵——畢竟最常見的案例，都是上流社會的年長男性掌握主導權，而勞動階級的年輕男性屈居於下風。有些人被強迫著，最後反而成為了習慣。」牧師頓了頓，似乎是在斟酌著該如何開口，然後說：「就我所知的案例裡，有些男孩才十四、五歲，腳踏實地靠自己勞力賺取正當報酬，卻只能勉強餬口。而此時，衣冠楚楚的惡魔拿著金錢誘惑……」

「您不是惡魔！」

「……對，我可能不是，但有其他人會是惡魔。甚至有敵基督，言必稱聖經，卻行那與上帝旨意違背之事。你且聽我說……」

談話的最後，牧師把手掌放在約翰的額頭上。「聽不懂沒關係，記下來，往後你會慢慢明白的。」

而現在，他又見到了這位牧師。他已經長高、長壯了許多，而牧師卻還是當初第一次登壇講道時的外表，一頭濃密黑髮，皮膚光滑無瑕。但算一算年紀，他應該要頭髮斑白、滿臉笑紋了才對。

「牧師。」約翰聽見自己說：「雖然繞了點路，花了點時間，但我現在好像明白您話語中的意思了。」

「能明白就好，孩子。」

「他們說這是天性，但有些人卻是別無選擇而違背天性走上此道，有些人聲稱是順從天性卻行不法之事。」比如那個差點掐死他的希斯克里夫就是後者。至於前者嘛……嗯，約翰在軍中也有看過這樣的案例。比較瘦弱的新兵為了不被欺負，用身體去討好強壯的老兵，好取得庇護，不過那位新兵實際上是愛好女人的；再者，他的天性不是受虐，卻還是走上這條路，也可以算是一個例子。

「說得好，你長大了。」

「那麼我該怎麼辦？牧師，我確定我天性如此，但我不確定是否想要繼續在這裡待下去。」他不想有命賺沒命花啊。

「那就再好好想想，保護自己。記住，在你生命的最後時刻，那時只會剩下你自己直面上帝。想想，那時你會想要如何向祂稟報你一生所行之事。」

「我……」約翰正想向牧師詢問其他問題，就聽見朦朧霧氣中傳來一聲呼喚：「嘿！約翰，醒來！快醒一醒！」

宏亮男聲打碎夢境。約翰睜開雙眼，發現自己不知何時背上出了冷汗，同時還大口喘息著，就像是剛在軍營中完成加倍訓練一樣。「安德魯？我、我睡了多久？」他看安德魯的打扮，是待客時的裝扮，一時之間分不清楚現在是整裝待發的傍晚時刻，或是天光大亮後結束營業了。

「你已經睡一整天了，從昨天晚上開始睡，現在我都要去接客了。我幫你拿了晚餐。」安德魯指向桌上的托盤，「你是又夢見那個軍官了？」他指的是希斯克里夫。

「不是，夢見了其他事情。」

「唉，不用擔心我笑你。你差點被他掐死，作惡夢也很正常。我老家有個退伍士兵，是跟威靈頓公爵一起打過拿破崙的老兵，到現在一遇到打雷還會嚷嚷說法國人打過來了。」

約翰不想在夢境方面的話題多加著墨，含糊應付過去之後就起身吃他今天的第一頓飯。邊吃，約翰邊回想著夢境，在參軍認識眾多優質男性之後，鄉村牧師這個姑且算是初戀的男人已經被他拋諸腦後了。為什麼他今天還會夢到那場對話呢？而且，他甚至還夢到自己和牧師問答探討著自己現在的處境。

所以他……其實，是想要離開俱樂部的嗎？明明他覺得身為男侍的職業生涯才剛開始而已，他竟然已經想要離開！

心算了一下剩餘的債務，約翰決定還是再繼續待一下下。一下下就好。一找到適當時機，他就會離開的。

章節之間

（四）

19th Century
London
Male Prostitutes

他生病了。其實在寫完「草地上的午餐」那一個章節之後，他已經有些身體不適，直到接續完成了被題名為「債務」、「長官」的章節，他就開始發燒。他的伴侶為此先是自責，覺得是因為自己的要求才讓他拚命寫作，弄壞了身體；接著又開始抱怨他，這麼大一個人了，還不會照顧自己。

但他知道，這與他的作息無關。寫作期間，他的作息依舊頗為規律：六點起床，擦澡、盥洗，先看過一回昨天寫作的稿件，將要修改的地方以紅墨水標註之後就下樓吃早餐。上午處理生意，中午與生意伙伴吃頓便飯，下午三點左右將一切事務收尾之後就回家，開始動筆寫作。晚上大多十點就睡了，如果有人邀請他參加舞會、晚餐或觀看戲劇，那就另當別論，視情況可以熬夜到凌晨兩三點甚至太陽初升才回家。不過這種情況頗為少見，他已經不是俱樂部的男侍，只是一個小商人，參與這類貴族活動的機會相較當年大為減少。再者，他也有了些年紀，白天又要勞心勞力主持生意，不像某些不事生產的貴族老少爺們，即使中年了也依然活力充沛，還能蹦幾個私生子出來。

他甚至已經好一段時間沒有和愛人上床。他的作息完全可以說是健康過頭了。現在病倒，他知道，完全就是因為他心裡有事情。

他以為這麼多年過去，他總算能用比較淡然的態度來回顧當時的事情，但事實證明，他還是辦不到。

在那次「草地上的午餐」之前，在遭到客人扼頸之前，他並不知道，性事可以以這樣的方式失控。他們，這群喜愛同性、共享著為大眾不容的愛好的男人，難道不應該是互相協助彼此嗎？

事實證明，現實並不如他所想，在那之後還有更多證據。而在多年之後，他還是會因此恐懼。哪怕以化名的方式書寫當時的情景，淡化、刪除了部分事蹟，可落筆之時他還是會顫抖，甚至想要嘔吐。

那些他以為已經淡忘的細節，在他為了寫作而試圖回憶時，全部洶湧襲來。春天的草香與花香中混入了鮮血與烈酒，彷彿刺破鼓膜的呼喊、被撕成碎片的綢緞、像要把他內臟也打爛的激烈搏鬥。陷入肉裡的綁繩磨破肌膚，血珠沁出，黑暗之中，汗水和精液的氣味越發鮮明。骨節分明的大手掐住他的脖子，厚厚的繭磨過他的喉結，壓住頸側的動脈，夾雜著濃重酒氣的吐息拍打在他臉上。『中士，這是命令，』他說，『服從吧。』他不斷被推到不同男人的懷抱之中，就如同一只酒瓶被互相傳遞，腰上與腿上都被掐出痕跡。到後來，他覺得自己就像是顆爛熟的果子，輕輕一碰就會噴出汁液。

他知道自己可以徹底將這段經歷略過不提的，也許根本沒有人會想要看到這樣的文字。這個圈子喜歡享受人生，追求感官刺激，他本可以仿效傑克．紹爾，只寫那些縱情狂歡的部分就好。但那不是真實，他必須寫出真實。寫給他的愛人看，也寫給可能會看到他文字、初入這個圈子的年輕人。

真實就是，所有的歡愉都與風險伴生，甚至可能是由黑暗深淵開出的惡之花。那些靡爛的生活方式之下，暗藏著無辜者的骨與血。

他曾經與惡為伍，在勸人向善方面缺乏說服力。但他還是想要一試，這是他的告解，他的贖罪。也許這來得太遲，也許根本沒多少人能看到，甚至領會他的用心，但他還是必須寫。

一如當年他老家教區的牧師所言，在生命的盡頭，只有自己與上帝的時刻，你過去的所作所為都會回來，讓你必須面對自己的內心。

當年他面對了自己的內心，知道繼續待在俱樂部之中，雖然能夠與相同愛好的人互相取暖，卻會不斷令他良心不安。這是年長男人對年輕男人的愛，他們說，但是他們口中所謂的「年輕男人」，有些人甚至還沒到可以入伍的年紀。

所以他離開了，也幸好他離開了，才有這個機會能找到愛人並與之相伴到老。當年他的同袍與俱樂部同事，不是每個人都能活到他這個年紀。他們或死於戰場，或死於酒後落水，或死於賭桌上的爭執；有些人僥倖存活下來，但也是滿身傷病。

所以他更需要寫，寫出那個地下世界在浮華奢靡之外的另一副面孔。如果將那部分隱去不提，這個故事就不會完整。

第十三章
辦公室

19th Century
London
Male Prostitutes

雖然心底頭一次升起離開維洛納的想法，約翰並不急著付諸行動。他還有債務要還，而且即便離開後不另尋出路，直接回到家鄉，他也得積攢一筆路費和積蓄。離家這麼多年，他總不能兩手空空回家。

不過在差點被希斯克里夫掐死之後，他開始思考減少接客頻率的可能性。只是，如果接客次數少了，這少了的收入該從哪裡補呢？

他還沒琢磨出出路，就先聽見了湯瑪斯要引退的消息。

「你居然要引退？」

所有人對此都感到不可思議。湯瑪斯雖然長相和身材都不是最頂尖的，卻是他們之中學問最好的，好到他們覺得這人應該去讀大學，成為律師一類的專業人士，而不是在俱樂部裡面和他們廝混。也因為他的知性氣質，湯瑪斯一直有著穩定的客源，同時，他還協助布朗經理打理俱樂部的瑣事。當布朗經理必須外出時，往往由湯瑪斯暫時代替經理職務，而非其他的僕役。有生意，能打理俱樂部，年紀也還不算大。湯瑪斯完全沒有要在此時引退的理由。

「噢，有位客人想要帶我走。」湯瑪斯解釋著，態度悠閒，「我答應了。」

「你去求客人帶你走的？」

「當然不是。那樣就違反規定了。是那位客人主動要帶我走的。他要去印度，需要一位貼身祕書，來問我要不要考慮這個職位，我答應了。」

男侍們並不了解印度。他們只知道幾年之前，印度發生了兵變，當時約翰所處的部隊也預備著隨時被抽調到那遙遠的土地上。而後東印度公司從那塊大陸上撤離，帝國徹底接手了統治。棉布、茶葉、香料，源源不絕地遠渡重洋抵達倫敦，日不落帝國的心臟，供應著帝國居民的日常所需。還有珠寶，印度有著世界上最好的鑽石，還有紅寶石、藍寶石，在貴婦人的頸項、指尖與髮間熠熠生輝，為她們的絕代風華錦上添花。那裡豐饒富裕，但也危機四伏，疾病與衝突隨時一觸即發。而現在，湯瑪斯要到印度去？

「你確定要去那麼遠的地方？我聽說那裡還有不少野蠻人，湯瑪斯，你這樣可打不過他們。」

「你啟程之前抓緊時間和我們一起鍛鍊吧！這樣至少要逃跑時還跑得掉！」

「那客人怎麼會願意帶你過去印度？他還缺祕書嗎？」

男人們聊起天來也是七嘴八舌的，那喧鬧程度，完全不會輸給議論家長裡短的女人們。休息室中的氣氛立刻熱絡起來，還有人不知道從哪裡拿出幾瓶香檳，說是要給湯瑪斯慶祝，還起鬨著要湯瑪斯請客。畢竟，這可是一條比男妓更好的人生道路！

「行啊，我出發到印度之前一定請你們好好吃一頓。」湯瑪斯圓滑地回應。「也順便把幾位客戶交接給你們。接下來我得忙著打包，那幾位紳士的需求還得由你們來照顧。」

交接客戶？這不就代表，湯瑪斯手上那些替布朗先生打理的事務，也要一併交出去？約翰覺得自己似乎找到了一條出路。不只在減少接客的時候還能有些進項，等他離開俱樂部之後，也許還能找間小公司，當個小職員。待到這通宵的宴會散了之後，隔天，他便找上了湯瑪斯和布朗先生，表達了自己想要減少接客、同時協助處理俱樂部瑣事的意願。

布朗經理定定地看著約翰好一陣子，才開口：「懷特先生，您很大膽。」

「這一行就是需要一些大膽的人，不是嗎？如果不大膽，我一開始根本不會敲響這裡的大門！」

「這話也算有道理。」湯瑪斯挑了挑眉。「布朗先生，我看就讓他試試看？畢竟我們確實人手不夠，『親王』也說了，他現在手上沒有多的人可以抽過來。而且，接下來還要舉辦四年一次的仲夏宴。」

「這也得向上面請示過才行。仲夏宴茲事體大，不是隨便一個新人來就能經手。」

「也許『親王』就想要他經手呢？」湯瑪斯說：「畢竟他可是進來才不滿一年，就被塞去服務莫里斯先生了。還是『親王』親自引薦的。」

「……行吧。我問問看。」

「……聽你們說的，服務莫里斯先生好像是某種考驗，難不成那是某種忠誠測試嗎？」

「嗯，算是吧。」

事情比約翰所想的還要順利，過了幾天，布朗經理就來說接下來他的接客頻率會減少，不接客的時間就來辦公室裡幫忙，先從協助湯瑪斯整理文件和謄抄帳本開始。湯瑪斯也毫不手軟，從第一天開始就盡情使喚約翰。

看著字跡密密麻麻的帳本，約翰開始覺得頭痛。還是學生時，他就不怎麼喜歡數字，不過既然誇口要做了，他也只能硬著頭皮撐下去。抄著抄著，他開始有些走神，抬眼看向另一張桌子，只見湯瑪斯正專心致志地寫著信。一縷略長的金髮垂在他的頰側，綠眼色澤幽深如翡翠。嘖，那個要帶湯瑪斯去印度的官員真的賺到了。

一份薪水就讓人做兩份工作，白天辦公晚上陪睡。約翰的腦子亂轉著，突然想到了方才的對話。

「湯瑪斯，你剛剛和布朗經理說的仲夏宴是怎麼一回事？」

「喔，那個啊，是四年一次的宴會，只有俱樂部裡面最重要的一群客戶才能參加。你可以想像成是霍普先生宴會的豪華版，不過是從白天就開始進行，直到深夜足足一整天。通常都是在夏至那天舉辦。」

「所以今年就會舉辦？」

「不，明年。但差不多要開始準備了。這仲夏宴的準備足足要一年呢。」湯瑪斯說，接著開始描述那宴會有多麼豪華：彷彿取之不盡用之不竭的酒水與佳肴，觥籌交錯，男侍和貴客們都會戴上面具隱藏面容，在那天肆意交媾。另外，現場也會拍賣那一年新進男侍的初次接客。

「其實從現在開始收進來的男侍，在仲夏夜之前都不會出來接客。直到拍賣會才正式亮相。路易斯和安傑爾當年就是在仲夏宴上正式入行的。」湯瑪斯說。

也就是說，接下來這一整年，維洛納俱樂部都不會有新面孔出現，好吊足貴族老爺們的胃口。

「噢，那想必到時候事情一定會很多……聽起來你當初也有幫忙籌辦，我問你，有加班費嗎？」

「當然。還是雙倍。」

這讓約翰工作得更起勁了。

不過並不是所有事情都一帆風順。當約翰逐漸接過湯馬斯手中大半的事務時，布朗經理塞給了他一個重要任務：去勸說路易斯和安傑爾不要那麼快引退。

「引退？他們兩個也想要引退？」約翰聽到任務時愣了一下。路易斯是俱樂部頭牌，安傑爾的生意也不差，他們兩個和湯瑪斯都要引退的話……他想起這幾天看過的帳本，默默在心裡面算了一下損失——經過連續的算術摧殘，現在他的心算能力已經大有進步——接著忍不住倒抽一口氣。

損失慘重。特別是他們三人的熟客本來就是出手最大方的那幾位。

「我先前勸過他們，不過當時我語氣不好，所以和他們吵了起來。」布朗經理說。他陳述任務的方式就好像高級餐廳領班在報菜單和酒單一樣，柔和的語氣和態度令人忍不住想要點頭：對對對，是是是，把上面有的東西全部都給我來一份吧。

「所以我想請你替我走一趟，向他們致歉，還有轉達『親王』的意思……他希望這兩位至少能留到仲夏宴。」

「呃，請問一下，我可以把這個理解為如果他們想走，只要待到仲夏宴結束就可以走了嗎？」約翰說，同時開始思考該怎麼說服路易斯和安傑爾。這段日子裡，雖然他只偶爾看到艾斯卡勒和布朗經理商討事務，但這已經足以讓他明白一件事情：艾斯卡勒說的「討論」、「研議」、「初步看法」……不管套上怎樣的名字，從來就沒有轉圜餘地。只要說出口，就表示木已成舟，無可撼動。

「就是這個意思。」

「我試試……但不保證能不被掃地出門啊。」

「你只需要把意思傳達到就好。」

有了布朗經理的命令，約翰久違地來到了路易斯和安傑爾替自己置辦的房子。上一次他踏進這扇大門，還是男侍們為了慶祝安傑爾康復而在此舉辦的一場酒會。也正是在那次的酒會上，兩人隱約流露出了想要引退的意思。只不過，約翰沒想到這天會來得這麼快。

「你是替布朗經理來說服我們的吧？」三人相見，彼此都懶得互相繞圈子了。約翰拜訪時剛過中午，路易斯和安傑爾都是才剛起床。他們沒有穿著正式的見客服裝，而是在睡衣外面披上一件晨袍，並且直接請約翰到臥室與他們談話。他們的臉色蒼白，眼下有些青黑。約翰想起了最近偶爾在他們身上聞到的脂粉味道，他原本以為是因為這兩人經常需要穿女裝去赴宴，日子久了那味道也沾在了皮膚上。不過現在他想，那恐怕是因為他們最近都用脂粉修飾臉色。頂著現在這樣一張臉，確實無法吸引客戶青睞。

在來時路上，約翰想過很多說服兩人的策略，不過真到了要發揮時，他決定還是實話實說。路易斯和安傑爾都比他資深，口才都比他好，他幹嘛在這兩個人面前賣弄？要是他們誤解了怎麼辦？

「布朗經理對於向你們大吼感到很抱歉，然後他要我轉達『親王』的意見。『親王』說你們只要留到仲夏宴之後就可以走，到時候他不會挽留。」

「仲夏宴啊……是想要用我們再賺一筆？」路易斯閉上眼睛。「第一夜和最後一夜都要在仲夏宴上被拍賣，我們兩個可真榮幸，承蒙『親王』如此看重。這確實很有他的作風。」

「你真的相信他會放我們走？」安傑爾悄聲說。

「『親王』一向守諾，他不遵守承諾就沒辦法做這種生意，沒有人會願意掩護他。你想，如果我們一直放某位客戶鴿子，他還會繼續來俱樂部嗎？」

「也對。」

「只不過，安傑爾真的不適合繼續接客了。」路易斯撫摸著情人柔軟的棕髮，眼神愛憐，「約翰，當時你也在場，知道他受了怎樣的傷。之後只要是同時服務多位客戶，或者那位客戶身材特別高大，他就會害怕……」

「我知道。我也差點被掐死過。」

空氣瞬間沉默。約翰用舌尖頂著犬齒，輕微的疼痛感能讓他保持思緒清晰，他斟酌著該如何說服兩人。目前看來，路易斯是可以繼續執勤的，不過安傑爾就不一定了。

「……仔細想想，『親王』只是要求你們留到仲夏宴，但沒有規定你們在仲夏宴之前的接客頻率。」和湯瑪斯相處久了，這陣子一直聽他在耳邊分享各種工作和調停經驗，約翰覺得自己也開始變奸詐了。

「布朗經理沒有和我說為什麼一定要你們留到仲夏宴。不過，如果路易斯你的猜測沒錯，那就是要拍賣你們兩個人的最後一夜來最後大賺一筆……那麼，就有談條件的空間。」

「但他還是要接客，是嗎？」

「這我就不知道了，你得和布朗經理談。」甚至得和艾斯卡勒談。這就超過他的職責範圍了。「這是我唯一能幫你們想到的辦法了。」

「……路易斯，你不要又亂來。」安傑爾按住路易斯的肩膀。「不可以繼續幫我扛業績！你的身體會撐不住！」

「但是，要談判，總得有籌碼。你每次接客完之後都會作惡夢……」

「我可以！我可以撐住！作夢什麼的，吃點藥壓下去就可以了！但你不能繼續榨乾自己的身體！要是你生病了，我怎麼辦！」

看著這情侶鬥嘴的場景，約翰往椅子裡面縮了縮，盡可能減少自己的存在感。他可沒忘記聖誕節時兩人你儂我儂的場面。沒有人可以介入情侶吵架。其實如果可以，他很想現在就離開，但如今他的身分已經改變，不再只是單純的男侍，還代表了布朗經理，以及背後的艾斯卡勒。他必須在得到這兩人的回答之後才能回去。

雖然憔悴了，不過安傑爾哭起來的樣子還是很好看。現在他開始回憶過往，邊哭邊向路易斯訴說起他們以前相依為命的日子。說到一半，他似乎想起了約翰的存在，於是他轉向約翰，繼續說起他們一路走來有多困難。

俱樂部的男侍們各有各的過往，並不是每個人都願意提起。約翰也是第一次知道這對情侶的故事。

他們是在濟貧院中認識的。路易斯是父母雙亡，安傑爾則是父母健在，但一個酗酒一個酗鴉片酊，這樣的父母有和沒有一樣，兩個人自然都被送進了濟貧院。但眾所周知，濟貧院的環境甚至比監獄還要不如，不但被強迫工作，還吃不飽。因為個子嬌小，所以安傑爾在育幼院裡一直被其他孩子欺負，甚至連食物都被搶走。找育幼院院長和保母們主持公道？笑話，請他們主持公道，還不如向上帝祈禱。至少，如果祈禱文背誦得好，那些保母也許會看在他們乖巧的表現上給他們多分一杓湯。

在安傑爾經常挨餓時，是路易斯與他一起分享食物。在安傑爾被毆打時，是路易斯挺身而出。而最後，在那個負責經營濟貧院、道貌岸然的院長，把手伸向安傑爾時……

是路易斯，代替了安傑爾。

兩隻被拋棄的雛鳥互相依偎取暖著長大。當他們大到足夠自力更生時，就手牽手逃出了濟貧院。兩個半大不小的少年在街頭晃蕩，很快就被犯罪集團盯上，要將他們收歸麾下。他們成為了扒手兼瑪莉安，就這樣過了幾年半流浪的生活。

有一次，他們想要扒竊一位紳士的錢包，卻徹底失手，反而被那位紳士與他的男僕抓獲。而那位紳士，正是艾斯卡勒。艾斯卡勒審問過他們之後，卻沒有將他們扭送給警察，反而向他們伸出了援手。至少，他們當時以為那是援手。

約翰突然想起他前陣子的夢境。這是不是就是牧師在夢中和他說的，「拿著金錢誘惑男孩、衣冠楚楚的惡魔」？那幅畫面很輕易就浮現了出來：身穿一身黑色長大衣的艾斯卡勒手持金柄劍杖，在霧氣濃重的街頭巷尾間漫步，神出鬼沒，當遇見衣衫襤褸但容色驚人的男孩時，就掏出塞滿金幣的錢包誘哄男孩跟他走。就好像花衣吹笛手引誘整個村鎮的孩子一樣。

艾斯卡勒將他們從街頭帶離，交給布朗經理和沙羅姆先生進行精心教育。那時候他們大概才十四、五歲，而當他們一滿十八，就被送上了仲夏宴的拍賣臺，成為男妓，最終成為了維洛納俱樂部的頭牌。

這樣聽起來，就彷彿艾斯卡勒和布朗經理是他們的大恩人。不過約翰現在已經可以聽出話中的弦外之音了，一來就是他們早年待過濟貧院，身體本來就不好，之所以會引退也是因為身體開始撐不住了；二來則是算清楚了他們與俱樂部之間的

「債」。艾斯卡勒養了他們三年，而他們現在也已經為俱樂部工作超過了三年，可以兩相抵消了。

「……嗯，我明白，你們一路以來辛苦了。不過這不是我能決定的事情。我……只能把你們的答覆轉告給布朗經理。」然後由布朗經理轉告給艾斯卡勒。他就是個人微言輕的男妓兼辦公室助理而已。

「你——」

「安傑爾，省點力氣，不要吵了。約翰說的沒錯。他無法承諾我們什麼。」路易斯拍了拍安傑爾的頭。「一切得等談判之後才能塵埃落定。你繼續好好休養吧，放心，如果『親王』是要拍賣我們的最後一夜，可能還會反過來減少我們在仲夏宴之前的接客次數……畢竟物以稀為貴。」

約翰不清楚路易斯最後是怎麼和布朗經理談判的，不過最終結果還是符合了艾斯卡勒的要求。路易斯與安傑爾不會立刻引退，他們在維洛納的最後一夜，就是仲夏宴那夜。而賓客們也將現場競標最後一次與他們共度春宵的機會。

這布朗經理第一次交給約翰獨自辦理的任務，姑且也算是圓滿結束了。

約翰的第二次任務，是去向一位莫寧先生催帳。

「這位莫寧先生是我們的客戶嗎？我似乎沒有在帳本上面看到過。」

帳本上面會記載著俱樂部的各種開支，還包括了收入是來自於哪位客戶，而那位客戶當時又是睡了哪位男侍。約翰不記得自己有看過這個姓氏。

「那不是客戶。」布朗經理說：「那是『親王』底下的另外一家店。現在是他固定把帳目交上來，讓我合帳的時候了。你去催一催。」

約翰照著布朗先生提供的地址，來到了一家看起來有些陳舊的菸草店。櫃臺處坐著一位大腹便便的中年人，一臉了無生趣的表情，看到約翰進店也不起身招呼。

「我想要你們的一款菸草。」

「你要什麼？」

「晨曦。」約翰說，向男人展示了自己的懷錶。在他「入職」時，就已經拿到了渡鴉懷錶，不過直到現在才有機會向別人展示它。

中年人總算起身，拖著腳步帶著約翰穿過狹窄走廊，來到最裡面的辦公室。「老大，維洛納的人來咧。」

催帳該有催帳的氣勢。約翰直接大步走進小辦公室，就撞見一個年輕男子正纏在被喊做「老大」的魁梧男人身上。「真的不行真的不行！我就是交不出保護費！拜託再給我多一點時間！不然，肉償也可以！」

「你那副身體能值多少錢？五英鎊？十英鎊？滾滾滾，不要妨礙我工作。啊，懷特先生是吧！不好意思讓你看笑話了！」

約翰的眼皮跳了一下。這年輕男子的背影，他有印象，等到人一轉過來，約翰也立刻明白了這似曾相識的感覺從何而來。這不就是當初那個想要靠著豔聞敲詐他，但後來被湯瑪斯反恐嚇的小伙子嘛！他記得，這個人是街上瑪莉安的一員。怎麼會在這裡？

「我來拿帳本。」約翰言簡意賅。

眼角餘光中一個身影晃過，下一刻，先前還在糾纏莫寧先生的年輕男子就撲了過來，抱住了約翰的大腿，開始他的嚎啕攻勢。翻來覆去那幾句話，大意就是他交不出規定額度的保護費，請求延期或者用身體償還。

「……規定就是規定，我不是能決定是否破例的人。」約翰非常努力嘗試把腿抽出來。「莫寧先生，帳本。」

「好的，東西都在這裡了。」

約翰低頭快速翻閱過帳本，確定沒有缺頁的情形。年輕男子的聲音逐漸讓他覺得聒噪，他實在忍不住，說了句：「哪有什麼交不出保護費？把你向人敲詐勒索的收入撥一些出來就行了。」

「你說什麼？這小子還搞敲詐勒索？」莫寧先生立刻瞇起眼。

「沒有！我沒有！那都是以前！我現在沒有了！」年輕男子立刻喊冤：「自從差點敲詐到渡鴉那群人身上後，我就沒有幹這種事情了！不然……我怎麼會交不出錢！」

「呵呵。你以後也不用交了。我們要撤回對你的保護。你以後在街上賣屁股時自求多福吧。不會再有人替你通風報信，也不會有人在你被警察抓住時去撈你了——閉嘴！再吵，你就連瑪莉安都當不了！」

——所以，莫寧先生這門生意，是替瑪莉安提供保護？這就是布朗經理口中，艾斯卡勒的「另一家店」？

約翰心中起了懷疑。他還記得面試時，布朗經理談起瑪莉安時那輕蔑的口吻，俱樂部中其他男侍對瑪莉安也是類似的態度。輕視，不屑，如果他們想要換個口味時也許會去玩一玩，不過絕對不會與瑪莉安平起平坐。

畢竟交際花從來不會覺得自己與流鶯是同一個檔次。

「你們的糾紛，你們自己處理。我只是個來拿帳本的。」

抱持著懷疑，約翰上了馬車。想了一下，他吩咐車夫多繞個幾圈，他則就著車窗透入的微弱光線，開始進一步查看莫寧先生的帳本。布朗經理說要合帳，但他在謄抄帳本時從來沒有看過相關的紀錄，約翰猜測，之後他可能根本碰不到這帳本。

他想要看一看，這「另一家店」到底是怎麼一回事。

莫寧先生的字跡有些潦草，約翰花了一番功夫，也只翻看了幾頁。不過那幾頁也足夠膽戰心驚了。莫寧先生的記帳方式與布朗經理很相近，每一筆保護費都記錄著是從哪一位男妓手中收到的。寥寥幾頁，就出現了幾十個名字，約翰快速估算了一下——考慮到後面還會出現其他新的名字——莫寧先生可能掌握了街上將近四分之一或三分之一的瑪莉安。這個數字可不小。

艾斯卡勒的生意，到底有多大？

約翰帶著帳冊踏進辦公室時，卻見到一名中年婦女帶著一個少女和一個少年，正在和布朗經理談話。少女和少年都有些瘦弱，一副營養不良的樣子，不過眼神靈活，如果好好照顧，兩人都會是個美人胚子。中年婦女穿著一襲深色連身裙，神情嚴肅，看上去會讓人想到女家庭老師。沒多久，她就結束了與布朗經理的談話，留下少年，帶著少女離去。

他們沒有刻意迴避約翰或壓低聲音，因此，約翰從頭到尾都將對話聽得一清二楚。一等到布朗經理叫來僕人把孩子帶走，他立刻開口發問。

「……『親王』底下還有僱用女人的妓院？」

「有，當然有。我們有些客人，無論是男人的後庭還是女人的前徑都喜歡。既然要做這門生意，那就乾脆男女兩種生意都做了。別讓客人去別人的店裡花錢。」

「……『親王』底下的妓院跟維洛納是走同樣路數的？我看剛剛那位夫人，看上去不像是老鴇，反而比較像是女教師。還是……高級妓女和街頭流鶯都一把抓？」

剛才那中年女子和約翰印象中的老鴇完全不一樣。在約翰為數不多被同袍拉去光顧妓院的印象中，老鴇應該要濃妝豔抹，身上充滿嗆人的廉價脂粉與香水的氣味。畢竟，相較於男妓，一般妓院的競爭更加激烈，不是每個妓女都能成為小仲馬筆下的瑪格麗特，穿著白裙配戴著茶花出入劇院。

「街頭流鶯太難賺了，不划算。」布朗經理撩起眼皮看向約翰，一臉似笑非笑，「你也看過帳本，知道瑪莉安的收入，流鶯比瑪莉安還不賺錢。偶爾跟他們買買情報還行，控制就算了。」

約翰認得布朗經理那表情，根據湯瑪斯的解說，那代表著「有想說的事情一口氣說完，快點結束對話，別煩我」，他趕快問出心中疑問：「那個孤兒……就這樣歸我們了？」

約翰回想著那個被留下來的少年長相，猜想他是否會成為仲夏宴上被拍賣初夜的男侍。少年的眼睛很漂亮，下顎線條也很好看，雙唇厚薄適中，以後會是個不輸給路易斯的美男子，就是現在還太小了些……維洛納的男侍們都是已經成年的男性，路易斯和安傑爾雖然沒到法定成年年紀就入行了，不過入行時他們也已經年滿十八歲。但少年看上去才十二、三歲，還要多養個幾年。想到那名少女被老鴇帶走時回望少年的眼神，他莫名有些罪惡感。他們應該是手足，就這麼被拆散了。

「對，歸我們了。」

「那麼，這個孩子該住哪裡？要由誰來訓練？」

「他的住處我已經親手安排。至於訓練，還不用，等把他養胖一點再說，不然也撐不住訓練。而且他現在摸上去都是骨頭，抱著不舒服，沒有客人會想要。」

布朗經理的回答合情合理，不過幾天之後，約翰並沒有在宿舍中看到那名少年的身影。他問了布朗經理，只得到了「另有安排」的回答。不過，根據路易斯和安傑爾當初透漏給約翰的回憶，他們可是一開始就住在了維洛納的宿舍裡。

那麼，布朗經理的「另有安排」，是把人安排到了哪裡？

第十四章

漂亮男孩

19th Century
London
Male Prostitutes

約翰還沒想出布朗經理究竟把少年安排到了哪裡，就受到了另外一波衝擊。在少年被留在維洛納的幾天後，卡文迪爾勛爵，這位有名的花花公子在布朗經理外出時大搖大擺地走進了布朗經理私下與客人談話時使用的招待室，一屁股坐下來，跟約翰說：「你們的經理呢？幫我轉告他，我想要買幾個新的漂亮男孩。之前的那幾個已經有些膩了。」

買？約翰想到那次「野餐」時隨行的四位少年僕從，當時他以為那四個少年只是聘僱來的一般僕從，只不過因為勛爵的祕密愛好所以多了一樣「工作」要負責。這年頭，大多數人還不到二十歲就開始工作了，十二、三歲就開始當學徒的大有人在，畢竟讀書太貴了。在約翰出生以前，甚至還有年紀更小的童工——不到七歲，就得去掃煙囪。現在回想起來，那些男孩的皮膚確實有些過於細緻，並不像真正的僕役。真正的男僕不會有那麼光滑的雙手，因為他們的工作內容包羅萬象：擦銀器、擺設餐桌、服侍用餐、搬運主人外出時的各種行李……這下一切真相大白了，原來，那些少年是買來的。再仔細一想，少年僕從之中有一人頗有異國風情，該不會……是從國外進口的？

而且，勛爵還是和維洛納俱樂部買的？他怎麼從來沒有聽到其他人提過？就連湯瑪斯交接工作時也沒有跟他說過！

即使約翰不算了解法律，但不需要特別深造進修也知道，經營妓院與涉及人口販賣，這是完全不同檔次的事情。他趕緊低下頭，掩飾著因為震驚而有些扭曲的表情。

「還有，這是急件。下週我要辦宴會，有幾個新客人需要招待，大概需要……四個吧。」看見約翰低著頭，卡文迪爾開始不悅，「你有聽到我剛剛說的話嗎？」

「有的。您要四位漂亮男孩，下週以前要送到。我會轉告給布朗經理的。」雖然心神大亂，約翰還是順著卡文迪爾的話回應。「請問還有其他要求嗎？」

「嗯……我要兩個金髮的，另外兩個髮色瞳色不限。有才十四、五歲的更好。」卡文迪爾還真的提出了要求，約翰心中突然浮現了一個有些荒謬的聯想：好像小女孩在挑選人偶一樣。

「好的，兩個金髮，兩個髮色瞳色不限。以十四、五歲左右為優。」

「記住！我下個星期就要，所以你們得趕快把人送過來！」

約翰送走了今天匆匆上門的卡文迪爾勛爵，回到辦公室，瞬間腳軟，倒在了他自己的那張高背椅上。

十五歲……十五歲！男性可以服役的法定年齡也只是十七歲！約翰以為相較於進入維洛納之前，他已經變得見多識廣了，沒想到竟然還能有讓他目瞪口呆的事情發生！

他幾乎是一到可以從軍的年齡就離開家鄉去闖蕩了，也大約是在入伍前後的十七、八歲失去前後兩邊的童貞。一直以來，和約翰發生關係的大多是成年男性，偶爾有十七、八歲左右，雖然還沒到法定成年年齡，但也已經可以服役的少年。小於這個年齡的少年，在約翰看來都還是孩子，不可任意出手，最多欣賞一下他們的臉蛋，想像一下他們徹底長成之後的美貌。

但卡文迪爾開口就是要買十五歲的少年，一口氣要了四個，指定了髮色，還說「之前的那幾個膩了」，就彷彿是在餐廳裡面點菜一樣。

他突然有點難以呼吸。原本以為是「招待高貴紳士們的俱樂部」、「心靈綠洲」，這些稱呼突然有些惡臭難當，散發著硫磺的氣味。

而且，連人口販賣的勾當都敢做，艾斯卡勒的生意規模到底有多大？他如果想要離開俱樂部……真的能離開嗎？特別是，在他接觸了帳本和其他文件之後？

湯瑪斯是真的成為了文官的貼身祕書，跟著遠渡重洋派駐到印度嗎？

布朗經理很快就回來了，聽見約翰轉達的需求後，他沉吟了一下，然後說：「派人給勛爵送信，說金髮的沒有了，不過有一批外國貨。如果他方便，請他後天來挑。」

「……好的，明白了。」

「你看起來有很多問題想問。」約翰轉身正要去下達指令時，布朗經理開口了：「問吧。」

「……」他能問些什麼？他該問些什麼？

「……湯瑪斯交接工作給我時沒有提到會有人來買漂亮男孩。為什麼？」

「因為那本來不是該給你負責的工作。你去年才來俱樂部。」布朗經理頓了頓，「不過既然你碰巧遇到了也沒辦法，就當提前適應吧。後天如果勛爵要去挑貨，你也一起來。」

當天晚上，約翰又夢見了牧師。牧師一臉悲憫看著他：「孩子，你想清楚了嗎？你還要繼續待下去嗎？」

「我不想要繼續待下去，但我必須待下去。牧師。」他說：「我有債務，還沒有還完，這是最快的方法。這樣我才不會連累到父母。」在親自見過債主本人之後，約翰明白，他絕對不會想要向莫里斯賴帳。

「金錢真的如此重要嗎？」

「重要啊，牧師。金錢才可以為我買來麵包。」

「重要到讓你甘願接受沾染罪惡的錢？」

「我……」他沒有答案。他不想回答。

約翰傳信的當天晚上，卡文迪爾勛爵就派人傳來口信，說他要實地挑貨。到了實地挑貨的當天，約翰第一次與布朗經理坐上馬車一同出門，搖搖晃晃來到了東倫敦。

「我以為，挑貨的地點一樣會在西倫敦。」畢竟那裡才是富人區，是維洛納主要客群的聚居地。相形之下，東倫敦就比較混亂了。難怪布朗經理特別叮囑他，雖然要面見客戶，但不用穿上太好的衣服。「不過，晚上跑到東倫敦來，會不會太危險了？」

「把全部的『貨物』都放在西倫敦還大白天活動才是太危險。正是因為這裡混亂，才比較好掩護出貨和進貨。」

聽著布朗經理的用詞，約翰內心越發不舒服。

他們很快就和卡文迪爾勛爵會合。這也是約翰第一次看到卡文迪爾穿得如此樸素低調，不比先前彷彿花孔雀一般的打扮。

「挑貨」的地點是一棟低調樸實的三層樓宅邸。打開三重鎖，走進大門，約翰發現這裡別有洞天。厚實的地毯，高掛的吊燈，還有大面鏡子與插花花瓶，無一不是在模仿貴族宅邸的裝潢。「讓那些孩子早點適應環境。」看見約翰四處打量，布朗經理輕聲解釋。「先習慣了，才比較好適應貴族家的生活。」

——那還真是謝謝您的體貼啊。這是約翰瞬間冒出的想法。

負責照顧和看守的人早就有了準備，將已經可以接受挑選的少年們聚集到了最大的房間之中。約翰一踏進去，入目的便是滿目肉色。

少年們或是全裸，或是半裸，大約十來個人，全部都站在房間正中央等著被挑選。約翰快速掃過一眼，最小的孩子可能才十二歲。大約是，剛來初精的年紀。

他默默咬緊牙根。

卡文迪爾已經開始挑選起他想要的漂亮男孩。他在列隊的男孩之間逡巡著，目光緩慢掃過他們身體的每一個部位，從頭髮到腳趾都不放過，就好像是在用眼睛品嘗他們的美麗肉體一樣。有幾個少年羞澀地摀住了生殖部位，又在看守人的喝止下心不甘情不願挪開了手。

「經理，我記得你們是可以試用的吧？」

「看您對試用的定義是什麼。您必須先買下才可以使用，但如果現場用過後覺得不滿意，可以還給我們。我們提供部分退費。」

約翰就看著卡文迪爾抓出一把大面值錢幣交給布朗經理後，直接拉了一個褐髮少年出列，然後開始驗貨。沒有到另外一間房間，沒有到床上，直接在這個還有著其他少年的房間裡面，讓「被試用」的少年以手撐牆，接受著被買下之後的第一次侵犯。看守人甚至及時遞上了潤滑用的冷霜。如果不是怕動靜太大，約翰想，以維洛納俱樂部一貫的貼心程度，搞不好還會提供皮鞭或其他道具。

被拉出列的少年大約十五歲，臉上還有沒完全消掉的雀斑。聽著少年的哀號，約翰垂下眼，專心研究起了地毯上的花樣。沒多久，他發現，聽著那少年的哀號聲，和肉體碰撞的聲音，他居然毫無反應。

心中瞬間閃過一絲慶幸，接著，他又想到了安傑爾脖子上的勒痕。

被買走的漂亮男孩是在廢奴法案通過之後，以變形姿態在陰影中生存的奴隸。他們不像仍保留自由身的男侍們。如果遭受了毆打與虐待，他們沒有任何方法可以求援，也沒有任何自保手段。

如果他們像安傑爾一樣，被主人掐住脖子……約翰努力想把湧上的噁心感壓回去。他朝布朗經理瞥了一眼，見經理也正垂著眼睛，對周圍動靜置若罔聞，他偷偷從口袋中掏出糖果盒子，含了一塊糖。甜味很快緩解了噁心。

不過接下來的動靜他就無法忽視了。

尖銳的哭喊聲由遠至近。接著，一個細瘦身影闖進了大房間。約翰自認認人功力普通，不過他還是第一眼就認出了那個小小的身影。這不是前幾天才被帶到俱樂部的小少年嗎？

布朗經理怎麼會把人安置到這裡？

再定睛細看，約翰立刻把嘴裡的糖吐了出來。

少年沒有穿衣服，赤裸的細皮嫩肉上布滿著紅痕，那是所有維洛納男侍身上都有出現過的痕跡：吻痕、掐痕，甚至還有幾道疑似是鞭打的痕跡。大大的眼睛裡面滿是這個年紀不應該出現的恐懼。最重要的是他口中不斷叫喊的內容：「血！血！有壞人把東西插進我屁股裡面，我的屁股流血了！我會死掉！」

這就是，布朗經理所謂的「另有安排」！

難怪他在宿舍中沒看到小少年，因為從一開始，這位小少年就注定是要被賣出去的貨品！

小少年的哭喊引起了騷動，原本安安靜靜列隊的男孩們露出了恐懼的神色，有些甚至開始哭，即使看守人喝止也沒有多少效果。約翰覺得喉頭一陣陣發酸，他想吐，卻又吐不出來。

——在今天之前，到底有多少少年遭受了類似的待遇？維洛納又到底賣出了多少漂亮男孩？再想起卡文迪爾勛爵掏錢時的豪氣樣子，還有那金額……約翰感覺到身體一陣陣發抖。

多少貴族涉及在其中？

他摀住嘴，不再朝那片肉色投去任何一眼，直接衝出了門外。

第十五章

告解

19th Century
London
Male Prostitutes

此時已經是深秋。好巧不巧，又是大雨滂沱。在深秋的雨夜，一個人獨自走在東倫敦的街頭，並不是什麼明智的選擇。約翰是從那「倉庫」衝出來之後，才意識到了這點。

雖然他已經特別穿上最不起眼的衣服，不過東倫敦夜巷中的歹徒可不會只挑有錢人作案，他們連流鶯接客後的微薄收入也能下手搶奪。而且，約翰身上也還是有值錢物品的，就是那枚代表維洛納俱樂部、有著渡鴉圖案的懷錶。

現在那懷錶在他口袋裡面沉甸甸的，還彷彿在發燙，壓得約翰喘不過氣。可理智告訴他，不能直接把懷錶丟棄。至少不要在東倫敦拿出來。

他仰頭看了看街頭的煤氣燈，立起了大外套的領子，開始撿著明亮的地方走，快步往西倫敦的方向走去。

他現在只覺得腦袋一片混亂，非常亂，他必須找到一個足夠安全的地方好好理一理思緒。

不知道走了多久，約翰隱約聽見大雨之中似乎有人在喊他。約翰回頭，卻看見埃瓦松子爵向他跑過來，身後綴著埃瓦松夫人和一串僕人。

「你在這裡做什麼？約翰，你怎麼會把自己弄成這副樣子？」埃瓦松子爵摘下手套，摸上約翰的額頭，然後又探了探他的脈搏，甚至還上手翻開約翰的眼皮。不過此刻光線昏暗，下著傾盆大雨，他也看不出什麼門道。「你身上有帶錢嗎？要回維洛納嗎？」

「我……先不回去，今晚先不想。」他喃喃道。

「老爺。」埃瓦松夫人終於湊了上來，她努力將手中的傘拿高，替子爵擋去大部分的雨水。「有事情我們回去說，把人一起帶上。」

「好。」

埃瓦松夫人回頭叮囑了些什麼，接著立刻有一名男僕捧著乾淨的大衣過來，替約翰披上。還有人往他手裡塞了一個隨身酒瓶，約翰給自己灌了一大口酒，烈酒帶來的灼熱感立刻讓他的頭腦清醒了一些。

「閣下、埃瓦松夫人、我……」看著似乎是真心擔憂他的貴族夫婦倆，約翰有些語無倫次。為什麼，為什麼要對他這麼好？他只是一個男妓，低賤下等的男妓，就算只服務政商名流與專業人士，也改變不了他的職業本質。這對夫妻高高在上，是這個國家頂端的人物。如果要比喻，他們就像女王寶冠上鑲嵌的寶石，璀璨生輝，而他只是在開鑿那些珍貴石頭時，會被篩洗掉的碎石與砂礫而已，不值一提。

在那初次接客後，他與埃瓦松子爵與子爵夫人也有來往過幾次。但他從來沒想過他們會記住他的名字，並且在此時向他伸出援手。他們是貴族，天生就與眾不同，連姓氏都閃爍著黃金的光芒，更別提那高貴的府邸。他幾次踏進去，全部都是為了「做生意」。沒想過這對夫妻居然會願意收留他，讓他在交易以外的時候進入府邸。

總不會是，要把他拐走，賣了？

「噓，不要說話。」埃瓦松夫人比了個「閉嘴」的手勢，而埃瓦松子爵竟然也不阻止，完全由著妻子主導談話。「你現在就像從地獄裡面爬出來一樣，糟糕透了。你得先好好大吃一頓，洗個熱水澡，睡上一覺，有什麼事情明天再說。」

「不，可我，只是一介男妓……」

「都說了不要說話。你得休息，有什麼事情都等休息完再說。」

夫妻兩人說到做到，真的把約翰帶回家。回到了埃瓦松家族的大宅，僕人們很快就打理好了一切。鑽進暖呼呼的被窩時，約翰還有點茫然。

我是誰？我在哪裡？我在幹什麼？

溫暖鬆軟的被子還帶著薰衣草與陽光的香氣。約翰很快就沉浸在夢鄉之中。直到隔天早上起床，他才真正意識到自己究竟幹了些什麼。

……要命，不知道艾斯卡勒會不會把他驅除出維洛納，或者更慘，殺人滅口。人口買賣的生意都插手了，那麼認識幾個殺手或者順手經營殺人生意，也是很正常的吧？

畢竟那位大老闆光從眼神就不是正常人。

約翰不是很想準備面對接下來的問題，但他總不能一輩子賴在人家的宅邸裡面。他慢吞吞地從被窩中挪出來，正想找回自己的衣服穿，卻發現不知什麼時候，房間裡面已經擺放了一整套半舊的日常西裝。大概是子爵的舊衣。

沒想到有一天他會有穿貴族老爺衣服的時候。

他著裝完畢，根據之前拜訪的記憶前往早餐室。出乎他的意料，埃瓦松子爵夫妻並不在早餐室，侍立在門口的男僕向他行了個禮：「懷特先生，子爵說，如果您想要聊一聊，用餐完畢之後直接到他的書房即可。」

埃瓦松家提供的餐點依舊豐盛，不過這次約翰沒有什麼心情仔細品味美食，他囫圇吞下了幾盤食物，直到感覺到空蕩蕩的胃袋變得沉甸甸的才停手。「聊一聊」？說真的，他其實也不知道該和埃瓦松子爵聊些什麼。此時的他就像是在大洋中漂流的一條船，而食物就是他的壓艙貨物，讓他稍微感到腳踏實地一些。

來到書房，子爵夫妻兩人都在裡面。他們對約翰點了點頭：「坐吧，放輕鬆一點。你需要一點白蘭地嗎？」

「不用……嗯，先不用。」約翰揉了揉太陽穴。「等等如果我快昏過去了，再灌我一杯吧。」

「好。那麼，你可以說了。」埃瓦松子爵神態溫和，竟讓約翰恍惚想起了夢裡的牧師。「你昨天在馬車上原本想要跟我們說些什麼？」

他想說些什麼？喔，最一開始是一些感謝之詞，想要感謝這對夫妻對他伸出援手，明明，他們並不算是親厚。看著耐心等待他開口的子爵夫妻，約翰盤算著是否能讓他們知道維洛納俱樂部的祕密生意。他們會不會早就知道艾斯卡勒的勾當，卻睜一隻眼閉一隻眼？還是對此真正一無所知？

「還是你想要說說，為什麼你昨天晚上會一個人在街上亂晃？」埃瓦松夫人開口，銳利的目光緊盯著約翰，竟然隱約有不問出個究竟就不放人的氣勢。

算了，就說吧，而且他確實很需要找個人一吐為快，約翰想。買賣人口似乎是機密，和其他男侍說了反而會害了他們，如果是埃瓦松子爵夫妻……子爵身分顯貴，人脈廣泛，又是維洛納的大客戶，無論是出於利益或出於忌憚，艾斯卡勒應該都不會對他動手。

所以他開口了。

「這是一個最近才發生的故事——」

他把路易斯、安傑爾的經歷，和那名小少年揉合在一起，磕磕絆絆地開始給夫妻兩人講了一個「故事」，就如同子爵夫人當初的做法一樣。

他的故事裡，有流落街頭的孤兒，有虎視眈眈的老鴇與罪犯，更有迫不及待想要辣手摧花的權貴。約翰看著子爵夫妻的神色漸漸嚴肅，甚至身體前傾，他的敘事也逐漸流暢了起來。

當故事終於說完，埃瓦松子爵適時遞上了一杯酒。約翰順手接了，一口飲盡，然後完全不顧儀態地用手背抹了抹嘴。

「那麼，你打算怎麼做？或者說，你想要怎麼做？」這是長久的沉默之後，埃瓦松子爵說的第一句話。埃瓦松立刻接上了丈夫的話：「回去繼續待著，還是就此離開？如果回去，接下來你是想要繼續裝成什麼都沒有發生過？還是想要……收集證據，揭發他們？」

「……您就這樣相信我了？如果我能收集到證據，你們能幫我揭發他們嗎？」想到小少年的哭喊，約翰就覺得一陣噁心。

「相信，怎麼不相信。雖然我不喜歡年紀小的……但對於這種愛好也有所耳聞。」埃瓦松子爵的表情扭曲了一下，似乎是回想起某段十分令人不愉快的記憶。「以前有聽過誘騙報童的，如果他們更進一步，開始進行買賣，我也不會太意外……畢竟他們認為，反正都已經因為雞姦無法上天堂了，那麼，再更加墮落也無所謂。」

「不過，揭發？你覺得維洛納俱樂部的其他客人會允許他們的事情被揭發嗎？」這一次，埃瓦松改成給自己和夫人倒了酒。「雞姦加上販賣人口，一旦被揭發了，幾乎是一定會被送上絞刑架……當然，裡面那幾位大貴族大概可以倖免於難吧，不過輿論批評道德敗壞，仕途中斷，也絕對免不了的。搞不好為了轉移大眾的注意力，他們還會把事情鬧大，將沒有參與人口販賣的其他客戶也拖下水。」

那樣，將會是一場政治風暴。

「您的意思是……」

「我們就算想要管，也管不了太多……我得替孩子們留條後路。」埃瓦松子爵看向懸掛在牆上的全家福油畫。「以下是我的誠心建議：回去維洛納吧。我和艾斯卡勒往來很久，他這個人深不見底，你是無法和他抗衡的……甚至可以說，你的生命就捏在他的手裡。你看到太多祕密了。與其現在毫無計畫地逃跑，不如回去，好好把你的債務處理完，再找個時機離開。」

「那麼那些孩子……」

「倫敦城裡從來不缺受苦受難的孩子。」埃瓦松子爵壓低了聲音，夫妻兩人的神情瞬間一黯。「從來不缺。」

「所以我必須放棄拯救他們……」約翰抱著頭，只覺得全身無力。剛才好不容易擠出來說出真相的勇氣逐漸消褪，他一方面覺得埃瓦松夫妻無情，明明比他還要有能力卻選擇明哲保身，可一方面也知道他們說的完全沒錯。

埃瓦松夫妻名聲很好，但那是因為他們熱衷慈善。熱衷慈善的貴族夫妻要和心黑手辣的地下「親王」互相抗衡？明眼人都知道沒有勝算，相信他們能成功揭發，還不如相信一匹雜種馬可以贏下賽馬冠軍呢。

「我知道了，謝謝你們的忠告。」約翰起身，深深行了一禮，「我會好好想一想該怎麼做的。不過，請你們之後假裝我從來沒有來過。」

「那是當然。」

當他要走出書房時，埃瓦松夫人叫住了他：「如果你最後決定離開維洛納，但需要路費的話，我們還是可以提供幫助的。」

「還有推薦信，如果你需要找另外一份工作。」

這也是他們少數可以提供的支援。

畢竟約翰口中的事情牽涉範圍太大了。

他們無法以一己之力和其他可能涉及此事的家族抗衡，更別提，為了兩個兒子的前途，他們不能讓埃瓦松子爵愛好男色的消息有任何一點曝露在公眾視線下的可能。八卦小報的記者就是一群嗜血的狼。

「非常、感謝兩位。」約翰再次輕聲道謝，然後快步走回暫居的客房，繼續思考著他的前路。

第十六章

仲夏宴

19th Century
London
Male Prostitutes

約翰終究還是回到了維洛納，他在當天傍晚就回去了。離他從「倉庫」奪門而出，還不到二十四小時。

畢竟，他沒有其他的歸處，這段日子以來，他所累積的微薄資產，都留在維洛納。即使是為了帶走積蓄與衣物，他也必須回去。而只要他踏進宿舍，就無法輕易離開了。

在向布朗經理道歉和接受扣薪之後，約翰繼續留在了辦公室的職位。就彷彿知道他的行蹤一樣，當他回歸時，布朗經理完全沒有詢問約翰跑走之後究竟是去了哪裡，反而說了一句「記得去向子爵道謝」，這讓約翰更加覺得渾身發冷，從骨頭深處都冒著寒氣，差點再次奪門而出。但他忍住了。

面對能如此精確掌握他去向的一股勢力，毫無計畫的逃跑是注定失敗的。

正如埃瓦松子爵所說，他一個男妓，是不可能與艾斯卡勒相抗衡的，甚至可以說他的生命就捏在艾斯卡勒手裡。最重要的是，在協助布朗經理打理事情的過程中，他不小心看到太多祕密了。轉向辦公室工作本來是他在接客以外給自己留的退路，沒想到反而造成了他現在的困境。

他原本可沒打算窺看到那麼多的黑暗。既然看到了，那就得謹慎規劃之後的出路。

他只能暫時蟄伏。他開始更加省吃儉用，認真工作，以求盡快還清債務，才不會在逃跑之後還繼續連累家人。只是，他該怎麼離開呢？約翰並不認為艾斯卡勒會讓他光明正大地離開，他得逃跑，可是，怎麼逃？在哪個時機逃？

當約翰跟隨布朗經理去勘查仲夏宴的場地時，他心中開始出現了一個計畫。

「嗯，這次的場地比較好，離倫敦比較近。」走在大宅之中，布朗經理評論道。此時的他眼光銳利，完全沒有平常低調溫吞的模樣。不愧是艾斯卡勒的得力手下，約翰想，一樣深藏不露。

大舞廳，休息室，彎彎繞繞的走廊。約翰翻看著手中的藍圖，將方位一一記下。他想起了湯瑪斯對於仲夏宴的描述：所有人都遮掩面容，縱情聲色。從白天到晚上。除了酒精和催情藥，還有其他助興的藥物。

換句話說，在仲夏宴那天，沒有人能認出他，也沒有人會注意到他。畢竟，雖然現在成了布朗經理的助理，但他仍然還是男侍，與湯瑪斯當時一樣，他還是必須接客，必須加入那場狂宴。

這也許……會是個逃跑的機會？

他開始思考靠「失蹤」來離開維洛納的可能性。左思右想，仲夏宴竟然是他最好的機會。因為人多，每個人又都戴著面具，如果他溜走了也沒人能發現。當然，最好是在溜走之前製造一些小騷動，轉移賓客和男侍們的注意力。只不過，該在什麼時間下手？理論上夜晚會是最適合的時刻，因為經過一整天的美食美酒和美色洗禮後，每個人都筋疲力盡，昏昏欲睡，與此同時路易斯與安潔爾的「最後一夜」拍賣會壓軸登場。所有人注意力集中在拍賣上，是最容易離開的時候，他甚至很可能不必搞出小騷動。畢竟，騷動越多，風險越大。

可這棟宅邸仍是在倫敦郊外。深夜趕路風險極高，一不小心跌倒了或被其他人的馬車撞上了，他孤身一人，可沒辦法求救。再者，這年頭，深夜趕路的旅人已經不像伊莉莎白一世時期那麼多了，他一個人深夜行走在鄉間小路上，反而顯得可疑。如此看來，反而白天還更利於逃跑。

「筆記下來，花園的狀況要加強維持。『親王』會希望仲夏宴時，花園裡面充滿玫瑰。噢，還要有一架鞦韆，就架在那棵樹下吧。」布朗經理打斷了約翰的走神。

「鞦韆？為什麼？那不是女人和小孩才玩的玩意兒嗎？」約翰邊問邊振筆疾書。

「這是『親王』的主意。既然要拍賣路易斯和安傑爾的最後一夜，那就玩個有趣的。」布朗經理也沒有特別藏著掖著，「他的構想是讓路易斯和安傑爾穿上女裝去盪鞦韆，讓客人們在他們身邊圍成一圈，等待他們的鞋子飛出去。能搶到鞋子的，才能享用他們的最後一夜。」

「那競標是……」

「競標觀賞他們盪鞦韆的位置。出價最高的，就能占據保證可以看見他們雙腿的地方。再筆記一下，買些愛神邱比特或羊人的雕像，擺在庭院中間。」

「了解。」

他們接下來又探勘了好幾次。每一次探勘，約翰都分神注意著宅邸的布局。他也努力思考著，該怎麼不著痕跡提供關於籌辦仲夏宴的意見，好增加他逃跑成功的機會。

「……室內要不要也來點玫瑰？」他絞盡腦汁，終於勉強撈出一個有典故又可以增加情趣的點子。當然，最重要的是增加氛圍，讓人們的注意力都在其他地方，無從注意到宴會上消失了一個人。「讓玫瑰花瓣從天花板上面落下來，就像那個……埃拉迦巴路斯的宴會？」

「啊，你是說那個埃拉迦巴路斯？『皇帝讓花瓣大量灑落，直至許多人被淹沒，無法露出表面而窒息死亡』，來自奧古斯都史，你確定，要把這個點子付諸實行？」

約翰提出這個想法時，正逢艾斯卡勒來維洛納巡視。聽見這個主意，他立刻暢快地笑了，笑得約翰寒毛倒豎。

「那場宴會最後可是死人了。」

「……我們可以控制花瓣的分量？」

「花瓣雨就是要一直不停落下才有意境啊。」

「那……」

「只在開場祝酒時撒下。」艾斯卡勒很快做出決定，「裡面薰上催情的香料。雖然不用到把人淹沒窒息的程度，但我想要看到一張玫瑰花的地毯，布朗。」

「遵命。」

開場祝酒，客人們都還沒因為狂歡而意志渙散，看來這個點子是無效了。約翰原本的設想是在宴會進行到一半時撒下花瓣增加氛圍，而他在所有人都沉浸在觀賞花瓣雨時默默溜走。

現在只能想其他的辦法。

日子繼續流動。約翰默默地協助布朗經理籌辦仲夏宴，私下規劃著逃跑的路線與方法。他偷偷將積蓄縫進了當天要穿的衣服裡面。他又看到了艾斯卡勒手下的老鴇，那名老鴇分批帶來了其他幾個美少年，他們之中有些在維洛納俱樂部安頓下來，預備成為路易斯和安傑爾的後繼者，有些則默默消失，大概是被運到了「倉庫」，又或者是賣到了其他地方。這期間，布朗經理還帶約翰去了幾次「倉庫」，陪伴客人挑選「貨物」。當客人「試用」時，約翰不再想要嘔吐，但他已經養成了含著糖塊的習慣，每次，當他要離開之前，都會偷偷將盒子中所有的糖果發給那些孩子。

光是要逃跑就讓他殫精竭慮，他能給那些孩子的，只有那麼一點點甜。

對於艾斯卡勒要他們在仲夏宴上盪鞦韆的構想，路易斯和安傑爾沒有任何反對意見。當聽到這個計畫時，路易絲只是淡淡地笑了笑：「他還是一樣會玩。」然後不說話了。約翰沒有繼續追問他們當年初次登場拍賣會時是怎樣的情景。

反正不會是什麼好事情。

時序由夏入秋，再由秋入冬。約翰很快就過完了他在維洛納俱樂部的第二年，緊接著，經過大半年精心策劃籌備的仲夏宴終於要來了。

在開始重回男侍崗位上迎接客人之前，約翰又重新巡視了一遍場地。一切都已經安排妥當。佳肴，美酒，最重要的是，人。

有成年男子，也有還沒到從軍年紀的少年。雖然在籌辦仲夏宴的過程中他已經見識過艾斯卡勒的事業規模，並且深深為之感到膽寒，可是此時看著那一具具青春肉體在他眼前晃盪，為著接下來的狂歡穿衣打扮，約翰還是忍不住感覺到全身發冷。那是從骨髓深處透出來的寒冷。

艾斯卡勒究竟花了多少時間打造出現在這樣一個帝國？精心調教成年男子，把他們聚集在維洛納俱樂部招攬客戶，同時掌握住了一部分街上的那些瑪莉安，不管是貴族紳士還是中產階級，兩邊的生意都不耽誤。與此同時，還有那橫跨了多佛海峽的生意：將英倫的少年賣到大陸去，然後將大陸的少年運到英倫來，這才是真正的大頭。與販賣人口的事業相比，維洛納俱樂部和瑪莉安就只是引子，是誘餌，吸引迷戀男色的男性上門，好讓艾斯卡勒能揀選出他們之中那些喜愛少年，想要為自己豢養孌寵者，然後進一步提供真正高價的商品給他們。

雞姦是大罪，販賣人口也是大罪。養得起昂貴孌童的人必然有權有勢有財富，他們在消費時，無疑也是將把柄遞到了艾斯卡勒手中，因此只能繼續替他掩護這地下王國，形成完美的共犯結構。

四年一次的仲夏宴，其實就是這個大型共犯集團的聚會與拍賣會。

而他和其他男侍，以及少年，就只是一塊肉。雖然乍看之下有著自由意志，但其實只是有著兩個孔洞，可供他們使用的肉。

約翰閉上眼，呼吸著此時仍然新鮮的空氣，重新思考著稍後的逃跑計畫。

在連續一段日子省吃儉用外加瘋狂工作之後，他總算是還清了那筆債務。只用兩年的時間就還清債務，比他預想的時間還要快，但也比他預想的還要令人身心俱疲。如果時光可以倒流，他會把那封維洛納俱樂部的推薦信撕了，不要來窺看這人性深淵的一角。不，如果時光可以倒流，那最好再倒流得更徹底一點，回到他還在部隊的時候，他不會去招惹克里夫了，在軍隊中安分守己，混吃等死。

「約翰，時間差不多了！你快來換衣服！」羅伯特吆喝著招呼他。約翰擠出一絲微笑，走到更衣室裡面，仔細打理好外表後，像其他男侍一樣戴上了面具，遮掩住臉的上半部。

賓客們來了。他們也都戴上了面具，就連艾斯卡勒也是。可哪怕艾斯卡勒戴上了面具，約翰還是可以認出他來。那對面前男色毫無興趣的眼神，還有那彷彿國王在巡視領土與子民的姿態，是不會出現在其他人身上的。

「又是一個四年，我們聚集在這裡，慶祝這美好的夏日。今天，是白晝最長而黑夜最短的一天。在遙遠的古代，男人與男人之間的愛情還沒有成為禁忌的年代，人們會在這一天狂歡至深夜，以最原始的方式。」艾斯卡勒舉起了香檳杯，飛舞的玫瑰花瓣掉進了酒杯中，載浮載沉，「而各位貴客，在古老典禮已然遺失的現在，將以我們的方式，重新回憶那段時光——請盡情享用僅此一晚的盛宴吧。」

狂宴開始了。

立刻有好幾個戴著面具的客人上前拉住約翰，急切地想要把他帶去房間中。約翰順從地跟著他們走，眼角餘光看到幾個少年已經被撲倒在地上。

進了房間，男人們急切地想要開始宴會的正戲。不過約翰一個側身，躲開了要摸上他大腿的手，轉而取來酒瓶，開始向客人們勸酒。當旋開酒瓶時，他也偷偷將預先藏在手心中的藥物投了進去。

籌辦宴會的時候，他有很多機會接觸到預計在宴會上提供的酒水和藥物。於是，他偷拿了一些催情藥，沙羅姆先生研製的新配方，是他獨門催情軟膏的藥粉變體。這種藥本來會稀釋再稀釋之後才在這次仲夏宴上首次提供給客戶，不過現在他手裡面的濃度可高了。

那一點點，兌了三瓶酒之後仍然能迅速生效，何況現在用來勾兌的液體只有原本配方的三分之一。

•

而且，他不只在酒裡面加了催情藥。還有一些據說能產生幻覺的藥物。

「誰最能喝，就能最先插我。」約翰說，引誘般地朝客人們晃了晃手中的酒杯，「為了這場宴會，我整個月都沒有接客，甚至連手淫都沒有。你們誰要來第一發？」

男人們爭搶著從他手中拿過酒杯，有些人甚至直接搶走酒瓶，嘴對著瓶口直接灌，然後很快嗆到。約翰微笑著，不時說一些話鼓動他們喝更多，一邊不動聲色地移向門口。很快，一整瓶的烈酒都見了底，而那催情藥的效果也開始發作。

產生幻覺的藥物也開始生效。

飢渴的男人們此刻完全忽視了約翰，開始嘗試脫下彼此的褲子，爭搶著要當插入的那一方。在他們的肉體互相糾纏時，約翰立刻從房間門口溜了出去。他並沒有急著離開，而是先回到更衣室，找出他趁著勘查場地時藏在這裡的一個手提醫生包。

裡面空無一物，並沒有任何錢財。他所有的錢財都縫在衣服裡面。這個手提包是個偽裝，他想了很久，到底該如何讓人覺得他獨身一人出現在城郊實屬正常，最後他決定用醫生當偽裝。

一個初出茅廬的年輕窮醫生，沒有錢可以豢養自己的馬匹、購買自己的馬車，只能搭乘出租馬車，或者靠自己的兩條腿去拜訪病人。

他才找出醫生包，一道陰影就從籠罩住了他。

「你要去哪裡呢？約翰．懷特。」輕柔的聲音彷彿毒蛇吐信：「如果是想要趁此機會離開，我勸你謹慎思考，你的債務還沒還完呢。」

「我已經還完債務了。莫里斯先生已經在我面前把帳務一筆勾消了。」約翰站起身，但不願轉身。他不想要去面對艾斯卡勒。

「你確定只有這筆債務嗎？」一股力量從約翰身後把他拉進一個懷抱之中，然後逼他轉過來，直面艾斯卡勒那張俊美卻又暗藏著殘忍的面孔。此時他已經拿下了面具。「還有我的債務呢。幫布朗經理處理了這麼久的事情，你總不會還是單純到近乎愚蠢的小鳥兒吧？你在這裡賺進來的錢，還沒能和我投資在你『教養』上的錢完全抵銷喔。」

艾斯卡勒輕笑，拉著約翰出了更衣室，大步往庭園的方向走去。「你來看看，怎樣才是完全地還清。」

庭園中，對於路易斯和安傑爾最後一夜的爭奪已經開始。頭髮已經開始花白甚至謝頂的男人們像餓狼一樣圍繞著兩個打扮成少女的年輕男子，看著他們盪著鞦韆。每一次鞦韆搖晃到空中，輕薄的絲綢裙襬就像花瓣一樣展開、綻放，毫無保留地展現出藏在那花瓣底下的春光。他們等待著，等待那象徵貞潔的小巧女鞋掉落下來，能搶奪到的人就能在這場宴會上徹底獨占佳人。

首先落下來的是安傑爾的鞋子。鑲著珍珠的粉紅色緞面低跟鞋以圓弧線的方式從他腳上飛出去，立刻引起一陣爭奪。這畢竟是享樂場合，客人們也都有頭有臉，因此這場爭奪都是點到為止，很快就告一段落。一個高大、有著落腮鬍的男人握著女鞋，單手就把安傑爾從停下來的鞦韆上抱了下來。也不換個場合，直接在庭園中陳設的躺椅上撕開了那根本不堪一擊的裙裝。

在遇襲之後，安傑爾就特別害怕魁梧型的客人，約翰不必靠近，就能想像此時的他一定臉色蒼白、牙關咬緊。他側頭看向艾斯卡勒，只見這人正興味盎然地觀賞著由他一手炮製出來的淫靡場景。

光天化日之下，庭園與大廳之中，到處都可以看見白花花的肉體。雖然近來一直在夢中與牧師辯論，但約翰始終自認不是個多虔誠的教徒——畢竟他不知道上帝是否想要他這個信徒——可此時，他腦中只浮現「人間地獄」這幾個字。

「你看，這樣才算是還清。」艾斯卡勒輕聲細語：「我可是養了他們兩個很久，也看著他們兩個互相糾纏了很久。想必你也知道路易斯與安傑爾兩人是情侶吧？他們還在街頭上流浪時就是一對了，你覺得，必須與情人一起賣身，會是怎樣的心情呢？如果想要戀人就此從良，那自己就必須接待更多客人，好養活兩人，而如果不接待更多客人，那就只能看著戀人繼續賣身。」

「你，會選哪一種？」

約翰拒絕回答這樣的問題，他嘗試主導對話，既然已經被抓到想要逃跑了，他也不再修飾言詞：「所以，這就是你說的『完全地還清』嗎？被你玩弄股掌之間，純粹讓你看場好戲？」

「當然。在我看來，這就是肉償的一種。我和莫里斯不一樣，比起肉體上的虐待，我更喜歡另外一種。」艾斯卡勒終於把目光從庭園中的淫行移開，現在路易斯的鞋子也被人搶到手了。「你有沒有想過，為什麼布朗會帶一個新人去倉庫？我又為什麼會知道你要逃跑？」

約翰感覺到自己的心臟漏跳了一拍。這兩個問題也正是他所疑惑的，只不過第一個問題，當初他是用「布朗經理想要測試自己」的理由來解釋，這就像是忠誠測試一樣。

「從一開始就是你設計的。」

「啊，不錯，還算有領悟力。當初挑上你是正確的。」

「……所謂的挑上我，是從特殊講堂就開始了？」約翰問，肩膀上的舊傷處似乎開始隱隱作痛。他想起了劍尖刺穿皮膚的感覺。那時候艾斯卡勒甚至不讓他立刻包紮。

那時他就覺得這人是瘋子，只是之後沙羅姆的調教讓他覺得沙羅姆更瘋，後來又有個喜歡看人被輪姦的莫里斯。現在他要更正看法：艾斯卡勒才是最瘋的，不愧是「親王」，他如此自稱其來有自。

「這提醒了我，沙羅姆的教學費用可是很高昂的，得把這也算進你的債務裡。」

「……你到底想從我身上得到什麼？」

「也沒什麼。」艾斯卡勒一手替約翰摘下面具，另一手則撫摸起他的臉。眉骨、鼻梁、嘴脣、下巴。約翰沒有動，他感受著艾斯卡勒的手，即使現在是仲夏，卻依然冷涼如冰。「只是剛好聽聞了克里夫家動用勢力，讓莫里斯趕走一個小士兵，又聽說這個小士兵成為了我手下的男妓，所以想來看看，小士兵在深入這個世界之後，會變成怎樣呢？他在知道真相後會不會想要打擊克里夫呢？如果他想，那麼會是不管不顧要來個玉石俱焚，還是會隱忍之後成長？」

「結果沒想到小士兵完全不想報復。」艾斯卡勒嘆了口氣。「這個圈子中的人因為無法嶄露自我，天性受到壓抑，壓抑久了最終會爆發。大多數的愛恨都很極端的。」

約翰沒有打斷他的話，只是繼續聽艾斯卡勒抱怨著劇院舞臺上的戲碼有多麼陳腔濫調，一邊快速思考著該如何脫身。武力完全不可行，會引起騷動，而且艾斯卡勒的劍術造詣不錯，搞不好這人的徒手戰鬥能力也很強。投毒也不可能，因為他手上根本沒有其他藥物，他本來就只想悄悄離開，無意殺人。嗯？這麼說來也許他當初該考慮殺人？在客人的香檳酒裡面下點砒霜、顛茄或氰化物，直接藥倒這群可能對小孩子出手的人皮怪物，他就能光明正大從這宅邸走出去，還不用偷偷摸摸。

他必須讓艾斯卡勒自願放他走。但有什麼條件能讓艾斯卡勒願意放他走呢？

有的，有的，這個人是如此熱愛看戲，將活生生的人都當成了任憑他操縱的戲偶。更精確來說，是喜歡以不傷害肉體的方式進行虐待與控制，讓人不得不違背本心去行事。

「您想不想看另外一場好戲？」約翰問，話出口時，他察覺到自己居然停止了顫抖。「一場一樣延續很久很久的好戲。」

「你說。」

「正如您所說，這個圈子裡的人大多壓抑，於是愛恨極端。有些人甚至直接墮落到底，連孩子也不放過……您想不想要看，我能支撐多久而不墮落？」

「喔？」

「您也知道，雞姦的最早起源。是在軍隊之中，由年長男性主導，與年輕男性性交。所有被侵犯過的年輕男孩，當他們長大成人之後，也會成為侵犯人的那一方。」這還是當初受訓時的課程內容之一，約翰再次感謝當時的自己有好好聽課。

「我姑且也算是這樣吧。一入伍，就被隊長叫到了他的床上……但如果我說，我不會長成那樣，對年輕人主動出手呢？」

「這就是你說的不墮落。」艾斯卡勒垂下眼瞼，似乎開始思考起這個提案。

「對。」約翰趁勝追擊：「難道您不想要看嗎？一個人用他的一生壓抑自己，去和主流的做法互相對抗？我現在還不到三十，如果能活到五十歲……」

「長達二十年的好戲。」艾斯卡勒微笑，「不過，不是在我的眼皮子底下，我得派人去關注，對吧？你說的這一切，就是想要趁現在逃走。逃到倫敦以外的地方，我的人要找你就沒那麼方便了。」

「您說笑了，這對您而言不過是小事一樁。畢竟您的勢力可是……橫跨了海峽兩岸呢。」約翰強撐出笑容，「不過這樣不是更有意思嗎？我離開了您的主要勢力範圍，但無法確認您的人是否正在盯著我，從此之後，必須時時刻刻克制、壓抑自己，沒有一絲放縱機會……」

「行啊，約翰。我還是第一次看到敢對自己這麼狠的。」艾斯卡勒終於把手從約翰的身上移開。「如果你不介意逼瘋自己，讓自己最後住進療養院……那麼，你就走吧。」

「我不會瘋的。」

「但願如此。你要知道，我是真的會派人的。」

「你派吧。」

艾斯卡勒向後退了一步，攤開雙手，表達出了和平的意思。約翰簡短點了頭，姑且算是行禮，然後立刻轉身，依照他所記憶的最短逃跑路徑衝出去。一路上有不少赤裸男體，但此刻，那些他曾經無比熱愛的美色都入不了他的眼。他眼中只有由仲夏熾烈陽光照亮的道路。

他曾經迷失，如今終於找到自己的道路。

第十七章

尾聲

19th Century
London
Male Prostitutes

當天，約翰就離開了倫敦。他不只是短暫地離開，而是至少最近四、五年都不打算在倫敦出現，以免艾斯卡勒後悔，想要撤回承諾和他算帳。雖然只要艾斯卡勒想要，一定還是能夠找到他，不過多一點緩衝時間也好。而且，經過這一輪遭遇，他有些厭倦倫敦了。也許有一天他會回來，不過他現在只渴望離開。但是，離開倫敦之後，他又可以去哪裡待著呢？

牛津、劍橋、溫莎就在倫敦近郊，距離太近了，又居住著不少可能是俱樂部客戶的名流與學者，不適合；巴斯似乎是個好選擇，但那裡是紳士淑女們熱愛的療養與度假聖地，他非常有可能會在那裡和客戶們不經意重逢；巴斯不適合，同樣作為度假聖地的布萊頓也不適合。彼得曾經接待過的、那對淫亂雙胞胎兄弟，不就是在布萊頓持有一棟度假別墅嗎？

曼徹斯特和利物浦，這兩座城市與倫敦的距離倒是足夠遙遠，不過約翰懷疑自己是否能適應那邊的天氣。如果曼徹斯特和利物浦都會讓他猶豫卻步，那麼，位於更北方的愛丁堡與格拉斯哥顯然不可行，而且，那可是蘇格蘭人的地盤。至於出國？算了吧，光是語言隔閡就夠他受的了。雖然經過維洛納的訓練，他的確是會說幾句外語，但也只有幾句，無法進行日常生活對話；而且，他的儲蓄也無法應付旅外生活。真的跑到國外去，他很快就得重操舊業。

他似乎有很多地方可以去，但又似乎選擇不多。

那就先回家吧。

他也該回家了。

約翰的父母親戚對於他的驟然歸來感到驚訝，但又很快接受了他提出的理由——雖然那是他混雜了事實與謊言捏造而出的——他在從軍後不慎染上賭博惡習，因此被要求退伍，後來他在倫敦的有錢人家中擔任男僕，一邊戒賭一邊存錢，直到最近終於還清債務，才總算可以回鄉。

「回來就好。」他們說，接著問：「你還會離開嗎？」

他當然會再次離開。他一回來就明白了，故鄉雖好，但並不如倫敦那樣的大城市令他自在。鄉間空氣清新，民風純樸，但正是因為一切都能看得太過清晰，反而不是他這種人能安居之地。

他需要迷濛的空氣，禮儀的距離。用大城市的疏離冷漠包裹、偽裝自己，以此免於牢獄之災和其他一切可能的麻煩。

但他的父母不需要知道這一切。

「再看看吧。」他舉杯，用兌了水的酒液把在他胸口翻騰的祕密沖刷回肚腹之內。「之後我應該會再出去，不過還沒決定是要去南部還是北部。總之，我會先休息一陣子。倫敦雖然是個好地方，但在那裡生活也是挺累人的。什麼東西都貴。」

約翰暫時回歸到了入伍之前的田園生活。日出而作，日落而息，翻土、播種、澆灌、收成。在星期天與家人一起上教堂，然後享用烤肉大餐，說是大餐，但那些菜色放在維洛納俱樂部，是平日午間的便飯而已。

曾經讓他在少年時期心動的牧師早已成家，因為操心教區諸多事務，兩鬢提早染上星星點點的白霜。新來的牧師助理雙眸清澈，大約是約翰當年入伍的年紀，還帶著學生般的青澀。約翰欣賞那樣的青春之美，卻不再像過去那樣胸中立刻燃起一把欲望之火。

就只是，單純的，欣賞。

發現這件事情時，約翰想，在倫敦那幾年時果然會消耗人的靈魂。無怪乎大城市總是與墮落的印象掛勾。

如果他從此不再興起欲念，也許，可以就這麼留在家鄉，平淡度過這一生？

這個念頭才剛興起，約翰就立刻否決了。如果說他這樣外出闖蕩一遭有什麼收穫，那就是：他多了些自知之明。他是無法甘於鄉間生活的人，這是他的本性。維洛納的經歷也許治好了他的眼高手低、奢侈糜爛，但治不好那早就寫在他靈魂裡面的、對於繁華世界的偏好。

他還是要回去大城市的，只不過歸期遙遠，不知何時確定。

一年，兩年，三年過去了。當約翰看到遠房親戚帶來的少年時，他知道，該是回去的時候了。

沉眠許久的渴望甦醒，與心臟一同在他的胸腔裡跳動，怦通，怦通，燃起火焰，蔓延至他的四肢百骸。

少年很好看，雖然比起在倫敦的美男子們還略遜一籌，但在這鄉下地方，已經可以用絕色來形容。而且這「略遜一籌」，還是因為他年紀尚小。這少年應該還沒有滿十八歲，還有成長空間。看那色澤深沉的秀髮、細膩的輪廓、澄澈的眼睛，等到他真正長成，將會引來不少男人垂涎，啊，當然還有女人。

欲望的火舌舔著他的心尖，讓他從尾椎骨那處感到一陣酥麻。長期清心寡欲之後的反撲讓他差點壓抑不住自己的反應，但他還是成功克制住了。

約翰與少年對上了眼神，他知道少年看出了自己眼中的渴望，因為他在少年眼中也看到了同樣的渴望。他們是同類。

也因此，在幾個晚上之後，約翰毫不意外地發現少年趁著眾人熟睡時摸進他的房間、爬上他的床。沒有經過生活磨練的纖長四肢纏繞上他的身體，柔軟的唇舌放肆挑逗、試圖逼出他的回應。

「年輕人，你很大膽。」他說。看著少年籠罩在燭光下、半明半暗的臉龐，約翰突然想起了他在退伍之後抵達倫敦的第一個晚上。在旅店裡，曾經有個差不多年紀的男孩走上前來，隱晦地自薦枕席。他已經忘記那男孩的名字了，只不過那男孩與眼前的少年一樣，眼底閃爍著隱祕卻又狂野的欲望與熱情。

可約翰竟莫名沒有出手的興趣。

心臟在胸腔中加快了鼓動，他知道自己對男體依舊有著渴望，但他完全不想出手。在那場仲夏狂歡之後，甚至，在更之前、發現艾斯卡勒的另一項生意之後，他就再也無法勾引即將但還未成年的少年。不管那少年有多美、多主動。

那總會讓約翰想起那場「試用」。修長纖細的手腳，肌肉尚未開始鼓脹，包在肌肉外面的那層白皙皮膚泛起粉紅色。哀求般的呻吟，徒勞無功的掙扎。

約翰喜歡男人，他只會對男人勃起。無論是從宗教神學還是從世俗的角度來看，他都有罪。但此刻的他心裡已經有了一條線，一條不容踰越的線。只要不越過那條線，他就還有機會進入煉獄，爭取一個靈魂能得到洗滌、淨化的機會。啊，等等，煉獄到底是天主教、聖公會、公理會、浸信會還是衛理會的概念？那些教派的名字、主張和關係，約翰總是搞不清楚。算了，那不重要。

重要的是，在那年離開維洛納之後，約翰知道自己本質上發生了某些變化。他欣賞少年的美，但完全不想占為己有。比起肉體結合，此時他更想把生存經驗傳授給少年。

噢，當然，還有一個原因是因為他一直記著那個與艾斯卡勒的賭約。

雖然不確定艾斯卡勒是否真的持續盯著他，但約翰並不想要賭這個僥倖。他上一次賭博，就讓自己進了維洛納俱樂部，耗費了兩年歲月，還有一個持續的賭約。

由此可見，賭博是沒好下場的，他還是別亂來。

「但如果你想要好好在這個社會活下去，只有大膽是不夠的，有時候，甚至最好膽小一點。因為，膽小通常代表謹慎。」而謹慎是他多年仍能不在家人面前曝露的最大原因。

「你就沒有想過，我會把你嘗試爬到我床上的事情告訴你父母？」

少年遲疑了一下，然後說：「不，你不會。」

「為什麼你覺得我不會那樣做？」

「因為那對你沒好處，先生。」少年說，再次嘗試引誘他。「如果你告訴了我的父母，接下來就會需要回答他們一大堆問題。」

「你是個聰明的孩子。」約翰按住那雙不斷挑逗他欲火的手。身為曾經的專業人士，他竟然在這生澀的勾引下起反應了，可恥。不管是誰替這少年破處，顯然都教了他太多在這年紀還不該學的東西。當初他在這年紀的時候，還只敢替自己手淫而已。

「大膽，聰明，你該把這些特質用在其他方面，而不是用來和我這種年紀的男人鬼混。」

「你是第一個這樣說的人。」少年說，總算停止了誘惑。「但困在這種地方，我還能做什麼，讓我的生活有點樂子？」

約翰靜靜凝視著少年的雙眼。裡面有火光在躍動，是性欲，是野心，是對未知世界的嚮往。

約翰伸出手，輕輕撫摸上少年細嫩的唇。少年並不防備，雙唇微啟著，這讓約翰可以輕易趁機將手指滑進去，玩弄起那溼熱的舌頭，少年忍不住發出細細的悶哼聲。

「你想要這樣的樂子嗎？」約翰問。

「喔，是的，先生……」

「但你覺得只是這樣的樂子，就夠了嗎？」

約翰鬆手，在少年解開的襯衫上擦了擦手。「想一下再回答我，在這個鄉下，尋找同類，爬上他們的床。等到年紀到了，為了應付父母，娶一個和你一樣從來沒離開過本地的姑娘，生孩子，也許在老婆忙著餵小孩和照管家務時和其他男人做愛。這樣的生活，就是你所謂的有趣嗎？」

「先生，我不明白……」

「是個男人，咱們就來玩點大的。」約翰說。他已經差不多快要到忍耐極限了，他天生就過不了鄉間生活，就算今晚沒有這個少年爬上他的床，改天，他也會有其他理由重返倫敦，並且重新找一個同性床伴……甚至是找一個能許下承諾的情人。

「我要回倫敦了。」他說。「去那裡做生意，那裡機會比這裡多太多，不管是賺錢方面，還是找情人方面。但我一個人可能忙不過來，我想，找一個年輕人當侍從或學徒是個不錯的主意，孩子，你覺得呢？」

「侍從或學徒該不會只是個幌子？」少年挑了挑眉，「先生，你下面已經硬得像根棍子一樣。你想和我上床，不需要繞個大圈把我拐去倫敦，現在就可以做。」

「真侍從，真學徒。我對還沒滿十八的人沒興趣，雖然他們的後庭的確可能比較嫩也比較緊，但我總覺得年輕人操起來不夠帶勁。」這年紀的孩子腦子裡面大都至少有一半裝著下半身的那檔子事，約翰明白，他也是那樣過來的，他不介意用比較淺顯的方式來搪塞……呃，說明。

反正這孩子再粗俗也不可能有軍營裡那幫漢子一半的粗俗。

趁著少年一瞬間因為他的拒絕發呆，約翰快手快腳替少年把衣服重新穿好，然後他自己披上了晨袍，打開了門。

「你想要吃點東西，但廚房不在這裡，走吧，孩子。吃完了宵夜就回你的房間去，雖然現在是夏天，但深夜依然寒冷。好好睡一覺，等你醒了，再來思考我的提議，決定要不要跟我一起去倫敦。」

「……去了倫敦之後呢？」

「你替我工作，我付你薪水，定期寫信向你父母報平安。然後，等你成年時，如果你依然願意，我們可以上床。當然，也有一種可能，就是你在倫敦找到金主，他給你房子和金子，你則讓他享用你的肉體。不過我強烈不建議貿然選擇第二條路，畢竟有些有錢人，是自認為能對年輕人為所欲為的變態。」

「親身經歷？」

啊，這孩子，夠敏銳。他如果去倫敦一定能過得好，比約翰自己當年還要好。

「是的，親身經歷。」約翰回答，然後不說話了。

他已經提供夠多的建議了，那些故事，就容他暫且保留給自己吧。也許等到有一天，他會說給這個孩子聽。如果，那時候他們仍然在一起，如果，他願意聽。

故事終。 The End.

「就這樣結束了？」他的愛人看著紙頁下緣的最後兩個字，一邊問，一邊吻他。

「就這樣？你怎麼沒有寫那個少年是怎麼回答約翰的？還有，他到倫敦之後，最後到底有沒有去找個金主包養自己？還有，約翰最後有沒有墮落下去？他和艾斯卡勒的賭約呢？」

「那些後來的事情，你都知道了。」他說，然後專心回應著愛人的熱情。他吻著男人的下巴，喉結，脖頸，鎖骨，仔細嗅聞那若有似無的古龍水香味。手指從襯衫下襬鑽入，撫摸那具他再熟悉不過的肉體。這本書寫了多久，他就多久沒有與愛人同床了。

「啊，是的。我知道。少年跟退伍軍人兼退休男妓到了倫敦，他們一起做生意，一起生活。有許多人想要包養那個還沒成年的男孩，但天天和他住在同一個房間裡的約翰卻一點表示都沒有，也不知道是陽痿還是有什麼其他毛病……最後，少年在他的十八歲生日時，爬上了約翰的床，表達了愛意。因為他在倫敦看過了數不清的美男子和有錢人，但他們每一個都想占他便宜，只有約翰，敢於拒絕他。當晚，約翰也終於證明了，他沒有隱疾。」愛人呢喃著回應他。

當年那個苗條少年如今已經成了青壯年，胸膛厚實，雄性氣息逼人。不過，當面對他時，依然同樣會變得柔軟，依偎上他，索求溫情。

「約翰沒有墮落，他贏了賭約。很多年過後，他們還是住在一起，分享同一張床。少年也漸漸知道了約翰的過往。然後有一天，在少年的請求下，約翰決定為他的愛人寫一本書。一本紀錄他荒唐過往的書。」他接著說下去。

他躺在高床軟枕之上，看著自己的欲望在愛人撫摸下甦醒。手稿散落，但這不重要，完事後再整理就好。

時光沉澱了他們的性情，連同在房事上的風格也改變了，不復往日那樣放縱。他筆下的那些激情玩法，當年他也曾帶小愛人試驗過，但在最近幾年，已經鮮少出現在他們共眠的床上。在經過那曲曲折折的人生旅途過後，他們已然找到了最適合自己的方式。不過，在剛寫完書的這一晚，很適合稍微重溫舊夢。

他看進愛人的眼眸深處，歲月改變了不少事情，但沒有改變愛人那雙漂亮的眼睛，美麗得令人心醉的湖藍色。他撫摸上愛人的眼皮，「留意一點，不要太激烈，我們畢竟有段時間沒做了。」

「好吧，我會收斂一點，免得老男人閃到腰。」

他和愛人對視，大笑，然後重新投入於探索彼此的身體。細碎的呻吟逐漸盈滿臥室，搖曳的燭光在牆上投出兩人彼此糾纏的影子。當他們終於盡興時，兩人都已經大汗淋漓。

「你會去找個出版商嗎？如果出版，你要用什麼名字？」

「我還沒想好，親愛的。」他用手指滑過愛人略為汗溼的頭髮，閉上眼，倦意席捲而來。啊，想當年，他還在俱樂部時，這時才只狂歡到一半而已。「不過如果真要出版，我得再想段獻詞好印在扉頁上……」

沉入夢鄉之前，一道靈光在他腦海中閃過。

——獻給所有從誘惑中劫後餘生的人。

高寶書版集團
gobooks.com.tw

FH096
十九世紀倫敦男侍 下

作　　者　徐醉舟
封面繪圖　ZIYO
編　　輯　李雅媛
美術編輯　單宇
排　　版　彭立瑋
企　　劃　陳靖宜

發 行 人　朱凱蕾
出　　版　朧月書版股份有限公司
Hazy Moon Publishing Co., Ltd.
地　　址　臺北市內湖區洲子街 88 號 3 樓
網　　址　www.gobooks.com.tw
電　　話　(02) 27992788
電　　郵　readers@gobooks.com.tw（讀者服務部）
傳　　真　出版部　(02) 27990909　行銷部 (02) 27993088
郵政劃撥　19394552
戶　　名　英屬維京群島商高寶國際有限公司臺灣分公司
發　　行　英屬維京群島商高寶國際有限公司臺灣分公司 / Printed in Taiwan
Global Group Holdings, Ltd.
法律顧問　永然聯合法律事務所
初版日期　2025 年 4 月

國家圖書館出版品預行編目 (CIP) 資料

陳靖宜 / 徐醉舟著 . -- 初版 . -- 臺北市 : 朧月書版股份有限公司出版 : 英屬維京群島商高寶國際有限公司台灣分公司發行 , 2025.04
面； 公分 . --

譯自 :

ISBN 978-626-7642-05-4 (上冊 : 平裝). --
ISBN 978-626-7642-06-1 (下冊 : 平裝). --
ISBN 978-626-7642-07-8 (全套 : 平裝)

863.57　　114001409

朧月書版

朧月書版

GOBOOKS & SITAK GROUP©

GOBOOKS & SITAK GROUP©